KB212258

프랑켄슈타인

혹은

현대판 프로메테우스

부클래식
056

프랑켄슈타인

메리 셸리

현혜진 옮김

부북스

일러두기

이 번역서의 대본으로는 Marry Shelly, *Frankenstein 1818 text*, Oxford University Press 2008을 사용했다.

차례

"창조주여, 제가 간청하더이까, 진흙을 빚어
저를 인간으로 만들어 달라고? 제가 애원하더이까,
어둠에서 저를 끌어올려 달라고?"

《실낙원》(x. 743~5)

《정치적 정의》,《케일럽 윌리엄스》등의 저자
윌리엄 고드윈에게 존경을 담아 이 책을 바칩니다

서문[01]

다윈 박사를 비롯한 독일의 몇몇 생리학 저자들의 추정에 따르면, 이 소설이 기초로 삼은 사건은 불가능한 일은 아니라고 한다. 나는 그런 상상을 진지하게 믿는 사람이 아니라 그렇게 여기진 않았지만, 그것이 공상 소설의 기본이라고 가정한다면, 나라도 일련의 초자연적인 공포들을 그저 줄줄이 엮어놓지는 않았을 거로 생각한다. 본 이야기를 흥미롭게 만드는 사건을 보면, 유령이나 마법과 관련된 그저 그런 이야기에서 볼 수 있는 문제점들을 찾을 수 없다. 이야기가 전개되는 장면의 참신성은 호평을 받을 만하고 비록 물리적 사실이라고 보기에 무리가 있긴 하지만, 인간의 열정을 묘사하는 상상력에, 실재하는 사건들의 평범한 연관성을 보여주는 그 어떤 것보다도 더 광범위하고 인상적인 관점을 제공한다.

나는 이처럼 인간 본성의 근본 원리들의 진실을 보존하려고 애쓰는 동시에, 그런 원리들을 획기적으로 조합하는데 주저

---

01 이 서문은 메리 셸리의 남편 퍼시 비시 셸리가 썼다.

하지 않았다. 그리스의 비극 시《일리아스》에서, 셰익스피어가《템페스트》와《한여름 밤의 꿈》에서, 특히 밀턴이《실낙원》에서 이 규칙을 따른다. 설령 집필에 즐거움을 부여하거나 받고자 하는 아주 겸손한 소설가라도, 지나치지 않는 선에서 파격을, 더 정확히 말하면 이 규칙을 산문 소설에 적용해도 좋을 듯싶다. 이러한 규칙들을 채택하여 수많은 인간 감정을 절묘하게 조합한 결과, 최고의 시들이 탄생했으니까.

이 소설의 기초가 되는 상황들은 일상적인 대화를 나누다가 나왔다. 어느 정도는 재미삼아, 또 어느 정도는 시도해보지 않은 정신적 능력을 발휘하고자 시작한 조치였다. 작업이 진행되면서 여기에 다른 동기들이 뒤섞였다. 이 소설에 들어있는 감정이나 등장인물에 어떤 도덕적 성향이 있든, 그것이 독자에게 영향을 미치는 방식에 나는 절대 무관심한 사람이 아니다. 하지만 이런 측면에서 내 주요 관심사는 무기력하게 하는 요즘 소설들의 영향을 피하는 데에, 그리고 우호적인 가족 간의 애정과 보편적 미덕의 탁월함을 보여주는 데에 한정한다. 주인공의 성격과 상황을 통해 자연스레 떠오르는 의견들이 내 신념 속에 항상 존재하는 것이라 생각해선 안 된다. 본문에서 정당하게 도출될 추론들 역시, 어떤 종류의 철학적 원칙이든, 그것에 편견을 갖게 할 거로 생각해서도 안 된다.

이 이야기는 또한 장엄한 장소를 주요배경으로 하며, 아쉬움이 가시지 않는 만남에서 시작하는데, 이것은 저자에게 특별한 주제이다. 나는 1816년 여름을 제네바 인근 지역에서 보냈다.

쌀쌀하고 비도 많이 내리는 시기라서, 저녁이면 활활 타오르는 난롯가에 모여 우연히 손에 들어온 독일 판 유령 이야기를 읽으며 시간을 즐겁게 보내곤 했다. 우리는 이 이야기를 읽다가 재미 삼아 흉내를 내보고 싶어졌다. 다른 두 명의 친구(그중 한 친구의 펜에서 나온 이야기는 내가 써보고 싶었던 그 어떤 것보다 대중들에게 훨씬 더 많은 호응을 얻었을 거다)와 나는 초자연적인 사건들을 근거 삼아 이야기를 각자 한 편씩 쓰는 데 동의했다.

하지만 날씨가 갑자기 화창해지자, 두 친구는 나만 남기고 알프스로 여행을 떠났고 자기들이 말한 웅장한 경치에 빠져 유령 이야기에 대한 기억을 깡그리 잊고 말았다. 다음에 이어질 이야기만이 완성된 유일한 이야기다.

제1권

편지 1

영국의 새빌 부인에게

17XX년 12월 11일 상트페테르부르크

누이가 그토록 불길한 예감을 느끼며 지켜봤던 계획이 별 탈 없이 시작됐다는 이야기를 듣게 된다면 누이도 기쁘시겠죠. 나는 어제 이곳에 도착했어요. 가장 먼저 할 일은 내 안부와 더불어 내 계획의 성공에 점점 확신이 든다는 사실을 사랑하는 누이에게 확인시켜 주는 일이겠죠.

나는 이미 런던에서 북쪽으로 한참 떨어진 곳에 있습니다. 페테르부르크 거리를 걷다가 살을 에는 북풍이 뺨을 스치고 지나가면, 정신이 번쩍 들며 기쁨으로 충만해지는 것 같아요. 누이가 이런 기분을 이해할까요? 지금 향하고 있는 지역에서 불어오는 이 바람은 얼음으로 뒤덮인 그 지역의 맛보기죠. 이 약속의 바람에 의해 영감을 받아, 내 백일몽은 좀 더 강렬하고 생생해져 갑니다. 아무리 애를 써도 극지방이 서리와 황량함의 중심지라는 사실이 믿기지 않아요. 내 상상 속에서 그곳은 아름다움과 환희의 지역으로 등장하니까요. 마거릿 누이, 그곳에서는 늘 태양을 볼 수 있답니다. 널따란 둥근 태양이 수평선 언저리를 지나면서 변치 않는 화려함을 발산하죠. 그곳에는 — 누이가 허락한다면, 나는 앞서간 항해사들을 믿어보려 합니다 — 눈과 서리가 사라졌어요. 잔잔한 바다 위를 항해하다 보면, 사람이 살 수 있는 지구 위에서 여태껏 발견된 그 어떤 곳보다도 훨씬 경이롭고 아름다운 땅으로 흘러들어 갈 수도 있어요. 당연히 아직 발견되지 않은 그 외진 곳에도 천체의 현상이 있을 테니, 그곳의 산물과 특징들도 전례 없겠죠. 영원한 빛의 땅에서 뭔들 기대하지 못하겠어요? 그곳에선 나침반의 바늘을 끌어당기는 불가사의한 힘을 발견할 수도 있고, 수천 번의 천체 관측 결과들을 정리할 수도 있겠죠. 그 기이해 보이는 모습들이 영원히 일관된 현상이라는 걸 밝히는 데 이 항해가 꼭 필요해요. 한 번도 방문한 적 없는 세상의 모습은 나의 왕성한 호기심을 충분히 채워줄 것이며, 어쩌면 사람 발자국이 이전에 한 번도 찍힌 적 없는 땅을 밟을지도 모릅니다. 이런 것들이 나를 유혹하네요. 그 덕분에 나는 위험이나 죽음에 대한 모든 두려움을 거뜬히 이겨내고, 이 고단한 항해를 즐겁게 시작하였죠. 마치 아이가 휴일 날 친구들과 함께 작은 배를 타고 고향의 강을 따라 발견의 탐험을 시작할 때 느끼는 그런 즐거운 마음으로 말이죠. 설령 이런 추측들이 전부 거짓이라 밝혀져도, 현재로서는 수개월이 걸려야 도착할 그 지역까지의 극지방 인근 항로를 개척한다든지, 혹은 이왕이면 내가 하려는 것과 같은 계획에 따라서 이뤄진다면 좋겠는데, 자석의 비밀을 알아냄으로써 내가 전 인류의 마지막 세대에게까지 선사할 헤아릴 수 없이 많은 혜택에 누이는 이의를 제기할 수 없을 겁니다.

이런 생각을 하니, 편지를 쓰기 시작할 때 느꼈던 불안감은 어느새 사라지고 가슴이 열정으로 활활 타올라 천국으로 올라가는 기분이군요. 영혼이 지적인 시선을 고정할 수 있는 확고한 목표만큼 마음을 진정시키는

데 많은 도움이 되는 것은 없을 겁니다. 이 탐험은 어린 시절 내 가장 소중한 꿈이었죠. 극지방을 둘러싼 바다를 지나 북태평양에 이르는 목표를 꿈꾸는 다양한 항해 이야기들을 열심히 탐독했어요. 누이가 기억할지 모르겠네요. 친절한 토마스 삼촌의 서재에는 새로운 발견을 목적으로 한, 갖가지 항해에 관한 역사책으로 가득 차 있었죠. 난 공부는 소홀했지만, 책 읽기만큼은 열정적으로 좋아했어요. 이런 책들을 밤낮으로 공부했죠. 그리고 이것들에 대해 잘 알게 되면서, 어린 시절 내가 선원생활을 하겠다는 걸 삼촌이 말렸던 이유가 아버지의 유훈 때문임을 알았을 때 느꼈던 그 아쉬움이, 더욱 심해지더군요.

이러한 꿈들은 내 영혼을 처음으로 무아지경에 빠뜨리고 천국으로 끌어 올린 벅찬 감동을 노래한 시인들에게 빠지면서 시들해졌죠. 나는 시인이 되어 1년 동안은 나만의 창작 낙원에서 살았죠. 나도 호메로스와 셰익스피어의 이름이 모셔진 성소의 구석진 자리 한 곳을 차지할 수 있다는 상상을 했어요. 누이는 내 실패에 대해, 그리고 내가 얼마나 크게 실망했는지 잘 알고 있을 겁니다. 하지만 때마침 삼촌의 유산을 물려받으면서, 어린 시절에 빠져 있었던 그쪽으로 생각을 바꾸었죠.

지금의 계획을 결심한 지 6년이 흘렀군요. 심지어 지금도 이 원대한 계획에 전념했던 그 시간이 떠올라요. 우선 고난에 내 몸을 단련시키는 일부터 시작했죠. 북해로 원정을 떠나는 고래잡이 어선에 여러 번 동행하여, 추위와 기근, 갈증, 수면 부족을 자진해서 견뎌냈어요. 낮에는 일반 선원들보다 자주 더 열심히 일했고, 밤에는 수학 공부, 의학 이론, 그 외에 해양 모험가에게 실질적으로 많은 도움이 되는 물리학 분야에도 몰두했죠. 실제 두 번 정도 그린란드 포경선의 하급 선원으로 일한 적이 있었는데, 아주 멋지게 해냈어요. 선장이 나한테 부선장직을 줄 테니 남아달라고 진심으로 부탁했을 때는 좀 우쭐해지더군요. 내가 일을 아주 잘했다고 생각한 거잖아요.

사랑하는 마거릿 누이, 이제 나는 위대한 목적을 성취할 만도 하지 않을까요? 나는 그동안 호사를 누리며 편하게 살아온 것 같아요. 하지만 내가 가는 길에 부유함이 펼치는 모든 유혹 대신 영광을 택했습니다. 오! 격려의 목소리로 긍정적인 답변을 해주면 좋겠어요! 내 용기와 결심은 확고해요. 하지만 걸핏하면 기대는 흔들리고 정신은 우울해져요. 이제 나는 길고 험난한 항해를 시작할 겁니다. 항해 시 곤경에 처하면 모든 불굴의 의지가 필요하겠죠. 다른 이들의 사기를 북돋아 줘야 할 뿐만 아니라, 그들이 낙담하고 있을 때, 나 자신만큼은 정신을 차려야 할 경우도 생길 테니까요.

지금은 러시아를 여행하기에 그야말로 최적의 시기죠. 사람들이 썰매를 타고 눈 위를 쏜살같이 지나가네요. 썰매의 움직임은 경쾌하며, 영국의 역마차보다 훨씬 더 마음에 들어요. 모피 옷을 단단히 챙겨 입으면 심하게 춥진 않아요. 그래서 이미 모피 옷을 한 벌 준비해뒀죠. 갑판을 걸어 다니는 것과 몇 시간 동안 움직이지 않고 가만히 앉아 있는 것은 큰 차이가 있어요. 움직이지 않고 가만히 있다가는 실제로 피가 혈관에서 얼어 버릴 수 있죠. 상트페테르부르크와 아르한겔스크[02] 사이의 역로[03] 위에서 생을 마감하고 싶은 생각은 전혀 없거든요.

---

02 러시아 공화국 서부, 북 드비나 강의 삼각주에 있는 백해(白海)에 면한 항구 도시.
03 역마차나 우편 마차가 지나는 길로, 역참에는 말을 쉬게 하는 설비가 있었음.

나는 2~3주 후에 아르한겔스크로 출발할 거예요. 거기서 배를 한 척 빌릴 작정인데, 선주에게 보험료를 지급하면 쉽게 처리될 수 있을 거예요. 그리고 고래잡이에 잔뼈가 굵은 사람 중에서 필요한 만큼 많은 선원을 고용할 생각이에요. 6월까지는 항해를 하지 않을 거예요. 그럼 언제 돌아올 거냐고요? 사랑하는 누이, 내가 그 질문에 뭐라고 대답할 수 있겠어요? 성공한다면 여러 달, 어쩌면 여러 해가 지나야 누이랑 만날 수 있을 거예요. 만에 하나 실패한다면 곧 다시 만나거나 아예 못 만나게 되겠죠.

잘 있어요. 사랑스럽고 멋진 마거릿. 누이의 사랑과 친절에 대한 감사의 뜻을 몇 번이고 전할 수 있기를, 누이에게 축복을 듬뿍 내려주고 날 구원해 주시길 하늘에 바랍니다.

당신의 사랑하는 동생,
R. 월턴.

편지 2

영국의 새빌 부인에게

17XX년 3월 28일 아르한겔스크

서리와 눈으로 둘러싸여 있어서 그런지, 이곳에선 시간이 너무나 더디게 흘러가네요! 그럼에도 내 기획을 향하여 두 번째 발걸음을 내디뎌봅니다. 배 한 척을 빌려서 선원들을 모집하느라 눈코 뜰 새 없이 바쁘게 지내고 있어요. 이미 내가 고용한 사람들은 신뢰할만하고, 확실히 불굴의 용기로 똘똘 뭉쳐있어요.

하지만 한 가지 부족한 게 있어서, 아직 만족할 수가 없네요. 이제는 그 대상의 부재를 아주 심각한 해악처럼 느끼고 있어요. 마거릿! 내겐 친구가 없어요. 내가 성공의 열정으로 후끈 달아올라 있을 때 그 기쁨을 함께 나눌 사람이, 그리고 실망감에 휩싸여 낙담한 내게 기운을 북돋아 주고자 애쓰는 사람이 없답니다. 사실 내 생각을 종이에 밝혀둘 수는 있겠죠. 하지만 그건 감정을 소통하기에는 턱없이 부족한 방법이죠. 나를 위로할 수 있는 한 사람과 같이 있고 싶어요. 그의 눈은 나의 눈에 화답해줄 거예요. 사랑하는 누이, 누이는 나를 감상적이라고 여길지 몰라요. 하지만 정말이지 친구를 원합니다. 내 곁에는 한 사람도 없어요. 정중하면서도 용감하고, 넓은 아량과 교양까지 겸비한, 그러면서 취향도 나랑 비슷해서 내 계획을 승인해주거나 교정해줄 사람이 전혀 없어요. 그런 친구라야 가엾은 당신 동생의 잘못을 바로잡아 줄 수 있을 텐데 말이죠! 나는 일을 실행할 때는 무척 열심이지만 힘든 건 정말 못 참아요. 하지만 독학으로 공부했다는 건 훨씬 더 큰 해악이죠. 인생의 처음 14년 동안, 나는 울타리 없는 목초지에서 멋대로 날뛰며 다녔고 토마스 삼촌이 소장한 항해기 외에는 어떤 책도 읽지 않았어요. 그러다가 14살 때 우리나라의 유명한 시인들을 알게 되었지만, 모국어 외에 더 많은 언어를 배워야겠다는 필요성을 인식했을 때는 이미, 그런 확신에서 가장 중요한 혜택을 이끌어낼 능력이 사라진 때였죠. 어느덧 28살이 되었지만 실은 15살 남학생들보다 훨씬 교양이 없어요. 물론 내가 그들보다 생각을 더 많이 하고 내 몽상 역시 좀 더 광범위하고 근사한 건 사실이지만, (화가들 말처럼) 원근감이 부족해요. 내가 감상적이라며 무시하지 않을 정도의 지각이 충분히 있으면서, 내 마음을 다잡아주려고 애써줄 애정이 충분히 있는 그런 친구가 정말 필요합니다.

물론 이런 건 쓸데없는 투정이겠죠. 광활한 바다에서든, 이곳 아르한겔스크에서든 상인이나 선원 중에서 친구를 찾을 수 없다는 건 확실해요. 그럼에도 인간 본성 중 무가치한 것과는 무관한 어떤 감정들이 이 거친 가슴 속에 고동치고 있어요. 예를 들어, 내 부관은 아주 용감하고 진취적인 사람이죠. 그는 미친 듯이 명예를 갈망해요. 영국인인 그는 국가나 직업에 대한 편견으로 똘똘 뭉쳐져 있고, 교양이 있어 유순한 편도 아니지만, 인간성의 가장 고귀한 몇몇 자질들을 지니고 있죠. 어느 포경선에서 그를 처음 알게 되어, 그곳에서 일자리를 찾지 못하고 있다는 얘기를 듣고 바로 내 계획을 도와달라고 했어요.

선장은 인품은 훌륭하고, 기강은 친절하고 관대하기로 유명하죠. 사실 그는 워낙 온화한 성품이라 (여기 사람들이 제일 좋아하고 거의 유일한 오락 거리인) 사냥도 안 하죠. 피 흘리는 걸 못 견뎌 하니까요. 더욱이 관대하기가 가히 영웅적이에요. 몇 년 전, 그는 중산층의 어느 젊은 러시아 여자를 사랑하게 되었고, 포획 상금으로 상당한 돈을 모았기에 여자 아버지는 결혼을 승낙했죠. 그는 예정된 결혼식 전에 신부를 딱 한 번 봤어요. 그 여자는 눈물범벅이 되어 그의 발 앞에 몸을 던지며 고백한다는 말이, 자기는 다른 사람을 사랑하는데 가난한 사람이라 아버지가 결혼을 허락하지 않는다며 자기를 구해달라고 애원했다죠. 그러자 관대한 그 친구는 간절히 부탁하는 여자를 안심시키며 여자 애인의 이름을 듣자마자 결혼을 포기했다는군요. 이미 자기 돈으로 농장도 하나 사 두고 그곳에서 자신의 여생을 보낼 생각이었는데 말이죠. 그는 주식을 사들이려고 남겨 놓은 포획 상금과 함께 농장 전체를 자신의 경쟁자에게 넘겨주고 젊은 여자의 아버지에게 딸이 애인과 결혼하도록 허락해달라고 직접 부탁까지 했답니다. 하지만 제 친구의 체면을 봐서 그랬는지 노인은 단호히 거절했죠. 친구는 노인의 결심이 확고하다는 사실을 깨닫자 그 나라를 떠났고, 전 애인이 그녀의 뜻에 따라 결혼을 했다는 소식을 들을 때까지 돌아가지 않았답니다. '정말 대단한 친구네!'라고 누이는 감탄할 거예요. 정말 그 사람은 그래요. 하지만 평생을 배 위에서 보낸 터라 밧줄과 돛대 밧줄 외에는 아는 게 거의 없어요.

그런데 내가 불평 좀 한다고, 혹은 아직 경험해보지 않은 내 고된 노고를 위로해줄 사람을 바란다고 해서, 내 결심이 흔들린다고 지레짐작하진 마세요. 운명처럼 확고하니까요. 단지 날씨가 출발을 허락할 때까지만 항해가 늦춰질 거예요. 겨울은 무척이나 혹독하지만 봄은 더할 나위 없이 좋을 것 같아요. 봄이 상당히 이르다고 하는데, 어쩌면 예상보다 빨리 출항할지도 모르겠어요. 나는 어느 것도 서두르지 않을 거예요. 누이도 충분히 알 겁니다. 다른 사람의 안전이 나와 상관있을 경우 내가 얼마나 신중하고 사려 깊은지 말이죠.

임박한 내 계획에 대한 기대감을 어떻게 표현해야 할지 모르겠어요. 출발을 준비하는데, 설레면서도 한편으로는 두려운 이 떨림의 감정을 도저히 누이에게 전할 수가 없군요. 나는 '안개와 눈의 땅'[04]이 있는 미지의 탐험 지역으로 갈 겁니다. 하지만 앨버트로스는 한 마리도 죽이지 않을 테니 내 안전에 대해서는 걱정하지 마세요.

망망대해를 지나 아프리카나 아메리카의 최남단 곳을 지나 돌아오면 누이를 다시 만날 수 있을까요? 그런 성공은 감히 기대도 하지 않아요. 그렇다고 그 반대 상황을 생각하고 싶지도 않아요. 기회 있을 때마다 계속해서 편지를 보내주세요. 아주 많은 격려가 필요한 상황에서 누이 편지를 받을지도 모르니까요. (그럴 기회가 있을지 모르겠지만) 진심으로 누이를 사랑해요. 애정 어린 마음으로 나를 기억해주세요. 내 소식을 영영 듣지 못하더라도 말이죠.

사랑하는 동생,

로버트 월턴.

04 새뮤얼 테일러 콜리지의 《늙은 뱃사람의 노래》에 나오는 표현.

편지 3

영국의 새빌 부인에게

17××년 7월 7일

사랑하는 누이에게

내가 무사하며, 무척 순조롭게 항해하고 있다는 소식을 전하기 위해 서둘러 몇 자 적습니다. 이 편지는 지금 아르한겔스크에서 고국을 향해 가는 어느 상인을 통해 영국에 도착할 거예요. 아마 수년간 조국 땅을 밟지 못할지도 모르는 나에 비하면 참으로 운 좋은 사람이죠. 하지만 기분은 괜찮아요. 우리 선원들은 대담하며 목표의식이 확고합니다. 게다가 우리가 접근하고 있는 지역의 위험성을 보여주듯 우리 옆으로 유빙들이 계속해서 지나가지만 당황하는 기색이 전혀 보이지 않아요. 우리는 이미 고위도 지역에 도달했어요. 그러나 이곳은 한여름이고, 물론 영국만큼 그렇게 덥진 않지만, 오매불망 다다르기를 바라는 그 해안가로 우리를 빠르게 실어 보내주는 강한 남풍에는, 뜻밖에 기력을 북돋아 주는 온기가 가득하네요.

편지에 언급할 만한 사고는 아직 전혀 없었답니다. 한두 번 세찬 강풍과 돛대도 부서지는 사고가 있었지만, 노련한 항해사라면 기록할 정도로 기억할 일은 아니죠. 그리고 항해 도중 우리에게 나쁜 일이 생기지 않는다면 천만다행이고요.

잘 지내세요. 사랑하는 마거릿 누이. 누이뿐만 아니라 나 자신을 위해서도 무모하게 위험에 맞설 생각은 없으니 안심하고요. 인내심을 갖고, 침착하고 신중하게 행동할 겁니다.

영국에 있는 친구들 모두에게 안부 전해주세요.

누이를 너무나 사랑하는 동생,

로버트 월턴.

편지 4

영국의 새빌 부인에게

17XX년 8월 5일

아주 이상한 일이 우리에게 벌어져서, 도저히 그 일을 기록하지 않을 수가 없네요. 이 편지들을 받아보기 전에 누이가 나를 만날 가능성이 아주 높지만 말이죠.

지난 월요일(7월 31일), 얼음이 사방에서 우리 배로 접근해와 우린 거의 갇힌 상태였고, 배가 떠 있는 그곳에 움직일만한 공간이 거의 없었죠. 특히나 아주 짙은 안개가 우리를 에워싸고 있었기 때문에 우리는 다소 위험한 상황이었어요. 그래서 우리는 대기와 날씨가 바뀌기만을 기다리며 바람이 불어오는 쪽으로 뱃머리를 멈춰 세웠죠.

2시쯤인가, 안개가 걷히고 우리는 고르지 않은 광대한 얼음 평원이 사방으로 쫙 펼쳐져 있는 것을 보게 됐죠. 끝이 없는 것 같았어요. 몇몇 동료들이 괴로워했고 나 역시 걱정스러운 마음에 경계를 게을리하지 않았죠. 그때 갑자기 수상한 모습에 우리의 이목이 쏠리면서 우리가 처한 상황에 대한 걱정을 잊게 되더군요. 우리는 개들이 끄는 썰매에 고정된 낮은 마차 한 대가 반 마일 떨어진 곳에서 북쪽을 향해 가는 것을 보았어요. 사람 형체지만, 덩치가 어마어마하게 큰 존재가 썰매를 타고 개를 몰고 있었죠. 우리는 그 여행자가 저 멀리 울퉁불퉁한 빙상 사이로 사라질 때까지 망원경으로 질주하는 그 모습을 계속 지켜봤죠.

이 광경에 우리는 완전히 놀랐어요. 육지에서 수백 마일 떨어진 곳에 있다고 생각했거든요. 그런데 이 뜻밖의 출현으로 사실 우리의 추측처럼 그렇게 멀리 떨어진 곳은 아닐 거라는 생각이 든 거죠. 그래서 최대한 촉각을 곤두세우며 지켜봤는데, 얼음 속에 갇혀 있다 보니 그 사람의 흔적을 도저히 쫓을 수가 없었어요.

그 일이 있은 지 두 시간쯤 지났을 때, 먼 곳에서 큰 파도 소리가 들렸고 밤이 되기 전에 얼음이 갈라지면서 배가 자유로워졌죠. 하지만 그 얼음이 깨진 후 여기저기 떠다니는 커다란 얼음 덩어리와 자칫 어둠 속에서 충돌할까 봐 아침이 될 때까지 멈춰서 있었어요. 덕분에 몇 시간 동안 휴식을 취할 수 있었죠.

그런데 다음 날 아침 동이 트자마자 갑판 위에 올라가니, 선원들이 다들 배 한 쪽으로 몰려가서 바다에 있는 누군가와 이야기를 나누고 있는 것이 보였어요. 실은 우리가 앞서 봤던 것과 같은 썰매였는데, 커다란 얼음 조각을 타고 밤사이 우리 쪽으로 떠 내려왔던 거예요. 개는 겨우 한 마리만 살아남았고 그 안에 사람이 한 명 있었는데, 선원들이 그에게 배에 타라고 설득하고 있었죠. 그 사람은 앞서 봤던 여행자처럼 어떤 미지의 섬에 사는 야만인이 아니라 유럽인이었어요. 내가 갑판에 나타나자 선장이 "이 분은 선주이십니다. 당신이 망망대해에서 죽게 내버려 두진 않을 겁니다"라고 말하더군요.

나를 보자 그 낯선 사람은 이상한 악센트가 있는 영어로 내게 말을 걸었죠. "당신 배에 타기 전에, 미안하지만 어디로 가는 중인지 알려주시 겠습니까?"

절체절명의 순간에 있는 사람이 내게 한다는 질문이 그거라니, 내가 얼마나 놀랐는지 누이는 상상이 가겠죠. 그리고 그 사람한테 배는 세상의 그 어떤 귀중한 보물과도 바꿀 수 없는 생명줄이었을 텐데 말이죠. 아무 튼, 나는 우리가 북극을 향해 탐험 중이라고 대답했어요.

그는 내 이야기를 듣자마자 흡족해하며 배에 타는 데 동의했답니다. 맙소사! 마거릿 누이! 만약 누이가 이렇게 자신의 안전을 포기한 그 사람 을 봤다면 대단히 놀랐을 겁니다. 팔다리는 거의 꽁꽁 얼어붙었고, 육체 는 피로와 고초로 인해 무척이나 쇠약해진 상태였죠. 나는 그렇게 비참 한 상황에 부닥친 사람을 본 적이 없어요. 우리는 그를 선실로 옮기려고 했어요. 하지만 신선한 공기가 없어지자마자 바로 정신을 놓아버리더군 요. 그래서 다시 그를 갑판으로 데리고 나와 브랜디로 몸을 문지르고 적 은 양이나마 억지로 넘기게 하여 정신을 다시 차리게 했어요. 그 남자가 소생의 기미를 보이자마자 우리는 그를 담요로 싸서 부엌 난로 굴뚝 근 처로 옮겼죠. 그가 천천히 의식을 회복하고 수프를 조금씩 먹으면서 극 적으로 회복이 됐어요.

이런 식으로 이틀이 지나자 말도 할 수 있게 되었죠. 나는 그간 겪 은 고생으로 이해력이 상실되지 않았을까 가끔 염려스러웠어요. 그가 어 느 정도 회복되었을 때, 나는 그를 내 선실로 옮기고 내 일에 방해가 되 지 않는 선에서 그를 돌봐주었죠. 그렇게 흥미로운 존재는 처음 봤어요. 평소 그의 눈빛은 사나워 보이고 심지어 광기까지 서려 있지만, 누군가가 자신을 친절하게 대하거나, 하찮은 도움이라도 받게 될 때면 그의 표정은 자애롭고 다정한 모습으로 환하게 빛났죠. 내가 한 번도 본 적 없는 그런 모습이었어요. 그래도 대부분은 침울하고 절망스런 모습이었고 간혹 자신을 내리누르는 고통의 무게를 못 견디겠다는 듯 부득부득 이를 갈곤 했죠.

손님이 어느 정도 회복되었을 때쯤에는, 그에게 물어보고 싶은 게 많은 선원들을 떼어내느라 얼마나 고생했는지 몰라요. 그들의 쓸데없는 호기심에 그 남자가 시달리도록 내버려 둘 순 없잖아요. 그의 심신 상태가 회복되려면 아무래도 푹 쉬어야 하니까요. 하지만 한 번은 부선장이 이렇게 물어보더군요. 어째서 그런 이상한 물건을 타고 얼음 위를 건너 이렇게 먼 곳까지 왔느냐고요.

그러자 그 남자의 표정이 순식간에 아주 어두워지더니 이렇게 대답했죠.

"나한테서 도망간 놈을 찾으려고요."

"그럼 당신이 쫓는 그 사람도 같은 식으로 움직였나요?"

"네."

"그렇다면 우리가 그 사람을 본 것 같군요. 당신을 태우기 전날, 개들이 끄는 썰매 한 대가 얼음 위를 가로지르는 걸 봤답니다. 그 안에 사람이 타고 있었지요."

이 말에 그 낯선 사람이 신경을 곤두세우더니, 그 악마(그가 이렇게 불렀어요)가 지나간 방향에 대해 꼬치꼬치 캐묻더군요. 잠시 후, 나와 단둘이 남게 된 그는 이렇게 말했죠. "여기 계신 좋은 사람들과 마찬가지로, 당신도 당연히 나에 대해 궁금하실 텐데 워낙 사려 깊으신 분이라 캐묻질 않으시는군요."

"그렇습니다. 사실 내가 꼬치꼬치 캐물어 당신을 괴롭히는 건 아주 무례하고 몰인정한 짓일 겁니다."

"그럼에도 당신은 이 낯설고 위험한 상황에서 저를 구출해주셨고 친절하게도 목숨까지 구해주셨어요."

이 말을 마치자마자, 지난번 깨진 얼음으로 다른 썰매가 부서질 수 있느냐고 그가 묻더군요. 나는 확실한 대답을 해줄 수 없다고 했죠. 왜냐하면, 거의 한밤중까지는 얼음이 깨지지 않았고 그 전에 그 여행자가 안전한 장소에 도착했을 수도 있는데, 나는 그걸 알 도리가 없으니까요.

이때부터 그는 전에 나타난 그 썰매를 찾으려고 갑판 위에 너무나 있고 싶어 했어요. 하지만 나는 그에게 선실에 있으라고 설득했죠. 낯선 대기를 감당하기에는 그가 너무 쇠약해져 있었으니까요. 그러나 그 사람 대신 누군가에게 지켜보게 하다가 뭔가 새로운 게 나타나면 바로 그에게 알려주겠다고 약속했죠.

이것이 현재까지 그 기이한 사건과 연관된 나의 일지 내용입니다. 그 낯선 사람은 차츰 건강이 회복되었지만, 무척 조용했고 나 외에 다른 누군가가 선실에 들어오면 불편해 보였죠. 하지만 워낙 호감 가고 정중한 태도에 선원들 모두 그에게 관심을 가졌어요. 물론 그들은 그 사람과 거의 대화를 나누진 못했지만 말이죠. 나로서는 그를 동생처럼 사랑하기 시작했어요. 그의 끝도 없이 깊은 슬픔에 내 마음은 동정과 연민으로 가득 찼죠. 한창때는 분명 기품 있는 인물이었을 거예요. 만신창이가 된 지금 같은 상황에서도 이토록 매력적이고 온화하니 말이죠.

마거릿 누이에게 보낸 어느 편지에, 이 망망대해에서는 친구 한 명 찾을 수 없을 거라고 썼잖아요. 그런데 찾았어요. 고통으로 그의 정신이 피폐하기 전이었다면, 기꺼이 진심으로 형제가 되고 싶었을 사람을 말이죠.

이따금씩 이 낯선 사람과 관련된 일지를 계속 쓸 거예요. 뭔가 기록할 만한 새로운 사건들이 생긴다면 말이죠.

17XX 년 8월 13일

손님에 대한 애정이 날로 커져만 갑니다. 그는 놀랄 정도로 존경심과 연민을 동시에 불러일으키죠. 불행으로 파괴된 너무나 고귀한 이 피조물을, 극도로 사무치는 슬픔 없이 어떻게 볼 수 있을까요? 그는 아주 정중하면서도 현명하고, 세련된 사고를 지니고 있죠. 말할 때도 아주 탁월한 단어를 선택하면서도, 일찍이 본 적 없는 능변을 쏟아낸다니까요.

그는 이제 병에서 많이 회복되어 계속 갑판 위에 나와 있는데, 아무래도 자신을 앞서 갔던 썰매를 찾는 것 같아요. 게다가 그 비참한 상황 속에서도, 자신의 고통 속에 완전히 파묻히는 대신 다른 사람들의 계획에 깊이 관심을 보이고 있어요. 그는 내 계획에 대해 자주 질문을 했고, 나는 솔직하게 그와 이야기를 나누었죠. 그는 내 신뢰에 기분이 좋아 보였고 내 계획에 대한 몇 가지 대안들을 제안했는데 내게 상당히 유용할 거예요. 그는 잘난 체하는 법이 없고 모든 행동은 오로지 주변 사람들의 안녕에 대한 본능적인 관심에서 비롯된 것 같았죠. 종종 우울해 하기도 하지만, 그럴 때마다 혼자 앉아서 음울하고 비사교적인 기분을 전부 극복해보려고 노력한답니다. 비록 절망감이 절대 그를 떠나지 않는다 해도, 이러한 감정적 발작은 태양 앞을 지나가는 구름처럼 그를 지나갈 거예요. 나는 그의 신임을 얻으려고 노력했고 성공했다고 믿어요. 어느 날 나는 그에게 나를 지지해주고 조언을 통해 나를 인도해주는 친구를 늘 찾고 싶었다고 말했죠. 그러면서 충고를 듣고 기분 나빠하는 그런 부류의 사람은 아니라고 덧붙였죠. "난 독학을 했기 때문에 아무래도 혼자 힘으로는 부족한 게 많아요. 그래서 바라건대 내 친구는 내게 확신을 주고 도움을 주기 위해 나보다 더 현명하고 노련한 사람이었으면 해요. 게다가 진정한 친구를 찾는 것이 불가능하다고 생각하지도 않고요."

낯선 사람은 이렇게 대답했죠. "우정은 가치 있을 뿐만 아니라 얻을 수 있는 거라고 믿는 당신 생각에 동의합니다. 나도 한때 아주 고결한 친구가 한 명 있었기 때문에 우정을 판단할 자격이 있습니다. 당신은 희망을 품고 있고 당신 앞에 세상이 펼쳐져 있으니 절망할 이유가 전혀 없습니다. 하지만 나는……. 나는 모든 것을 잃어버렸기에 다시 새롭게 인생을 시작할 수 없어요."

그가 이 말을 할 때, 그의 얼굴에 차분하면서도 서글픈 표정이 내려앉았고 그 모습에 마음이 미어지더군요. 하지만 그는 아무 말 없이 이내 선실로 돌아갔어요.

아무리 기분이 좋지 않아도, 그 사람만큼 자연의 아름다움을 강렬하게 느끼는 사람은 없을 걸요. 별이 총총 빛나는 하늘과 바다, 그리고 이 경이로운 지역이 선사하는 모든 광경은 여전히 그의 영혼을 땅 위로 고양하는 힘이 있는 듯합니다. 이런 사람은 두 가지 실체를 가지고 있죠. 고통을 겪으며 절망감에 휩싸여 있지만, 자기 자신 속으로 물러서면 마치 후광을 두른 천상의 영혼이 되어, 감히 그 후광 안으로 어떤 슬픔이나 어리석음도 들어갈 수 없어요.

누이는 이 신성한 방랑자에 대해 내가 표현하는 열정을 비웃겠죠? 만약 그렇다면 누이는 예전 누이만의 매력이었던 순박함을 잃어버린 게 분명해요. 하지만 누이가 꼭 웃을 거라면 그 표현들이 전하는 온기에 미소 지어줘요. 나는 매일 그런 표현들을 반복할 새로운 이유를 찾을 테니까요.

17XX년 8월 19일

어제 그 낯선 사람이 내게 말했어요. "월턴 선장님, 당신은 내가 전례 없이 극심한 고초를 겪었다는 걸 쉽게 알아채겠지요. 한때는 이런 해악에 대한 기억이 나와 함께 사라져야 한다고 생각했었죠. 하지만 당신 때문에 그 생각을 바꿨어요. 당신은 내가 한때 그랬던 것처럼 지식과 지혜를 추구하고 있어요. 부디 그 소망이 충족되었을 때, 내 것이 그랬듯, 당신을 무는 뱀이 되지 않기만을 간절히 바랄 뿐입니다. 내가 겪은 이 불행한 이야기를 털어놓는 것이 당신에게 무슨 도움이 될지 모르겠습니다. 그럼에도 마음이 내킨다면 내 이야기에 귀 기울여주세요. 이 이야기와 관련된 괴이한 사건들은 자연을 바라보는 관점을 제공해주고, 당신의 능력과 이해력을 확장해 줄 거라고 믿습니다. 당신은 불가능하다고 믿는 데 익숙했던 힘이나 사건들에 대해 듣게 될 거예요. 하지만 내 이야기는 이야기를 구성하는 사건들이 진실이라는 내재적 흔적을 연속해서 전달할 거라고 믿어 의심치 않습니다."

누이도 금방 눈치를 챘겠지만 나는 이런 의사소통을 제안받고 무척이나 기뻤어요. 하지만 그가 불행했던 일들을 설명하다가 다시 고통을 겪는 건 견딜 수 없었죠. 그가 약속한 이야기를 듣고 싶은 마음이 굴뚝같았어요. 어느 정도는 호기심에서, 또 어느 정도는 내가 할 수 있다면 그의 운명을 좋게 바꾸고 싶은 강렬한 욕망에서였죠. 나는 이런 감정들을 대답에 담아 표현했어요.

그가 말하더군요. "이해해주셔서 감사합니다만 아무 소용없어요. 내 운은 거의 다했습니다. 단지 한 가지 일만 기다리고 있죠. 그런 다음 평화롭게 영면할 겁니다. 당신 기분은 이해합니다." 그는 내가 자기 말에 끼어들고 싶어 하는 것을 눈치를 챘지만 계속 말했어요. "하지만 당신은 오해하고 있어요, 친구. 내가 당신을 이렇게 부르는 걸 허락하신다면! 그 어떤 것도 내 운명을 바꿀 수 없습니다. 내 사연을 들으면, 그것이 얼마나 돌이킬 수 없을 정도로 확실한 일인지 이해하게 될 겁니다."

그러더니 다음 날 그는 내가 한가로울 때 자기 이야기를 시작하겠다고 말했죠. 이 약속에 나는 아주 진심 어린 감사의 말을 전했어요. 나는 매일 밤 바쁘지 않을 때 그 날 그가 했던 이야기를 가능한 한 거의 그대로 기록해두기로 했어요. 바쁘면 최소한 메모라도 해둘 겁니다. 이 원고는 분명 누이에게 엄청난 즐거움을 줄 거예요. 그러나 그를 알며, 그 이야기를 그의 입에서 직접 듣는 나로서는, 먼 훗날 얼마나 흥미진진하게 그리고 공감하면서 그것을 읽게 될까요!

1장

나는 제네바 출신이고 우리 집안은 그 공화국에서 가장 명망 있는 가문이다. 내 조상들은 오랫동안 자문관과 평의원[05]을 지냈고, 아버지는 존경과 신망을 받으며 여러 공직을 수행하셨다. 공직에 지칠 줄 모르는 아버지의 관심과 청렴함에 대해 잘 알고 있는 사람이라면, 누구나 아버지를 존경했다. 젊은 시절, 아버지는 나라의 공무로 눈코 뜰 새 없이 바쁘게 보내셨고, 말년이 되어서야 결혼을 해 후대까지 덕망과 이름을 남길 수 있는 훌륭한 아들들을 나라에 바쳐야겠다고 생각하셨다.

아버지의 결혼 상황은 아버지의 성격을 잘 보여주기 때문에 언급하지 않을 수 없다. 아버지의 절친한 친구 중에 아주 잘 나가던 상인 한 분이 계셨는데, 숱한 불운을 겪으면서 가난한 신세로 전락하고 말았다. 이 사람의 이름은 보포르였는데, 자존심도 강하고 고집도 센 편이며, 한때 자신의 지위와 화려함으로 이름을 날렸던 바로 그 나라에서 망각과 가난 속에 사는 것을 못 견

---

05 제네바의 의회의원으로, 이 귀족 사회의 몇 안 되는 엘리트 가문에서 선출된다.

더 했다. 그래서 가장 정직한 방법으로 빚을 갚은 후, 딸과 함께 루체른이라는 마을로 도망쳐 그곳에서 두문불출하며 비참하게 살았다. 아버지는 진정한 우정을 나눴던 보포르를 무척 좋아했고 그런 비참한 상황 속으로 숨어버린 친구 때문에 무척 가슴 아파했다. 게다가 친구를 잃은 슬픔에 빠진 아버지는 그를 찾아 자신의 신용과 도움을 통해 그가 세상에 다시 나올 수 있도록 설득하겠노라 결심했다.

보포르는 감쪽같이 종적을 감추었고, 10개월 만에 아버지가 그의 거처를 찾아냈다. 이 발견에 아버지는 뛸 듯이 기뻐하며 로이스 강 근처 초라한 거리에 있는 그 집으로 황급히 달려갔다. 하지만 아버지가 도착했을 때 그를 맞이한 것은 고통과 절망뿐이었다. 보포르는 많은 재산을 날리고 겨우 푼돈만 건진 상태였다. 그러나 그 돈으로 몇 달 동안은 충분히 생계를 유지할 수 있어서, 그동안은 그럭저럭 무역 상점 같은 곳에 괜찮은 일자리를 구하면 되겠다 싶었다. 결국, 그 기간은 백수로 지냈고, 생각할 여유가 생기니 고통은 더욱 깊어지고 마음은 괴로웠다. 급기야 그 생각에 단단히 사로잡혀 석 달이 다 됐을 무렵엔 어떤 힘도 쓰지 못할 정도로 몸져눕고 말았다.

그의 딸은 지극정성을 다해 아버지를 보살폈다. 그러나 그나마 있던 푼돈마저 순식간에 줄어들고, 후원받을 다른 가능성이 전혀 없다는 사실을 절망적으로 바라보았다. 하지만 캐롤라인 보포르는 비범한 심성을 지녔고, 그녀의 용기 덕분에 역경 속에서 꿋꿋하게 버텨 낼 수 있었다. 그녀는 평범한 일자리를 구했고, 지푸라기를 엮었다. 생명을 유지하기에 턱없이 부족한 푼돈이나마 어떻게든 벌어보려고 갖은 애를 썼다.

이런 식으로 수개월이 흘렀다. 그녀 아버지의 병세가 날로 심해지자 그녀는 아버지를 보살피는 데 전적으로 매달렸고, 생계를 유지할 방법도 줄어들었다. 결국, 열 달 후 그녀의 아버지는 그녀 품에서 숨을 거두었고, 그녀는 고아에 빈털터리 신세가 되었다. 이 최후의 일격에 그녀는 속절없이 무너졌다. 그녀가 보포르의 주검 앞에 무릎을 꿇고 비통하게 눈물을 흘리고 있는 바로 그때 우리 아버지가 그 방에 들어갔다. 헌신적으로 제 아버지를 보살폈던 이 가엾은 소녀에게 수호천사처럼 아버지가 나타났고, 친구를 매장한 후 그녀를 제네바로 데려와서 어느 친척의 보호를 받게 했다. 이 일이 있은 지 2년 후 캐롤라인은 아버지의 아내가 되었다.

아버지는 남편이자 부모가 되었을 때, 새로운 상황에 대한 의무들이 자신의 시간을 너무 많이 차지하자, 공적인 일들은 대부분 포기하고 자녀 교육에 전념했다. 나는 자식 중 장남이었고, 아버지의 모든 일과 혜택을 이어받을 후계자였다. 어떠한 피조물도 우리 부모만큼 다정한 부모를 가질 수는 없을 것이다. 두 분은 내가 건강하게 잘 자라도록 아낌없이 보살펴 주셨는데, 외동으로 있었던 몇 년 동안은 특히 그랬다. 하지만 내 이야기를 계속 하기 전에 내가 네 살 되던 해, 일어났던 사건을 기록해야만 한다.

아버지한테는 무척 아끼는 누이가 한 분 계셨는데, 그녀는 이른 나이에 이탈리아 신사와 결혼했다. 결혼 직후 남편을 따라 이탈리아로 떠났고 수년 동안 아버지는 누이와 거의 연락하지 못했다. 그러다가 내가 앞서 언급한 그 무렵 그녀가 세상을 떠났고, 몇 달 후 아버지는 매제로부터 편지 한 통을 받았는데, 어느 이탈리아 여자와 결혼할 생각임을 아버지에게 알리면서 죽은 누이의 외동딸인 어린 엘리자베스를 맡아달라고 요청하는 내용이었다. 편지에는 이렇게 쓰여 있었다. "그 아이를 형님 딸처럼 여기고 교육도 시켜줬으면 하는 것이 제 바람입니다. 아이 엄마의 재산은 아이에게 물려줄 예정이며, 그 서류는 형님께서 보관하시도록 넘기겠습니다. 이 제안을 심사숙고해주시기 바라며, 조카를 새엄마가 키우는 게 나은지, 형님께서 직접 교육하는 것이 나은지 결정하시기 바랍니다."

아버지는 망설이지 않고 그 즉시 이탈리아로 가서 어린 엘리자베스를 장차 그녀의 집으로 데려왔다. 나는 그 당시 엘리자베스는 세상에서 둘도 없이 어여쁜 아이고, 심지어 그때에도 다정다감하고 자애로운 성격의 징후를 보였다는 이야기를 어머니한테서 자주 들었다. 이런 조짐들과 더불어 가족애의 유대 관계를 가능한 한 단단하게 맺고자 하는 마음에서, 어머니는 엘리자베스를 장차 내 신붓감으로 점찍으셨고 그 계획에 대해 한 번도 후회해 본 적이 없으셨다.

이때부터 엘리자베스 라벤자는 내 놀이 동무가 되었고, 우리는 나이가 들면서 친구가 되었다. 엘리자베스는 유순하고 성격도 좋았지만, 여름 곤충처럼 유쾌하고 장난기도 많았다. 그녀는 활발하고 생기가 넘치면서도, 단호하고 심지가 깊었고 심성도 유달리 고왔다. 그녀는 누구보다 자유를 즐겼지만, 그녀만큼 우아하게 구속과 변덕에 순종하는 사람도 없었다. 상상력은 풍부하고, 그럼에도 응용 능력은 뛰어났다. 그녀의 외모는 그녀의 정신을 고스란히 드러냈는데, 적갈색의 눈망울은 새처럼 초롱초롱하면서도 매력적일 만큼 온화했다. 몸매는 가냘프고 바람에 날아갈 듯했으며, 아무리 피곤해도 끄떡없지만, 겉보기에는 세상에서 가장 연약한 생명체 같아 보였다. 나는 그녀의 이해력과 상상력에는 감탄하면서도, 마치 좋아하는 동물을 보살피듯 그녀를 돌보는 걸 좋아했다. 그리고 수수하면서도 이토록 기품 있는 외모와 정신을 겸비한 사람을 나는 한 번도 본 적이 없었다.

누구나 엘리자베스를 흠모했다. 하인들은 부탁할 일이 생기면 언제나 그녀의 주선을 통해서 했다. 우리에게 불화나 논쟁 따위는 없었다. 성격은 전혀 달라도 바로 그 다름 속에 조화가 있었다. 나는 또래들보다 좀 더 조용하고 이성적이었지만 그렇다고 고분고분한 편도 아니었다. 내가 몰두하는 일에는 좀 더 많은 인내심을 발휘했는데, 그러는 동안엔 그다지 힘도 들지 않았다. 나는 현실 세계와 관련된 사실들을 조사하길 좋아했고, 그녀는 시인들의 공상적인 창작품들을 연구하는 데 빠져 있었다. 나에게 세상은 발견하고 싶은 비밀이었다. 그녀에게는 빈터였고 그 빈터를 자신의 상상력으로 가득 채우고자 했다.

내 남동생들은 나보다 상당히 어린 편이었다. 그러나 학교 친구 중 친한 아이가 한 명 있어서, 그가 이런 결핍을 메워주었다. 앙리 클레르발은 아버지의 절친한 친구인 제네바 상인의 아들이었다. 앙리는 놀랄만한 재능과 상상력을 지닌 소년이었다. 아홉 살 때 동화를 써서 모든 친구에게 재미와 놀라움을 선사했던 기억이 난다. 그가 가장 좋아하는 서재에는 기사도와 로맨스 관련 책들이 있었는데, 아주 어렸을 때 우리는 앙리가 좋아하는 이런 책들을 토대로 그가 직접 쓴 대본으로 연극을 하곤 했고, 그 책들에 등장하는 주요 인물들을 꼽자면 오를란도, 로빈 후드, 아마디스, 성 게오르기우스 등을 들 수 있다.

어린 시절을 나만큼 행복하게 보낸 사람은 아무도 없을 것이다. 부모님은 너그러우셨고 친구들은 쾌활했다. 우리는 공부하라는 강요를 받은 적이 없었다. 어떤 식으로든 우리에게는 늘 염두에 둔 목표가 있었고, 그 덕분에 열정적으로 공부할 수 있었다. 우리가 전심전력하도록 부추긴 것은 경쟁이 아니라 이 방법에 의해서였다. 엘리자베스는 친구들이 자기를 앞지르지 않게 하려고 그림 그리기에 전념한 게 아니라, 좋아하는 장면을 제 손으로 직접 그려 숙모를 기쁘게 해주고 싶어서였다. 우리는 라틴어와 영어로 쓰인 책들을 읽기 위해 두 언어를 배웠다. 그렇게 우리는 체벌 때문에 공부를 끔찍하게 여기는 대신 열심히 하는 것을 즐겼고, 어쩌면 우리의 오락 거리가 다른 아이들에게는 고역이었을 수도 있겠다. 우리는 정규적인 방법으로 교육을 받은 아이들처럼 그렇게 책을 많이 읽지도, 그렇게 언어를 빨리 배우지도 않았을지도 모른다. 하지만 우리가 배운 것은 기억 속에 훨씬 더 깊이 새겨졌다.

우리 가족과 관련된 이와 같은 설명에 앙리 클레르발을 끼워 넣어야 하는데, 그는 항상 우리랑 함께였기 때문이다. 그는 나랑 학교를 같이 다녔고 평소 오후 시간을 우리 집에서 보냈다. 그는 외아들이고 집에 함께 놀아줄 사람이 없었기 때문에, 그의 아버지는 아들이 우리 집에서 어울릴 친구들을 찾은 걸 무척 기뻐했다. 그리고 우리도 클레르발이 없을 때는 완전히 행복하지 못했다.

어린 시절 추억을 생각하면 기분이 좋아진다. 불행이 내 정신에 상처를 입히고, 널리 이롭게 하려는 어린 시절 장밋빛 상상들을 자신에 대한 음울하고 편협한 사고로 변화시키기 전이었으니까. 그러나 어린 시절의 모습을 떠올리니, 나도 모르게 그후 불행했던 일들을 초래한 사건들을 언급하지 않을 수가 없다. 앞으로 내 운명을 좌지우지했던 그 격정의 시작에 대해 스스로 설명하다 보면, 그것은 마치 산 속을 흐르는 시냇물처럼, 볼품 없고 거의 잊힌 근원에서 비롯됐다는 사실을 깨닫게 된다. 하지만 그 시냇물은 점점 불어나면서 내 모든 희망과 즐거움을 휩쓸어 버리는 급류가 되었다.

자연 철학[06]은 내 운명을 규정했던 풍조였다. 그러므로 이 이야기에서 그 학문에 대해 내가 애착을 가지게 된 계기를 언급하고자 한다. 열세 살 무렵, 우리 식구는 모두 들뜬 기분으로

---

06 18세기에 자연 과학, 특히 물리학과 관련해서 흔히 사용됐던 용어.

프랑스 토농 근처의 온천으로 떠났지만 궂은 날씨 때문에 하루 동안 꼼짝없이 여관에 갇혀 지내야만 했다. 나는 우연히 그 집에서 코르넬리우스 아그리파[07]의 작품집 한 권을 발견했다. 별 생각 없이 그 책을 펼쳤는데, 그가 증명하려고 시도하는 이론이라든가 그가 언급한 경이로운 사실들은 순식간에 이런 무심한 감정을 열정으로 바꾸어 놓았다. 새로운 빛이 내 마음에 드리운 듯했고, 기쁨에 들뜬 나머지 발견한 것을 아버지에게 들려주었다. 이 부분에서 유용한 지식에 관심을 가지도록 제자들을 이끌만한 기회를 선생님들이 많이 가지고 있다는 걸 나는 언급하지 않을 수 없다. 물론 선생님들은 그것을 완전히 무시하지만 말이다. 아버지는 그 책의 속표지를 대충 훑어보시더니 이렇게 말씀하셨다. "이런! 코르넬리우스 아그리파라고! 사랑하는 빅토르! 이따위에 네 시간을 낭비하지 마라. 이건 허접스러운 쓰레기란다."

만약 이렇게 말씀하시는 대신, 아그리파의 학설들은 완전히 논파 되었으며, 고대 과학의 힘은 허무맹랑하지만, 현대 과학의 힘은 현실적이고 실용적이기 때문에, 고대 과학 체계보다 훨씬 막강한 힘을 지닌 현대 과학 체계가 도입되었다고 설명하려고 노력하셨다면, 그런 상황에서, 나는 분명히 아그리파를 버리고 현대 발견의 결과물인 훨씬 더 합리적인 화학 이론에, 아마도 후끈 달아오른 내 상상력을 발휘하여 열중했을지도 모른

---

07 코르넬리우스 아그리파(1486-1535): 독일의 칼뱅주의자,《비학삼서(De occulta philosophia libri- tres,1529)》의 저자.

다. 게다가 연이은 생각들은 나를 파멸로 이끈 치명적인 충동을 절대로 받아들이지 않았을 것이다. 하지만 내 책을 대하는 아버지의 무심한 태도에, 아버지가 책의 내용을 잘 알고 있다는 확신을 전혀 갖지 못했다. 그래서 나는 계속해서 탐욕스럽게 책을 읽었다.

집으로 돌아온 후 내 첫 관심사는 이 작가의 모든 작품, 그후에는 파라셀수스와 알베르투스 마그누스[08]의 작품을 구하는 것이었다. 나는 이런 작가들의 광적인 상상들을 즐겁게 읽고 연구했다. 이것들은 나 이외에 알고 있는 사람이 별로 없는 보물처럼 여겨졌다. 가끔 아버지에게 이 은밀한 지식의 보고들에 대해 귀뜀해주고 싶었지만, 내가 좋아하는 아그리파에 대한 아버지의 막연한 비난이 언제나 그 마음을 억눌렀다. 그래서 비밀을 꼭 지키겠다는 약속하에 엘리자베스에게 내가 알아낸 것들에 대해 털어놓았다. 하지만 그녀도 그 주제에 관해 관심이 없었기에 나는 그녀 곁에서 홀로 연구를 계속해나갔다.

알베르투스 마그누스의 신봉자가 18세기에 나타나다니 참으로 이상해 보일지 모른다. 하지만 우리 집안은 과학과는 거리가 멀었고 나는 제네바 학교에서 하는 강의에 참석해 본 적도 없었다. 따라서 내 꿈들은 현실에 의해 방해받지 않았고 나

---

08 파라셀수스(1493?-1541): 스위스 태생 의사이자 화학자, 신비주의자. 그의 관심사는 중세 연금술에서부터 근대 초기 경험주의 의학까지 다양했다. 과학 관련 계몽 역사학자들은 파라셀수스의 실험주의와 전체론의 공헌을 인정했다.

는 아주 부지런히 현자의 돌[09]과 불로장생약을 찾아 나섰다. 그러나 차츰 후자에만 전념하기 시작했고 부는 하찮은 목적이 되어버렸다. 만약 내가 인체에서 질병을 추방하고 사람들을 사고사 외에는 어떤 것에도 끄떡없게 만든다면 그 발견물에 얼마나 큰 영광이 따를까!

이런 것들이 나의 유일한 꿈은 아니었다. 유령과 악마를 불러내는 것은 내가 좋아하는 작가들도 대체로 가능하다고 인정했던 것이어서, 나는 그 실현을 간절하게 추구했다. 그리고 내 주문들이 항상 실패하면, 나는 그 실패를 내 스승들의 능력이나 진실성 부족이라기보다 오히려 나 자신의 미숙함과 실수 탓으로 돌렸다.

매일 눈앞에 펼쳐지는 자연 현상도 내 분석을 피하지 못했다. 증류와 증기의 경이로운 효과, 그리고 내가 가장 좋아하는 작가들이 전혀 몰랐던 그 과정들은 나를 깜짝 놀라게 했다. 하지만 공기 펌프에 대한 몇 가지 실험에서 굉장한 경이감이 일었는데, 우리가 자주 찾아가는 한 신사가 그걸 사용하는 것을 보았다.

이런 것들에 대한 초기 철학자들의 무지와 몇몇 다른 점들 때문에, 이들에 대해 믿음이 점점 줄어들었다. 하지만 또 다른 체계가 내 마음속 그들의 자리를 차지하기 전까지 그들을 완전

09 중세의 연금술사들이 모든 금속을 황금으로 만들고 영생을 가져다준다고 믿었던 상상의 물질.

히 버릴 수 없었다.

열다섯 살 무렵, 벨리브 근처 우리 집으로 조용히 지내고 있을 때, 우리는 아주 강력하고 무시무시한 폭풍우를 목격했다. 그것은 쥐라 산맥 뒤쪽에서 다가왔고, 하늘 여기저기에서 까무러칠 정도의 천둥소리와 함께 번개가 내리쳤다. 폭풍우가 몰아치는 동안 나는 호기심과 환희에 휩싸여 그 과정을 계속해서 지켜보았다. 내가 문 앞에 서 있는데, 우리 집에서 18m 정도 떨어져 있는 오래되고 아름다운 떡갈나무 한 그루에서 느닷없이 불길이 일었다. 그 휘황찬란한 불빛이 이내 사그라지자 떡갈나무는 사라졌고, 그 자리에 벼락 맞은 그루터기만 남았다. 다음 날 아침 우리가 그곳을 찾아갔을 때, 나무가 기괴한 모양으로 산산이 부서져 있었다. 그것은 충격으로 쪼개진 것이 아니라, 가느다란 나무 대판(帶板)[10] 조각들로 완전히 쪼그라들어 있었다. 나는 이런 식으로 철저히 파괴된 것은 한 번도 본 적이 없었다.

이 나무의 대재앙에 나는 놀라움을 감추지 못하고 아버지에게 천둥과 번개의 성질과 기원에 대해 진지하게 물어보았다. 아버지는 '전기'라고 대답하면서 동시에 전기력의 다양한 효과에 관해 설명해주셨다. 그리고 자그마한 전기기계를 만들어 몇 가지 실험까지 해 보이셨다. 또한, 하나의 전선 줄이 달린 연을 만들어 구름에서 그 유동 물질을 이끌어내기도 하셨다.

이 최후의 일격을 통해, 아주 오랜 시간 내 상상력의 지배자

---

10 배에서 늑재(肋材)를 임시로 받치는 데 사용.

로 군림했던 코르넬리우스 아그리파, 알베르투스 마그누스, 파라셀수스는 완전히 전복되었다. 하지만 어떤 운명 때문인지 나는 현대 체계에 대한 공부를 시작하는 게 내키지 않았다. 이러한 꺼림칙한 마음은 아래 상황과도 연관이 있었다.

아버지는 내가 자연철학에 대한 강의에 참석했으면 하셨고 나는 그것에 흔쾌히 동의했다. 하지만 강의를 듣지 못하는 몇 가지 사정이 생겨, 그 과정을 거의 끝낼 수 없었다. 그래서 마지막 강의 중 하나는 전혀 이해할 수가 없었다. 교수는 칼륨과 붕소, 황산염과 옥시던트[11]에 대해 아주 막힘없이 이야기하셨지만 나는 이 용어들에 대해 아무런 생각을 할 수 없었다. 거의 비슷비슷한 흥미와 효용의 저자들이라고 생각하는 플리니우스와 뷔퐁[12]의 책들을 여전히 즐겁게 읽긴 했지만, 결국 자연철학이라는 학문에 진저리를 치게 되었다.

이 나이 때, 나는 주로 수학과 대다수 수학 관련 분야에 푹 빠져 있었다. 그리고 언어를 배우는 데도 열심히 매진했다. 라틴어는 이미 능통한 상태였고, 가장 쉬운 그리스 작품 몇 권 정도는 사전의 도움 없이 읽기 시작했다. 또한, 영어와 독일어도

---

11 광화학 스모그의 원인이 되는 산화성 물질.

12 가이우스 플리니우스 세쿤두스 또는 대 플리니우스(Caius Plinius Secundus :A.D 23~79): 고대 로마의 관리 · 군인 · 학자. 코뭄에서 태어났으며 베스비우스 화산 폭발 때 미세눔의 함대 사령관으로 근무하던 중에 화산이 뿜어낸 유독가스에 의해 질식사했다.
뷔퐁 백작 조르주루이 르클레르(1707~1788년): 프랑스의 수학자 · 박물학자 · 철학자 · 진화론의 선구자.

완벽하게 터득했다. 이것은 내가 열일곱 살 때까지 습득한 지식 목록이다. 여러분은 내가 이 다양한 문헌 지식을 익히고 유지하느라 내 모든 시간을 바쳤음을 짐작할 수 있을 것이다.

게다가 또 다른 일이 내게 주어졌는데, 동생들의 선생이 되는 것이었다. 에르네스는 나보다 여섯 살이 어렸고 내겐 중요한 학생이었다. 그는 어렸을 때부터 병약했기 때문에 엘리자베스와 내가 그때부터 쭉 에르네스를 돌봐주었다. 그는 다정다감한 성격이었지만 열심히 공부한다는 것은 무리였다. 우리 집안에서 가장 어린 윌리엄은 아직 아기였지만 세상에서 가장 귀여운 꼬마 친구였다. 초롱초롱한 파란 눈망울과 보조개가 파인 볼, 사랑스러운 행동에, 한없는 애정이 절로 솟구쳤다.

그런 게 우리의 가족이었고, 거기에서 근심과 고통은 영원히 사라진 것 같았다. 아버지는 우리 공부를 봐주셨고 어머니는 함께 놀아주셨다. 우리 중 눈곱만큼이라도 상대보다 우위에 있는 듯 행동하는 사람은 없었다. 우리 사이에서 명령조의 목소리는 전혀 들을 수 없었고, 서로에 대한 애정으로 아무리 사소한 것이라도 서로가 원하는 것을 헤아려주고 들어주었다.

2장

열일곱 살 무렵, 우리 부모님은 나를 잉골슈타트 대학교[13]에 보내기로 하셨다. 지금까지 나는 제네바에 위치한 학교들에 다녔지만, 완벽한 교육을 위해서는 모국 이외의 다른 나라의 관습들도 반드시 알아야 한다는 것이 아버지의 생각이셨다. 그래서 가까운 시일 내에 떠나기로 했다. 하지만 결정된 그 날이 오기 전, 내 인생의 첫 번째 불행이 찾아왔다. 말하자면 장차 내 불행의 전조인 셈이었다.

엘리자베스가 성홍열에 걸렸으나, 병세는 그리 심각하지 않아 곧 회복되었다. 그녀가 격리된 동안 그녀를 간호하지 못하도록 어머니를 말리자는 의견이 많았다. 처음에 어머니는 우리의 간청을 받아들였지만, 사랑하는 엘리자베스의 병세가 좋아지고 있다는 소식을 접하자 가족들은 더는 어머니를 만류할 수 없었고 아직 전염의 위험성이 없어지기 한참 전에 어머니는 그녀 방

---

13 바이에른 대학교(1472-1800) : 프랑스 혁명 당시 음모자들과 이단 종교주의자, 비밀 결사대 같은 두려운 종파의 근거지로 악명이 높았다.

에 들어가셨다. 이 경솔한 행동은 치명적인 결과를 낳았다. 사흘째 되는 날, 어머니가 앓아눕고 말았다. 어머니의 열병은 상당히 심각했고, 의료진들의 표정을 통해 최악의 상황을 예견했다. 임종을 앞두고도 이 다정한 여인의 불굴의 용기와 인자함은 변함없었다. 어머니는 엘리자베스와 내 손을 함께 모으더니 이렇게 말씀하셨다. "얘들아. 너희가 결혼하면 내 미래는 분명 행복할 거라고 기대했단다. 이제 그 기대가 너희 아버지를 위로해주겠지. 엘리자베스, 사랑하는 애야. 내 자리를 대신하여 어린 사촌들을 잘 돌봐주렴. 아아! 너희와 헤어져야 한다니 맘이 너무 아프구나. 사랑받고 행복한 사람이었으니 너희 모두와 헤어진다는 게 어찌 힘들지 않겠니? 하지만 이런 생각들은 나랑 어울리지 않아. 나는 기꺼이 죽음을 받아들이려고 노력할 거란다. 그리고 저 세상에서 너희를 만나길 즐겁게 고대하마."

어머니는 조용히 숨을 거두셨고, 돌아가신 어머니의 표정에서도 따뜻한 사랑이 느껴졌다. 돌이킬 수 없는 불행 때문에 가장 사랑하는 사람과의 연이 끊어지는 그 심정과 마음속에 자리잡은 공허함, 표정에 어리는 절망감을 굳이 설명할 필요는 없을 것이다. 날마다 마주하고 그 존재 자체가 우리의 일부 같았던 어머니가 영영 떠나버렸다는 사실을, 애정 어린 눈의 그 찬란한 빛이 사라지고, 귀에 너무나도 친숙하고 다정한 그 목소리가 조용해지면서 더는 들을 수 없다는 사실을 받아들이는 데 꽤 오랜 시간이 걸렸다. 이런 것들이 처음 며칠의 기억이었다. 그러나 시간이 지나면서 그 불행의 실체가 여지없이 드러나고 그때부터 참으로 쓰라린 고통이 시작됐다. 하지만 무지막지한 손이 다정했던 사람과의 관계를 찢어놓은 것이 아니다. 그렇다면 누구나 느끼고 느껴야 하는 슬픔에 대해 내가 군이 설명할 필요가 있을까? 결국, 슬픔이 필연이라기보다는 사치인 시기가 다가온다. 그리고 신성모독이라고 여길지 모르지만, 입가에 감도는 미소가 사라지지 않는 날이 오기 마련이다. 어머니는 돌아가셨다. 하지만 여전히 우리가 해야 할 의무들이 있다. 그리고 남은 사람들과 함께 계속 살아가야 하고, 약탈자가 잡아가지 않고 살아남았으니 운이 좋다고 생각하는 법을 배워야 한다.

잉골슈타트로의 내 여행은 이런 사건들로 인해 미뤄졌다가 이제야 다시 정해졌다. 나는 아버지로부터 몇 주간의 휴식시간을 얻었다. 이 기간을 비탄에 젖어 보냈다. 어머니의 죽음과 바로 출발해야 하는 내 상황에 다들 정신이 우울했다. 그러나 엘리자베스는 약해진 우리 가족에게 다시금 생기를 불어넣기 위해 노력했다. 숙모의 죽음 이후, 그녀는 새로이 마음을 다잡고 활기를 되찾았다. 자신이 맡은 일을 아주 꼼꼼하게 완수하기로 했고, 외삼촌과 사촌들을 행복하게 하는 가장 긴급한 의무가 자신에게 맡겨졌다고 생각했다. 엘리자베스는 나를 다독여주었고, 아버지를 즐겁게 해줬으며 내 동생들을 가르쳤다. 그녀 자신은 완전히 잊은 채 다른 사람들의 행복을 위해 끊임없이 애쓰는, 이때만큼 그녀가 매력적으로 보였던 적이 없었다.

드디어 내가 떠나야 하는 날이 다가왔다. 나는 클레르발을 제외한 모든 친구들에게 작별인사를 했고, 클레르발은 떠나기 전날 밤을 우리와 함께 보냈다. 그는 나와 함께 갈 수 없는 걸 무척이나 아쉬워했다. 아들을 자신의 사업 파트너로 키우고자 하는 그의 아버지는 평범한 사업자의 삶에 교육은 불필요하다는 평소 지론에 따라, 아들이 나와 함께 가는 것을 납득하지 못했다. 앙리는 교양 있는 사람이었고 빈둥거리고 싶은 생각도 없었다. 그는 아버지의 파트너가 되는 걸 무척 기뻐했지만, 자고로 아주 훌륭한 무역상이라면 세련된 안목도 지니고 있어야 한다고 생각했다.

우리는 그의 불평을 듣고 미래에 대한 여러 가지 소소한 계획들을 세우느라, 늦게까지 깨어 있었다. 다음날 이른 아침 나는 출발했다. 엘리자베스 눈에서 눈물이 왈칵 쏟아져 내렸다. 내가 떠난다는 생각에 슬프기도 했지만 석 달 전에 이 여행을 해야 했다고 생각했기 때문이었다. 그랬다면 어머니의 축복을 받으며 떠날 수 있었을 테니까.

날 태우고 갈 마차에 올라타자, 마음이 무척 뒤숭숭했다. 서로의 기쁨이 되어 주려고 끊임없이 애쓰는 사랑하는 가족들, 그들에게 둘러싸여 있던 나, 이젠 난 혼자였다. 내가 갈 대학교에서 친구들을 만들어야 하고, 나 자신의 보호자가 되어야 한다. 여태까지는 유별날 정도로 남과의 접촉을 꺼리며 집 안에 틀어박혀 지냈다. 덕분에 새로운 얼굴에는 아무도 못 말리는 반감을 품게 되었다. 나는 내 동생들과 엘리자베스, 클레르발을 사랑했다. 이들은 '오랫동안 익숙한 얼굴들'[14]이었다. 하지만 낯선 이들

---

14 찰스 램의 유명한 감성적인 시(1798년) 제목.

과 함께 있는 건 나랑 전혀 어울리지 않는 것 같았다. 여행을 시작했을 때 나는 그런 생각을 했다. 하지만 시간이 흐르면서 활기와 기대에 한껏 부풀어 올랐다. 나는 지식의 습득을 간절히 원했다. 집에 있을 때 젊은 시절을 줄곧 한 곳에 처박혀 보내는 건 힘든 일이라고 종종 생각했고, 세상 속으로 들어가 타인들 사이에서 내 자리를 구축하기를 바랐다. 이제 그 소원들이 이뤄졌고 사실상 후회란 어리석은 짓이었다.

잉골슈타트로의 여행을 하는 도중, 나는 이런 생각과 다른 많은 것들에 대해 생각할 시간을 충분히 가졌다. 여행은 길고도 고되었다. 드디어 도시의 높은 흰색 첨탑이 시야에 들어왔다. 나는 마차에서 내려, 혼자 살 아파트로 안내되어 저녁 시간을 내 마음대로 보낼 수 있었다.

다음 날 아침, 나는 소개장을 들고 몇몇 중요한 교수님들을 찾아뵈었고, 그 외에 다른 교수님 가운데는 M. 크렘페 자연철학 교수님을 찾아뵈었다. 그는 나를 친절하게 대했으며 자연 철학에 속한 다른 과학 분야에서 내 진도를 알기 위해 몇 가지 질문했다. 사실 나는 잔뜩 긴장한 채 벌벌 떨며, 이런 주제에 대해 내가 여태껏 읽어 본 최고의 작가들을 언급했다. 교수는 나를 빤히 쳐다보면서 말했다. "진짜 그런 말도 안 되는 헛소리를 공부하면서 시간을 보냈단 말인가?"

나는 그렇다고 대답했다. M 크렘페 교수는 온화하게 계속 말했다. "자네는 그런 책들에 시간을 허비하면서 그 매 순간들을 완전히, 깡그리 까먹어 버린 셈이야. 게다가 논파된 체계와 쓸데없는 이름으로 자네 기억력에 괜한 부담만 줬지. 이런! 얼마나 적막한 곳에 살았길래, 자네가 그토록 걸신들리게 흡수했던 그런 몽상들이 수천 년이나 지났으며 아주 오래되어 곰팡내가 난다는 걸 자네에게 친절하게 알려준 사람이 한 사람도 없었단 말인가! 나는 이런 문명화된 과학의 시대에 알베르투스 마그누스와 파라셀수스의 신봉자를 만나리라고는 거의 상상도 못했다네. 자네는 공부를 완전히 새로 시작해야겠군."

그는 그렇게 이야기하면서 옆으로 비켜서더니, 자연철학을 다루는 책의 목록을 적어주며 사라고 했고, 다음 주 초부터 자연철학을 개괄적으로 언급하면서 자연철학 강의를 시작할 예정이며, 자신이 빠지는 날에는 동료 교수인 M 발트만 교수가 격일로 화학을 강의할 거라고 알려준 후에 돌아가라고 했다.

나는 집에 돌아왔다. 낙심하진 않았다. 교수가 그렇게 강하게 비난했던 그 저자들을 쓸모없는 사람들이라고 여긴지 이미 오래되었기 때문이다. 하지만 교수가 추천해준 책들을 공부하고 싶은 마음은 별로 없었다. M. 크렘페 교수는 땅딸막한 체구에 걸걸한 목소리, 비호감형 외모를 지녔기에, 나는 처음부터 그 교수의 학설에 별 관심이 없었다. 게다가 나는 현대 자연철학의 유용성을 경멸했다. 과학의 대가들이 불멸성과 권력을 추구했을 때는 전혀 달랐다. 그런 관점은 헛되긴 했지만 원대했으나, 이제 상황은 변했다. 연구자들의 야심은 과학에서의 나의 관심이 주로 근거로 삼는 그런 꿈들을 말살하는 데 국한된 듯했다. 한없이 원대하나 근거 없는 망상을 거의 가치 없는 현실과 맞바꾸라 했다.

홀로 보냈던 처음 이삼일 동안은 위와 같은 생각들을 했다. 하지만 그다음 주가 시작되면서 크렘페 교수가 강의와 관련하여 내게 준 정보들을 생각하기 시작했다. 그리고 우쭐대는 그 땅딸보 교수가 강단에서 하는 강의를 가서 들여다볼 생각은 없었지만, 도시를 떠나 있어서 한 번도 본 적 없는 발트만 교수에 대한 크렘페 교수의 말이 떠올랐다.

나는 호기심 반, 시간 보내려는 마음 반으로, 강의실에 들어갔고 바로 그 직후 발트만 교수가 들어왔다. 이 교수는 동료 교수와는 완전 딴판이었다. 오십 대처럼 보였지만, 무척 자애로운 표정을 지녔다. 관자놀이 부분에 잿빛 머리카락이 약간 덮여 있었지만, 머리 뒤쪽은 거의 검은색이었다. 체구는 작은 편이었지만 자세가 아주 꼿꼿했다. 내가 들어본 것 중 가장 부드러운 목소리를 지녔다. 그는 화학사의 개요를 설명하고 아주 뛰어난 발견자들의 이름을 열정적으로 발음하면서 다른 학자들에 의해 만들어진 다양한 업적들을 요약하는 것으로 강의를 시작했다. 그런 다음 과학의 현 단계에 대해 대강의 견해를 밝혔고, 수많은 기초 용어들을 설명했다. 몇 가지 예비 실험을 마친 후 현대 화학에 대한 찬사로 끝을 맺었는데, 다음 말들은 절대 잊지 못할 것이다.

교수는 이렇게 말했다. "이 학문의 옛 스승들은 불가능한 일들을 약속했지만, 아무것도 이루지 못했습니다. 현대의 대가들은 약속이란 걸 거의 하지 않죠. 그리고 금속은 변할 수 없고 불로장생약은 근거 없는 환상이라고 알고 있어요. 요즘 학자들의 손은 그저 흙을 만지기 위해 만들어진 것처럼 보이고 눈은 현미경이나 도가니를 세세히 보는 데만 쓰이는 것 같죠? 하지만 사실상 이들은 기적을 만들었어요. 자연 구석진 곳으로 뚫고 들어가, 자연이 은신처에서 어떻게 작동하는지 보여줬죠. 그들은 하늘로 올라갔어요. 그들은 혈액이 순환하는 방법을, 우리가 숨쉬는 공기의 특성을 밝혀냈지요. 이들은 새롭고 거의 제한 없는 능력을 얻었습니다. 하늘의 천둥을 마음대로 구사하고, 지진을 흉내 내고, 심지어 그림자에 가려 보이지 않는 세상까지 모방합니다."

나는 교수님과 그의 강의에 무척 만족해하며 강의실을 나왔고 그날 저녁 그를 방문했다. 사적으로 본 그의 모습은 공적인 모습보다 훨씬 더 차분하고 매력적이었다. 강의 도중 그의 표정에는 어떤 위엄이 깃들어 있지만, 집에서는 아주 상냥하고 친절한 모습으로 바뀌었기 때문이다. 그는 내 연구와 관련하여 소소한 이야기를 집중해서 들어주었고 코르넬리우스 아그리파와 파라셀수스의 이름을 듣고 웃긴 했지만, 크렘페 교수가 보인 그런 경멸은 아니었다. 그는 말했다. "현대 철학자들의 지식 토대 대부분은 바로 그분들의 불굴의 열정에 신세를 졌지. 그들은 우리에게 비교적 쉬운 과제를 남겼네. 주로 그들 덕분에 밝혀진 사실에 새로운 명칭을 붙이고 연관된 유형들을 정리하는 것이지. 천재의 노력은 아무리 잘못된 방향으로 가더라도 결국 인류에게 공고한 이득을 주는 방향으로 전환되기 마련이라네." 추측이나 허식이라고는 없는 그의 말을 경청한 후, 그의 강의가 현대 화학자에 대한 나의 편견을 없애주었다고 말했다. 더불어 내가 구해야 할 책과 관련된 그의 조언을 부탁한다고 덧붙였다.

발트만 교수는 말했다. "제자를 얻게 되어 기쁘네. 자네가 능력만큼 열심히 공부한다면 반드시 성공할 거라 확신하네. 화학은 엄청난 발전을 이루었고 앞으로도 계속 발전할 자연철학 분야지. 그런 이유에서 내게 화학은 특별한 연구 분야라네. 그러나 동시에 다른 과학 분야를 소홀히 하지도 않는다네. 만약 인간의 지식 중 그 분야에만 집중한다면 인간은 아주 형편없는 화학자만 만들어 내겠지. 혹시 자네 소원이 그저 겉만 번지르르한 실험주의자가 아닌 진짜 과학자가 되는 거라면, 나는 자네에게 수학을 포함한 모든 자연철학 분야를 열심히 공부하라고 충고하고 싶네."

그런 다음 그는 나를 실험실 안으로 데려가더니 다양한 실험 장비들의 사용법에 관해 설명해주었다. 내가 사야 할 것들을 알려주었고, 실험 장비들을 망가뜨리지 않을 만큼 학문적으로 많은 발전을 보이면 장비를 사용하도록 해주겠다고 약속했다. 게다가 내가 부탁한 책 목록들도 건네주었다. 나는 인사를 하고 나왔다.

이렇게 잊지 못할 하루가 끝났다. 그 날이 내 미래의 운명을 결정한 것이다.

3장

그날부터 자연철학, 그리고 특히 용어상 가장 포괄적인 의미에서 화학이 내 마음을 온통 차지해버렸다. 나는 현대 탐구자들이 이 주제에 관해 썼던, 천재성과 직관력으로 가득한 저서들을 열정적으로 읽어나갔다. 강의에 참석하여 대학의 과학자들이나 지인들과 친분을 나눴다. 심지어 크렘페 교수에게서도 심오한 판단력과 실질적인 지식을 많이 발견했는데, 혐오스러운 생김새와 언행을 함께 지니고 있는 것은 사실이었지만, 그 때문에 가치가 떨어지는 것은 아니었다. 발트만에게서는 진정한 친구의 면모를 발견했다. 그의 상냥한 모습에는 독단의 기미가 전혀 보이지 않았고 솔직하고 온화한 그의 가르침에서는 현학적인 그 어떤 느낌도 찾을 수 없었다. 발트만 교수가 가르치는 자연철학의 그 분야를 좀 더 선호했던 것은 어쩌면 그 학문 자체에 대한 본능적인 애정 때문이라기보다는 이 사람의 다정한 성격 때문이었을지도 모른다. 그러나 이런 마음 상태는 지식을 향한 첫 단계에서만 나타났을 뿐, 화학에 완전히 빠져들수록 오로지 그 학문 자체만을 추구했다. 처음에는 의무와 결단의 문제였던 전심전력이 이제 열정과 열망이 되어, 내가 실험실에서 연구에 몰두하는 동안 어느새 별들은 사라지고 여명이 밝아오곤 했다.

이토록 연구에 빠져 살았으니, 내가 급속도로 발전할 거라는 건 쉽게 짐작이 될 거다. 내 열정에 학생들은 사실 깜짝 놀랐고, 내 기량에 교수들은 혀를 내두를 지경이었다. 크렘페 교수는 음흉한 미소를 띠며 코르넬리우스 아그리파는 어떻게 돼 가느냐고 종종 물었다. 반면에 발트만 교수는 나의 발전을 진심으로 반겼다. 이런 식으로 2년이 지나갔고, 그동안 나는 제네바엔 가지 않은 채, 내가 만들고자 하는 발견물을 위해 열과 성을 다해 연구에 매진했다. 이런 경험이 없는 사람이라면 과학의 매력을 감히 상상도 못 할 것이다. 다른 학문에서는 다른 사람들이 앞서간 만큼 당신이 가면, 더는 알아야 할 게 없다. 그러나 과학적 탐구에서는 발견과 놀랄 거리가 계속해서 존재한다. 보통 정도의 역량을 가진 사람이 한 학문을 열심히 파고든다면, 그 학문에서 분명히 대단한 숙달 수준에 틀림없이 도달하기 마련이다. 나도 끊임없이 한 가지 목표 달성을 추구하고 오로지 그것에만 몰두했더니 이처럼 급속도의 발전을 이뤄내서, 2년이 다 되어 갈 무렵에는 몇몇 화학 도구들의 개선 방법을 알아냈다. 덕분에 나는 대학에서 많은 존경과 칭찬을 한몸에 받았다. 이런 수준에 도달했을 무렵, 나는 잉골슈타트의 교수들이 가르치는 것만큼이나 자연철학의 이론과 실제에 정통해서, 그곳에 계속 머물러 봤자 내 발전에는 더는 도움이 안 될 거라는 생각이 들어 친구들이 있는 고향으로 돌아가야겠다고 결심했다. 그런데 그때 체류기간을 연장할 수밖에 없는 사건이 벌어졌다.

　이상할 정도로 내 관심을 끌었던 경이로운 것 중 한 가지는 인간의 구조, 정확히 말하면 생명이 부여된 동물의 신체 구조였다. 나는 종종 생명의 원리는 도대체 어떻게 진행되나? 자문해 보곤 했다. 대담하고, 불가사의하다고 여겨지던 질문이었다. 만약 소심함과 부주의가 우리의 질문을 억누르지 않았다면, 우리는 아주 많은 것들을 알기 직전에 있을 것이다. 이런 상황들이 머릿속에서 맴돌면서 그때부터 나는 생리학과 관련된 자연철학 분야에 특히 몰두하게 되었다. 초자연적인 열정으로 고취되지 않았다면, 이 학문에 대한 연구는 짜증스럽고 참을 수 없었으리라. 생명의 원인을 조사하기 위해서, 우선 죽음에 의존해야 한다. 나는 해부학에 능통했지만, 그것만으로는 충분치 않았다. 인체의 자연적인 부패와 변형도 알아야 한다. 내가 교육받을 때 아버지는 어떤 초자연적인 공포에도 내 마음이 흔들리지 않도록 각별히 주의를 기울이셨다. 나는 미신 이야기에 움찔하거나 유령의 출현에 두려워했던 기억이 전혀 없다. 어둠은 내 상상력에 아무런 영향을 주지 않았고, 묘지는 그저 아름다움과 권력의 자리에서 쫓겨나 벌레의 먹잇감이 돼버린, 생명을 빼앗긴 시체의 저장소일 뿐이었다. 이제 나는 이런 부패의 원인과 과정을 연구하게 되었고 어쩔 수 없이 묘지나 납골당에서 며칠 밤낮을 보내야 했다. 내 관심은 인간의 여린 감성으로는 도저히 참아낼 수 없는 모든 대상에 고정되어 있었다. 멀쩡한 인체가 어떻게 부패하고 훼손되는지 살펴보았고, 살아서 화색이 돌던 볼에 나타나는 죽음의 부패를 주시했다. 그리고 벌레들이 눈과 뇌의 경이로운 것들을 어떻게 물려받는지도 보았다. 나는 한숨 돌리면서 삶에서 죽음으로, 죽음에서 삶으로의 변화에 대한 예증이 되는 인과관계의 모든 세부사항을 검사하고 분석했으며, 그러다가 이 같은 어둠 속에서 불현듯 한 줄기 불빛을 보게 되었다. 아주 밝고 경이로운 빛이었지만 너무 단순해서, 그것이 보여주는 어마어마한 가능성에 현기증을 느낄 지경이면서도, 같은 학문을 연구하는 수많은 천재 가운데서 나 혼자만 그토록 놀랄만한 비밀을 발견하게 되었다는 사실이 의아할 따름이었다.

기억해라! 나는 미친 사람의 망상을 기록하는 것이 아니다. 하늘에 태양이 비춘다는 것만큼이나 내가 지금 단언하는 이야기는 진실이다. 어떤 기적이 그것을 발생시켰는지는 모르지만, 그 발견의 단계들은 분명하고 그럴듯하다. 믿기지 않을 정도로 연구에 몰두하고 피로감을 느끼며 며칠 밤낮을 보낸 나는 드디어 발생과 생명의 원인을 밝혀내는 데 성공했다. 아니 정확히 말하면, 내가 직접 생명 없는 물질에 생명을 불어넣을 수 있게 되었다. 내가 이런 발견을 경험하면서 처음 느꼈던 놀라움은 이내 기쁨과 황홀함으로 바뀌었다. 괴롭고 지난한 연구에 많은 시간을 보낸 후에 내 욕망의 절정에 오른 것은, 내 고역에 대한 최고의 만족스러운 마무리였다. 하지만 이 발견은 워낙 대단하고 압도적이라서 그것을 향해 계속해서 진행된 모든 과정은 온데간데없이 사라져버렸고 오로지 결과만 보였다. 천지 창조 이후로 현자들이 욕망하고 연구하던 것이 이제 내 손아귀에 있었다.

그렇다고 마법의 한 장면처럼 그 모든 것이 내 앞에서 한꺼번에 펼쳐졌다는 얘기는 아니다. 내가 얻어낸 정보는 이미 성취된 그 목표를 보여준다기보다는 오히려 내 연구 목표를 향해 노력을 기울이도록 일찌감치 그 방향을 제시하는 성격이라 볼 수 있다. 나는 죽은 자들과 함께 파묻혔다가, 무력해 보이는 희미한 한 줄기 빛[15]의 도움으로 생명의 통로를 발견한 아라비아인 같았다.

나의 친구여, 당신의 간절한 마음과 당신 눈에 비친 경탄과 기대를 보니, 내가 알아낸 그 비밀을 듣고 싶은 모양인데 그럴 수는 없다. 내 이야기가 끝날 때까지 참을성 있게 들어라. 그러면 당신은 내가 그 주제에 대해 말을 아낀 연유를 분명히 알게 될 것이다. 그 당시의 나처럼 무방비 상태와 열정만 있는 그대를 파멸과 피할 수 없는 불행 속으로 이끌지 않으려 한다. 나를 통해 배워라. 나의 가르침에 의해서가 아니라면 적어도 내 실례를 통해 배워라. 지식의 습득이 얼마나 위험한 일인지, 그리고 본성이 허락하는 것보다 더 위대해지려고 열망하는 사람보다, 고향을 세상 전부라 생각하는 사람이 훨씬 더 행복하다는 것을 말이다.

아주 놀랄 만한 힘이 내 손 안에 있다는 걸 깨달았을 때, 나는 그것을 어떻게 사용할지 오랫동안 망설였다. 비록 내가 생명을 불어넣을 능력을 소유했다 해도, 섬유질, 근육, 정맥 같은 갖가지 복잡한 조직들을 갖추고 있으면서 생명을 수용할만한 인

15 《천일야화》의 신드바드의 네 번째 모험을 참고하라.

체를 준비하려면 여전히 상상할 수 없는 어려움과 노력을 요하는 작업이 남아있었기 때문이다. 나는 우선 나 같은 존재를, 혹은 더 단순한 유기체를 창조해야 하는지 확신이 서지 않았다. 하지만 내 상상력은 첫 번째 성공에 무척 고무된 상태여서, 인간처럼 복잡하고 경이로운 동물에게 생명을 불어넣는 내 능력을 의심하지 않았다. 지금 내 맘대로 이용할 수 있는 재료들은 그렇게 힘든 작업에 적합해 보이지 않았다. 하지만 결국 성공할 거라는 사실은 믿어 의심치 않았다. 나는 수많은 실패에 대해 마음의 준비를 했다. 시술은 계속해서 좌절될 수 있고 결국 내 작업은 미완으로 끝날 수도 있었다. 그럼에도 과학과 기술 분야에서 날마다 일어나는 발전을 고려한다면, 내가 지금 하고 있는 시도들이 적어도 앞으로 성공의 밑거름이 될 수 있을 거라는 희망으로 자신감을 북돋았다. 나는 내 계획의 원대함과 복잡함을 실행 불가능성의 논거로 보지 않았다. 나는 이런 심정으로 인간 창조에 착수했다. 부속품들이 워낙 작아 속도를 내는 데 방해가 돼서, 처음 의도와는 반대로 거대한 체구의 생명체를 만들기로 했다. 말하자면 2.5m 키에 몸집도 그에 비례하여 커졌다. 이렇게 결심을 굳히고 재료들을 성공적으로 모아 정리하는 데 수개월을 보낸 후 나는 그 일에 착수했다.

성공의 첫 감격 속에서, 허리케인처럼 나를 계속 이끄는 다양한 감정들을 누가 상상할 수 있겠는가. 삶과 죽음은 내게 관념적인 경계처럼 보였고 우선 그것을 뚫고 나가 우리의 어두운 세계 속으로 폭포 같은 빛줄기를 쏟아 부어야 했다. 새로운 종은 자신의 창조자이며 근원인 나를 축복하리라. 그리고 행복하고 훌륭한 많은 본성이 나 때문에 존재하리라. 나만큼 자식들의 감사를 완벽하게 받아 마땅한 아버지는 없을 것이다. 계속 이런 생각이 들자, 내가 생명이 없는 물질에 생기를 불어넣을 수 있다면, 언젠가는 (지금은 그것이 불가능하다는 걸 알고 있지만) 죽어서 부패한 육신에 생명을 부활시킬 수도 있을 거로 생각했다.

내가 끊임없는 열정을 가지고 일을 추진해가는 동안 이러한 생각들은 나의 영혼에 힘을 실어 주었다. 연구하느라 내 볼은 점점 창백해졌고, 집 안에 틀어박혀 있다 보니 몸은 날로 수척해져 갔다. 확신에 이르기 바로 직전에 실패하는 경우도 다반사였다. 그럼에도 여전히 다음 날, 혹은 한 시간 후에 실현될 거라는 기대에 끝까지 매달렸다. 이 단 하나의 비밀은 내 온몸을 바쳐 헌신할 희망이었다. 긴장을 늦추지 못하고 숨죽이며 간절하게 자연의 은신처까지 자연을 뒤쫓는 동안, 달은 나의 한밤중 작업을 뚫어지게 지켜보았다. 죄 많은 무덤가 습지를 첨벙거리며 다니거나, 생명 없는 진흙에 생명을 불어넣기 위해 살아있는 동물을 고문할 때, 그 비밀스러운 고역의 공포를 누가 상상이나 할 수 있겠는가? 지금 내 팔다리는 덜덜 떨리고 그 기억으로 눈에 눈물이 가득하다. 하지만 그 당시 저항할 수 없는, 거의 광기 어린 충동이 나를 앞으로 내몰았다. 이 한 가지 연구에 관련된 것 말고는 내 모든 영혼과 감각이 사라진 것 같았다. 작동을 멈춘 비정상적인 자극을 내 오랜 습성으로 되돌리자마자, 새로 격렬하게 느낀 것이라고는 그저 일시적인 황홀함뿐이었다.

나는 납골당에서 유골들을 모았고 불경스런 손가락으로 인체의 엄청난 비밀들을 교란했다. 복도와 계단 때문에 다른 아파트와는 분리된 집 꼭대기 층의 독방 아니 차라리 감방에, 나는 추악한 창조의 작업실을 마련했다. 세부적인 일들에 집중하느라 눈알이 튀어나올 지경이었다. 해부실과 도살장에서 많은 재료를 공급받았는데, 나도 인간이다 보니 본능적으로 내 일에 혐오감을 느껴 고개를 돌려버리는 경우가 다반사였다. 그러는 동안 여전히 끊임없이 타오르는 열정에 고무되어 내 작업을 거의 마무리하기에 이르렀다.

그렇게 열과 성을 다해 한 가지 연구에 집중하는 동안 여름이 훌쩍 지나갔다. 아주 아름다운 계절이었다. 들판에서 그만큼 풍성한 수확이 이뤄진 적도 없었고 포도밭에서 그렇게 많은 포도를 생산한 적도 없었다. 하지만 내 눈은 황홀한 자연에 무감각해졌다. 그리고 내 주변 풍경을 무시하도록 만든 바로 그 감정들 때문에, 수 마일이나 떨어져 오랫동안 보지 못했던 가족들을 까맣게 잊고 있었다. 나의 무소식이 그들을 불안하게 한다는 걸 알고 있었고, 아버지의 이 말씀도 잘 기억하고 있었다. "너 혼자서 만족해도, 애정 어린 마음으로 우리를 생각하리라 믿는다. 그리고 우리는 정기적으로 네 소식을 듣고 싶구나. 네 편지가 중단된다면, 다른 의무들도 똑같이 소홀히 대하고 있다고 여길 테니 그리 알아라."

그래서 아버지의 심정이 어떠했을지 충분히 짐작이 갔다. 하지만 나는 그 자체로 혐오스러운 내 연구에 대한 생각에서 벗어나기는커녕, 내 상상력은 그것의 저항할 수 없는 지배를 받았다. 말하자면 내 본성의 모든 습관을 모조리 삼켜버린 그 위대한 목표가 이뤄질 때까지, 애정이라는 감정과 관련된 모든 것을 뒤로 미루고 싶었다. 그때는 아버지가 내 무심함을 부도덕이나 나의 결함 탓으로 돌린다면, 그건 아버지의 잘못이라고 생각했다. 하지만 지금은 내가 비난으로부터 절대 자유롭지 않다는 아버지의 생각이 옳았음을 인정한다. 완벽한 인간은 늘 침착하고 평온한 마음을 유지하며, 열정이나 일시적인 욕망으로 인해 그의 평정심이 흐트러져서는 절대 안 된다. 지식 추구도 이런 규칙에서 예외일 수 없다고 생각한다. 만약 당신이 열중하는 연구가 애정을 약화하고, 어떤 불순물도 섞이는 게 불가능한 순수한 즐거움을 누리는 맛을 없애버리는 경향이 있다면, 그땐 그 연구는 불법적이며, 즉 인간 정신에 어울리지 않는 게 분명하다. 만일 이러한 규칙이 항상 준수되고 안정된 가족애를 방해하는 짓을 그 누구도 절대 추구할 수 없었다면, 그리스는 노예국가가 되지 않았을 것이다. 카이사르는 자기 나라에 해를 입히지 않았을 것이다. 미국은 훨씬 더 천천히 발견되었을 것이다. 멕시코와 페루 제국들은 파괴되지 않았을 것이다.

그런데 내가 깜박하고 이야기 중 가장 흥미진진한 부분에서 설교를 늘어놓고 있었네. 당신의 표정을 보니 계속 말해야겠다.

아버지는 편지에 어떤 비난도 하지 않았고, 내 연구에 대해 전보다 더 자세하게 물어보는 것으로 나의 무소식에 주목했다. 연구하는 동안 겨울, 봄, 여름이 지나갔다. 하지만 꽃이 피고 나뭇잎이 무성해지는 걸 보지 못했다. 예전에는 이런 모습들이 언제나 최고의 즐거움을 선사해주었는데 말이다. 그 정도로 나는 연구에 푹 빠져 있었다. 그 해 나뭇잎들이 시들고 나서야 비로소 연구가 막바지에 이르렀고, 이제 하루하루가 지나면서 내가 얼마나 제대로 해냈는지 좀 더 분명하게 드러나기 시작했다. 하지만 불안감에 열정이 억눌리면서, 좋아하는 일에 푹 빠져 사는 예술가라기보다는 오히려 광산이나 다른 해로운 곳에서 뼈빠지게 일하는 노예의 운명을 타고난 사람처럼 보였다. 매일 밤 미열에 시달렸고 아주 고통스러울 정도로 신경이 날카로워졌다. 나는 여태까지 아주 건강하게 살았고 강인한 정신력을 자랑으로 여겼기 때문에 이 병은 나를 더욱 비통하게 했다. 하지만 운동이나 놀이를 하면 이내 그런 증상은 말끔히 사라질 거로 생각하면서 내 창조가 완성될 때 이 두 가지를 하겠노라 스스로 다짐했다.

4장

11월 어느 음울한 밤이 되어서야 내 고군분투한 성과물을 보게 되었다. 고통의 극한에 다다른 불안 속에서 나는 발 앞에 놓인 무생물에 생명의 불씨를 불어넣어 주려고 생명의 도구들을 내 주변으로 끌어모았다. 어느새 새벽 1시였다. 비가 쓸쓸하게 창문을 가볍게 두드렸고 촛불도 거의 다 타버렸다. 바로 그때 반쯤 꺼진 희미한 불빛 사이로 창조물의 흐릿한 노란 눈이 열리는 것이 보였다. 힘겹게 숨을 쉬었고 경련이 일어 사지를 부들부들 떨고 있었다.

이 대참사를 대하는 내 심정을 어찌 말로 표현할 수 있겠는가? 말 못할 고생과 관심을 쏟아가며 고군분투하여 만들어낸 이 악마 같은 괴물을 어떻게 말로 설명할 수 있단 말인가? 그의 사지는 균형이 잘 맞았고 이목구비도 멋진 것들로 골랐다. 정말 아름다웠단 말이다! 하느님 맙소사! 그의 누리끼리한 피부로는 피부 속 근육과 혈관들을 거의 가리지 못했다. 풍성하게 늘어뜨린 윤기 나는 검은 머리카락, 진주처럼 새하얀 치아. 그러나 이런 화려함은, 두 눈에 박힌 회갈색의 흰 안구와 거의 같은 색으로 보이는 희멀건 눈, 쭈글쭈글한 살결, 일자 모양의 검은 입술과 아주 무시무시한 대조를 이룰 뿐이었다.

살면서 여러 사건들을 겪게 되지만, 인간 본연의 감정만큼 변화무쌍하진 않다. 나는 거의 2년 동안 죽은 육신에 생명을 불어넣는 단 한 가지 목표를 위해 매진했다. 그것을 위해 나 자신에게 휴식과 건강도 허용치 않았다. 나는 적당한 정도를 훨씬 넘어서 열정적으로 그것을 원했다. 하지만 작업을 마친 지금, 아름다운 꿈은 사라졌고 내 심장은 숨을 멎게 하는 공포와 혐오감에 휩싸였다. 내가 창조한 존재의 모습을 도저히 참고 볼 수 없어서, 나는 실험실을 뛰쳐나와 오랜 시간 침실에서 서성거렸고, 심란하여 잠도 이루지 못했다. 결국, 이전까지 계속되던 혼란스런 마음은 피로감으로 이어졌다. 나는 옷을 입은 채 침대에 쓰러져 잠시라도 모든 것을 잊으려고 애를 썼다. 하지만 아무 소용없었다. 사실 잠이 들긴 했지만 극심한 악몽에 시달렸다. 생기발랄한 엘리자베스가 잉골슈타트 거리를 걸어 다니는 것을 보았고 나는 기쁘고 놀란 나머지 그녀를 포옹했다. 하지만 내가 그녀의 입술에 입을 맞추는 순간, 그 입술이 죽음의 색깔인 흙빛으로 변했다. 그녀의 외모가 바뀌는 듯하더니, 죽은 어머니의 시신을 품에 안고 있다는 생각이 들었다. 수의가 어머니 몸에 둘러싸여 있었고 플란넬 천의 접힌 부분들로 무덤의 벌레들이 기어가는 것이 보였다. 나는 두려움으로 잠에서 깼다. 식은땀이 이마를 뒤덮었고 이가 탁탁 부딪치며 사지에 경련이 일었다. 희미한 노란 달빛이 창문 셔터 사이로 간신히 새어 들어올 때, 나는 그놈, 내가 창조한 그 미천한 괴물을 보았다. 놈은 침대 커튼을 들어 올렸다. 그리고 눈이, 그걸 눈이라 불러도 좋다면, 그의 눈이 나를 뚫어지라 쳐다보았다. 그는 입을 벌린 채 불분명한 소리로 웅얼거렸고 이를 드러내며 히죽거리자 뺨에 주름이 잡혔다. 말을 하는 것 같았지만, 도무지 알아들을 수가 없었다. 나를 잡으려는 듯, 한 손을 쭉 뻗었지만 나는 그것을 피해 아래층으로 부랴부랴 내려갔다. 내가 머물던 집 뒤뜰에 몸을 숨겼다. 그곳에서 지독한 불안감에 휩싸인 채 서성이며 유심히 귀를 기울고 있다가, 무슨 소리가 들리기라도 하면 마치 자신이 그토록 형편없이 생명을 불어넣어 준 악마 같은 시체가 접근하는 것인 양 조마조마해 하며 남은 밤을 꼬박 지새웠다.

오! 살아있는 인간이라면 괴이한 그놈의 모습은 누구도 참아낼 수 없을 것이다. 다시 생명을 부여받은 미라라 해도 그 녀석만큼 기괴할 수는 없을 것이다. 아직 완성되지 않았을 때 나는 놈을 자세히 보았다. 당시도 그는 못생겼었다. 하지만 근육과 관절들이 움직일 수 있게 되자 단테도 상상할 수 없는 존재가 돼 버린 것이다.

나는 그날 밤을 비통하게 보냈다. 맥박이 너무 빨리 힘겹게 뛰는 바람에 모든 혈관의 고동을 느꼈다. 피로감과 지독한 무력감에 거의 바닥에 주저앉다시피 했을 때도 있었다. 이런 공포와 더불어 나는 극심한 실의에 빠졌다. 그토록 오랜 시간 동안 나의 양식이자 즐거운 휴식이었던 꿈들이 이제 나에겐 지옥이 돼 버렸다. 변화는 너무나 급작스러웠고, 전복은 너무나 완벽했다!

마침내 암울하고 눅눅한 아침이 밝아왔다. 잠을 자지 못해 충혈된 눈에 잉골슈타트의 교회, 교회의 하얀 첨탑과 시계가 보였다. 시계는 6시를 가리키고 있었다. 문지기가 전날 밤 나의 피난처였던 뒤뜰의 문을 열었고 나는 잰걸음으로 거리로 나왔다. 마치 모든 거리 모퉁이에서 괴물과 마주치는 것을 피하려는 듯. 나는 내가 머물던 아파트로 돌아갈 엄두가 나지 않았다. 어쨌든 어두컴컴하고 적막한 하늘에서 쏟아 붓는 비에 홀딱 젖을지라도 서둘러 계속 가야 한다고 생각했다.

나는 얼마 동안 이런 식으로 계속 걸었고 몸을 움직여 마음을 짓누르는 짐을 줄이려고 노력했다. 내가 어디에 있는지, 무엇을 하고 있는지 분명히 파악하지 못한 채 거리를 배회했다. 내 마음은 쓰라린 두려움으로 두근거렸고 감히 주변을 둘러볼 엄두도 내지 못한 채 휘청거리며 황급히 발길을 옮겼다.

> 공포와 두려움에 휩싸여
> 고독한 길을 걷는 사람처럼,
> 한 번 뒤돌아보고는 계속 걷고
> 더는 고개를 돌리지 않는다.
> 끔찍한 악령이 그 뒤를
> 바짝 따라온다는 것을 알기에.[16]

---

16 콜리지의 《늙은 뱃사람의 노래》에서 인용.

그런 식으로 계속 가서, 나는 마침내 평소 여러 승합마차와 사륜마차들이 멈춰서는 여인숙 반대편에 이르렀다. 나는 여기서 잠시 멈춰 섰는데 이유는 모르겠다. 하지만 거리 반대편 끝에서 나를 향해 다가오는 어느 마차를 몇 분간 뚫어지라 쳐다보았다. 그것이 점점 다가오자 스위스 승합마차라는 걸 알게 되었다. 그 마차는 내가 서 있는 바로 그곳에 멈춰 섰고 문이 열리자 앙리 클레르발이 보였다. 그는 나를 보자마자 바로 뛰어 나왔다. "프랑켄슈타인 아닌가!" 그가 소리를 질렀다. "이렇게 자네를 만나다니 정말 반갑군! 내리자마자 바로 여기에 자네가 있다니 천만다행이야!"

클레르발을 만난 것만큼 기쁜 일이 또 있을까! 그의 존재는 아버지와 엘리자베스, 그리고 내 기억 속에 소중히 간직된 고향의 풍경들을 고스란히 떠오르게 했다. 나는 그의 손을 잡았고 그 순간만큼은 두려움과 불행을 까맣게 잊어버렸다. 갑자기 수개월 만에 처음으로 차분하고 평화로운 즐거움을 느꼈다. 그래서 내 친구를 최대한 따뜻한 마음으로 환영했고 우리는 대학교를 향해 걸었다. 클레르발은 한참 동안 서로의 가족들에 대해, 그리고 잉골슈타트에 올 수 있도록 허락받은 운 좋았던 일들에 대해 계속해서 이야기했다. 그는 말했다. "상인이 부기를 제외하고 다른 건 알 필요 없다는 것은 절대 당연하지 않다고 아버지를 설득하는 게 얼마나 힘든 일인지 자네는 쉽게 짐작할 걸세. 사실 아버지는 끝까지 이해하지 못하셨던 것 같아. 나의 지칠 줄 모르는 부탁에도 아버지의 대답은 한결같이 《웨이크필드의 목사》에 나오는 네덜란드 출신 교사의 답변과 같았으니까. '나는 그리스어를 몰라도 1년에 만 플로린을 벌고 그리스어를 몰라도 잘 먹고 산다.' 하지만 결국 아버지는 나에 대한 사랑 때문에 배움에 대한 반감을 극복하신 거지. 그리고 아버지는 지식의 땅으로 가는 발견의 여행을 시작하라고 허락해주셨네."

"자네를 보니 말할 수 없이 기쁘군. 그런데 자네가 떠날 때 우리 아버지와 동생들, 엘리자베스는 어땠는지 말해주겠나?"

"아주 잘 있어. 아주 행복하게. 단지 자네 소식을 거의 듣지 못해 좀 불안해했지만. 이왕 말이 나왔으니 말인데, 가족들과 관련해서 자네에게 한소리 좀 해야겠네. 내 친구 프랑켄슈타인⋯." 그는 잠시 말을 멈추더니 내 얼굴을 물끄러미 바라보면서 계속 말을 이어갔다. "자네가 얼마나 핼쑥해 보이는지 진작 말하지 않았는데, 어쩜 이렇게 마르고 핏기가 하나도 없나! 며칠 밤을 한숨도 못 잔 것 같군."

"자네 말이 맞아. 최근에 한 가지 연구에 깊이 빠져 있는 바람에 자네가 보는 것처럼 충분히 쉴 수가 없었네. 하지만 이제 그 일들이 모두 끝났으니, 정말 자유로워지고 싶군."

나는 심하게 몸을 떨었다. 어젯밤 일들을 떠올리는 것만으로도 참기 힘든데, 넌지시 언급하는 것이 덜 할 리 있겠는가. 나는 황급히 걸음을 옮겼고 우리는 이내 내가 다니는 대학에 도착했다. 그때 나는 아파트에 남겨둔 그 괴물이 아직도 그곳에 살아 서성이고 있을지도 모른다는 생각에 온몸이 후들거렸다. 괴물을 볼 엄두도 나지 않았지만, 앙리가 놈을 보게 될까 봐 그게 훨씬 더 두려웠다. 그래서 계단 맨 아래쪽에 잠시 있어달라고 그에게 부탁한 후 한달음에 내 방으로 향했다. 내 손은 이미 내가 알아차리기도 전에 문고리에 있었다. 나는 잠시 멈췄고 차가운 전율이 나를 덮쳤다. 문을 세게 열었다. 마치 반대편에서 유령이 자기들을 기다리고 있다고 생각할 때 아이들이 흔히 그러듯이. 하지만 아무것도 나타나지 않았다. 나는 겁에 질린 채 안으로 들어갔고 아파트 안은 텅 비어 있었다. 침대에도 그 괴이한 손님은 보이지 않았다. 어떻게 이런 대단한 행운이 내게 일어날 수 있는지 도저히 믿기지 않았지만, 그 원수 같은 놈이 도망쳤다는 확신이 든 나는 기뻐서 손뼉을 치며 클레르발에게 내려갔다.

우리는 방으로 올라왔고 하인이 바로 아침 식사를 가져왔다. 하지만 나는 감정을 억누를 수가 없었다. 나를 사로잡은 것은 기쁨만이 아니었다. 과민 반응이 심해지면서 피부가 따끔거렸고 맥박이 빠르게 뛰었다. 한순간도 제자리에 가만히 있을 수 없었다. 의자 위를 넘어 다니면서 손뼉을 치고 큰소리로 웃었다. 처음에 클레르발은 자기가 온 것이 기뻐서 이런 별난 기분을 느끼겠거니 생각했다. 하지만 나를 좀 더 자세히 지켜본 그는 내 눈에서 자기도 설명할 수 없는 광기를 보았다. 그리고 내가 소란스럽고 조심성 없이 냉혹하게 웃어대는 모습에 소스라치게 놀랐다.

"빅토르, 이 친구야!" 그가 소리쳤다. "맙소사! 무슨 일이야? 그렇게 웃지 말게. 도대체 얼마나 아픈 거야! 이게 다 무슨 일이냐고?"

"묻지 마." 나는 손으로 눈을 가린 채 소리쳤다. 그 끔찍한 유령이 방으로 살며시 들어오는 것을 본 것 같았기 때문이다. "저 친구가 말해 줄 거야. 오! 나를 살려줘! 날 살려 달라고!" 괴물이 나를 잡고 있다고 상상했다. 그러면서 격렬하게 몸부림치다가 발작을 일으키며 바닥에 쓰러졌다.

불쌍한 클레르발! 심정이 어땠을까? 즐거울 거라 예상했던 만남이 이상하게도 극심한 고통으로 변해버렸으니. 하지만 나는 그의 슬픔을 볼 수가 없었다. 죽은 듯 아주 오랜 시간 동안 의식을 회복하지 못했으니까.

이때부터 신경성 열병이 시작되었고 나는 수개월 동안 꼼짝없이 집 안에만 박혀 있었다. 그 시간 내내 앙리는 내 유일한 보호자였다. 나중에 알게 된 사실인데, 아버지는 연세가 많으신 데다 긴 여행은 무리셨고, 내 병 때문에 엘리자베스가 얼마나 힘들어할지 잘 알았던 앙리는 그들의 걱정을 줄여주려고 내 병세를 알리지 않았다. 나에게 자기보다 더 친절하고 세심한 보호자는 없을 거로 생각했다. 내가 회복되리라는 확고한 기대를 갖고 있어서, 상처를 주기는커녕 그들을 위해 할 수 있는 가장 사려 깊은 행동이라고 그는 믿어 의심치 않았다.

하지만 사실 내 병세는 아주 심각했다. 분명 내 친구의 한없이 부단한 보살핌이 없었다면 생명을 부지하지 못했을 것이다. 내가 생명을 불어넣었던 그 괴물의 형상이 늘 눈앞에 아른거렸고 나는 그에 관해 끊임없이 헛소리해댔다. 그 헛소리에 앙리는 깜짝 놀랐을 게 뻔하다. 처음에 앙리는 그것이 신경증으로 인한 망상의 헛소리쯤으로 여겼지만 내가 계속해서 똑같은 대상에 대해 끈질기게 되풀이하자, 실제로 내 병이 어떤 기괴하고 끔찍한 사건에서 연유한 거라 확신하게 되었다.

잦은 재발로 내 친구를 깜짝 놀라게 하고 걱정을 끼치면서, 아주 서서히 나는 회복되어 갔다. 내가 즐거워하며 처음으로 바깥세상을 바라볼 수 있게 된 그때가 생각난다. 낙엽들은 사라지고 창문에 그늘을 드리운 나무에서 어린 새싹들이 돋아나는 것을 알아챘다. 그건 신성한 봄이었다. 이 계절은 내가 회복하는 데 엄청난 도움을 주었다. 게다가 기쁨과 사랑의 감정들이 내 맘속에서 다시 꿈틀대고 있음을 느꼈다. 우울한 기분도 사라졌고 얼마 후에는 치명적인 격정의 공격을 받기 전의 그 쾌활한 모습으로 바뀌었다.

"사랑하는 클레르발!" 나는 외쳤다. "자네는 내게 정말이지 친절했고 너무 잘해줬어. 올겨울 내내 연구하면서 보내기로 자네가 공언했었는데, 그러기는커녕 내 병실에서 시간을 죄다 써버렸군. 내 이 은혜를 어떻게 갚아야 할까? 나 때문에 그런 실망을 겪게 되어 죄책감이 많이 드는군. 하지만 나를 용서해주게나."

"자네가 평정을 잃지 않고 가능한 한 빨리 건강해지는 게 보답하는 걸세. 자네 기분이 좋아 보여서, 내 한 가지 문제에 관해 이야기하려고 하는데 괜찮겠나?"

나는 몸이 떨려왔다. 한 가지 문제라니! 그게 뭘까? 내가 감히 생각할 엄두도 못 내는 그 대상에 대해 언급하려고 하는 것일까?

"진정하게." 클레르발은 내 안색이 변하는 걸 보고 이렇게 말했다. "자네 마음을 힘들게 한다면 아무 말도 하지 않겠네. 하지만 자네가 직접 쓴 편지를 아버지와 사촌이 받는다면 무척 행복해할 거야. 가족들은 자네가 얼마나 아픈지 거의 모르셔. 오랫동안 자네한테 소식이 없어서 불안하실 거야."

"그게 다야? 이보게 앙리! 내가 진심으로 사랑하고 내 사랑을 받을만한 너무나 소중한 가족을 가장 먼저 생각하지 않을 거라고, 어떻게 그렇게 생각하는가!"

"지금 자네 기분이 그렇다면, 친구, 자네에게 온 편지를 보면 좋아하겠군. 며칠 동안 여기 놓여 있었어. 아마 사촌한테서 온 편지일 거야."

5장

그런 다음 클레르발은 아래 편지를 내 손에 건네주었다.

빅토르 프랑켄슈타인에게

사랑하는 나의 사촌

　당신 건강에 관해서 우리가 느끼는 불안감을 어찌 말로 표현할 수 있을까요. 우리는 당신 친구 클레르발이 당신의 병세를 숨긴다고 생각하지 않을 수 없군요. 당신의 친필편지를 받아본 지 수 개월이 지났고, 지금껏 내내 당신은 앙리에게 어쩔 수 없이 당신의 편지를 받아쓰게 했으니까요. 빅토르! 당신은 굉장히 아픈 게 틀림없어요. 그 때문에 거의 당신 어머니가 돌아가셨을 때만큼이나, 우리 모두 무척 괴롭답니다. 삼촌은 당신이 정말 위독하다고 생각하셔서 잉골슈타트로 가시겠다는 걸 막을 수가 없을 지경이에요. 클레르발은 항상 당신이 점점 좋아지고 있다고 편지를 보내죠. 조만간 당신 친필 편지로 이 사실을 확인시켜주길 간절히 바랍니다. 실은, 실은 말이죠. 빅토르! 우리 모두 이 일로 몹시 괴로워요. 이 두려움을 없애줘요. 그러면 우리는 이 세상에서 가장 행복한 사람들이 될 거예요. 이제 아버지도 매우 건강해지셔서 지난겨울 이후 10년은 더 젊어지신 것 같아요. 에르네스트도 워낙 많이 커서 거의 못 알아볼 걸요. 그 애는 이제 열여섯 살이 다 되었고 몇 년 전 병색이 완연했던 그 모습은 찾아볼 수 없답니다. 얼마나 씩씩하고 활발해졌다고요.

어젯밤 삼촌이랑 나는 에르네스트가 어떤 직업을 가져야 할지 오랫동안 이야기를 나눴어요. 그 애는 어렸을 때부터 병을 달고 살았기 때문에 열심히 공부하는 습관을 들일 수 없었지만 이젠 건강해져서 산에도 올라가고 호수에서 배도 타면서 늘 밖에서 지내요. 그래서 나는 그 애가 농부가 되는 게 어떨까 제안했죠. 빅토르! 당신도 알다시피, 그건 내가 가장 원하는 계획이잖아요. 농부의 삶은 아주 건강하고 행복하죠. 전혀 해롭지도 않고, 정확히 말하면 직업 중에서 가장 유익하다고 봐요. 삼촌은 그 애에게 변호사 교육을 받게 하고 싶으신가 봐요. 관심이 생기면 판사도 될 수 있다고 말이죠. 하지만 그 애는 그런 직업에 전혀 어울리지 않을 뿐더러, 악행의 친구나 때로는 공범이 되는 변호사라는 직업보다는 인간의 생명 유지를 위해 땅을 경작하는 것이 훨씬 보람된 일이에요. 물론 부유한 농부라는 직업이 더 많은 존경을 받는 건 아니지만 적어도 인간 본성의 어두운 면에 관여하며 평생을 살아가는 불운한 판사보다는 더 행복한 직업이라고 말씀드렸죠. 삼촌은 빙그레 웃으시며 나야말로 변호사감이라고 하시더군요. 이 문제에 대해서는 그렇게 마무리됐어요.

이제 당신에게 즐거운 이야기를 좀 할까 해요. 아마 재미있어할 거예요. 당신 저스틴 모르츠 기억 안 나죠? 아마 기억 못 할 거예요. 그녀에 대한 이야기를 간단하게 들려줄게요. 그녀의 엄마 모리츠 부인은 네 아이를 둔 과부였고, 저스틴은 그중 셋째였죠. 그 애는 아빠의 사랑을 독차지했어요. 하지만 그 애 엄마는 무슨 이상한 심술인지 그녀를 못 견뎌 했고 모리츠 씨가 돌아가신 후에는 무척 모질게 굴었죠. 숙모가 그걸 보시고 저스틴이 12살 때 그애 엄마를 설득해서 숙모 집에서 살게 했어요. 우리나라 같은 공화국의 제도에서는 주변 독재국가에 만연해 있는 것보다 훨씬 간편하고 행복한 관습들이 있죠. 덕분에 여러 개로 나뉜 주민계층 사이에 차별이 많지 않아요. 하층민이라고 그렇게 가난하지도 그렇게 멸시를 당하지도 않기 때문에 그들의 태도는 좀 더 세련되고 도덕적이죠. 제네바 출신의 하인은 프랑스와 영국 출신 하인들과 같지 않다는 얘기예요. 그렇게 우리 가족으로 받아들여진 저스틴은 하인의 의무에 대해 배웠죠. 우리나라와 같이 운 좋은 나라에서는 하인이라고 해도 무지라는 관념이나 인간 존엄성의 희생과 관련이 없잖아요.

말하고 나니, 어쩜 당신도 이 짧은 이야기의 주인공을 충분히 기억할 수 있겠네요. 당신은 저스틴을 무척 좋아했었어요. 그리고 당신이 일전에 말한 적이 있는데 기분이 안 좋을 때 저스틴을 슬쩍 보기만 해도 기분이 풀린다고 했어요. 아리오스토가 안젤리카의 미모[17]에 대해 느낀 것과 같은 이유로 말이죠. 그 애는 솔직하고 행복해 보인다고 했어요. 숙모는 저스틴에게 굉장한 애착을 갖고 계셨는데, 그 때문에 처음 의도했던 것보다 훨씬 더 훌륭히 교육하셨죠. 그 은혜는 충분히 보상받았어요. 저스틴은 세상에서 가장 감사하는 마음을 가진 소녀였죠. 그렇다고 그 애가 무슨 공언을 했다는 의미는 아니에요. 나는 그 애 입을 통해 어떤 말도 듣지 못했어요. 하지만 그 애 눈빛을 보면 자기 보호자를 거의 숭배하다시피

---

17 안젤리카는 아리오스토의 〈광란의 오를란도〉(1516)의 여주인공이다.

하고 있다는 걸 알 수 있어요. 성격도 활발하고 여러 가지 면에서 덤벙거리지만, 숙모의 모든 행동에 엄청난 관심을 두고 있었죠. 저스틴은 숙모를 모든 덕의 본보기로 여겼고 숙모의 말씨와 태도를 따라 하려고 애썼죠. 그래서 지금도 그녀를 보면 숙모 생각이 나요.

내가 가장 사랑하는 숙모가 돌아가셨을 때, 다들 너무 슬픔에 빠져 있느라 불쌍한 저스틴을 신경 쓸 겨를이 없었죠. 저스틴은 숙모가 병이 들었을 때 지극정성으로 돌봐줬어요. 그러다가 불쌍한 저스틴은 심하게 병이 들었죠. 하지만 그 애에게는 또 다른 시련들이 남아 있었어요.

그 애의 언니 오빠들이 차례로 숨을 거둔 거예요. 저스틴 엄마는 자신이 버린 딸을 제외하고는 자식을 모두 저 세상으로 먼저 보낸 거죠. 그 여자는 양심의 가책을 느꼈어요. 가장 사랑하는 이들의 죽음을 자기의 편애를 벌주기 위해 하늘이 내린 심판이라고 생각하기 시작했죠. 그녀는 로마 가톨릭 신자였는데, 그녀의 고해 신부는 그녀 생각이 맞다고 한 것 같아요. 그래서 당신이 잉골슈타트로 출발한 지 몇 개월 후, 잘못을 뉘우친 엄마는 저스틴을 집으로 불러들였어요. 불쌍한 저스틴! 그 애는 우리 집을 떠나면서 울었어요. 숙모가 돌아가신 후 그 애는 많이 변했죠. 슬픔 때문인지 행동거지가 차분해졌고 매력적으로 온화해졌어요. 전에는 지나치게 활발했었는데 말이죠. 그 애 엄마 집에서 머문다고 해서 쾌활한 원래 성격으로 되돌아간 건 아니에요. 그 불쌍한 여인은 후회하며 마음이 마구 흔들리고 있었어요. 저스틴에게 자신이 못되게 굴었던 걸 용서해달라고 빌다가도, 걸핏하면 언니 오빠 동생들의 죽음을 그녀 탓으로 돌렸죠. 결국, 계속되는 조바심에 모리츠 부인은 기력이 쇠해지더니 신경질이 늘기 시작하더군요. 물론 지금은 영원한 안식을 찾았지만요. 그녀는 작년 초겨울 이맘때, 날씨가 추워지기 시작할 때 세상을 떠났어요. 저스틴은 우리에게 돌아왔어요. 장담하건대 나는 진정으로 그 애를 아껴줬죠. 그 애는 아주 영리하고 다정하며 무척 귀여워요. 앞에서도 말했듯이 그 애의 태도와 표정들은 계속해서 사랑하는 숙모를 떠올리게 했죠.

사랑하는 사촌! 당신에게 사랑스러운 윌리엄에 대해 몇 마디 해야겠군요. 당신이 그 애를 봤으면 좋으련만. 그 애는 또래 중에서 키가 커요. 부드럽고 웃음기 가득한 파란 눈에 짙은 눈썹과 곱슬머리를 가졌답니다. 웃을 때면, 건강 넘치는 장밋빛 양쪽 볼에 두 개의 작은 보조개가 보이죠. 그 애에게는 이미 한두 명의 어린 '아내'가 있지만, 루이자 바이런을 가장 좋아해요. 예쁘게 생긴 다섯 살짜리 꼬마 아가씨랍니다.

자, 사랑하는 빅토르, 아마 당신은 제네바에 사는 좋은 사람들에 대해 소소한 소식들도 듣고 싶겠죠? 귀여운 맨스필드 양은 이미 영국 청년 존 멜버른 씨와의 결혼을 앞두고 축하 방문도 받았답니다. 그녀의 못생긴 언니 마농은 작년 가을 부유한 은행가인 뒤비야르 씨와 결혼했어요. 당신이 아주 좋아하는 동창 루이 마누아는 클레르발이 제네바를 떠난 후 여러 번 불행한 일을 겪었죠. 하지만 이미 정신을 차렸고 아주 활발하고 귀여운 프랑스 여인 타베르니에 부인과 곧 결혼할 모양이에요. 그녀는 과부이며 마누아보다 나이가 훨씬 많지만 다들 그녀를 무척 존경하고 좋아하죠.

사랑하는 빅토르! 나는 좋은 기분으로 편지를 썼어요. 하지만 당신 건강이 걱정되어 다시 물어보지 않고는 편지를 마칠 수가 없네요. 사랑하는 빅토르, 만약 많이 아프지 않다면 직접 편지를 써줘요. 그러면 당신 아버지와 우리 모두 행복할 거예요. 그렇지 않다면 ─ 이 질문의 반대 상황은 차마 생각하고 싶지도 않네요. 벌써 눈물이 흐르는군요. 안녕 내 사랑 사촌.

엘리자베스 라벤자,

17××년, 3월 18일, 제네바에서.

"사랑하는 엘리자베스!" 나는 그녀의 편지를 읽고는 "당장 편지를 써서 가족들이 느끼는 걱정을 덜어줄 거야"라고 큰소리로 외쳤다. 나는 편지를 썼고 이 힘든 작업에 극도로 피곤해졌지만 나는 회복기에 접어들었고 점점 좋아졌다. 그로부터 두 주가 지나자 나는 방에서 나올 정도가 되었다.

회복되자마자 내가 가장 처음 한 일은 클레르발을 몇몇 대학 교수들에게 소개하는 일이었다. 그러면서 나는 견디기 어려운 대접을 받았는데, 내가 그동안 겪었던 마음고생과 맞먹을 정도로 심했다. 내 연구가 끝나고 불행이 시작된 운명의 그 날 밤부터 나는 자연철학이라는 말만 들어도 격한 반감이 일었다. 다른 점에서는 활력을 되찾았지만, 화학 도구들을 볼 때면 내 신경증의 고통이 고스란히 되살아났다. 이런 모습을 본 앙리는 내가 보지 못하도록 기구들을 모조리 치워버렸다. 게다가 아파트까지 옮겼는데, 예전 내 실험실이었던 그 방을 내가 싫어한다는 걸 알아챘기 때문이다. 그러나 이런 클레르발의 배려도 내가 교수들을 방문했을 때는 아무 소용이 없었다. 발트만 교수는 내가 이룬 놀랄만한 과학적 성과에 친절하고 따뜻한 마음으로 칭찬을 해줬지만, 내게는 고문이었다. 그는 이내 내가 그 화제를 싫어한다는 걸 눈치챘지만, 정작 진짜 이유는 짐작도 못 한 채 겸손해서 그런 기분이 드는 거라며 화제를 내 성과에서 과학 자체로 돌렸다. 분명 나를 말하게 하려는 의도가 엿보였다. 내가 어떻게 그럴 수 있었겠는가? 그는 즐겁게 해줄 생각이었겠지만 나를 고문하는 셈이었다. 나중에 나를 천천히 잔인한 죽음으로 몰아넣는 데 쓰일 그런 도구들을 내 눈앞에 하나씩 조심스레 내놓는 것 같았다. 그의 말에 나는 온몸이 뒤틀렸지만, 감히 내가 느끼는 고통을 드러낼 순 없었다. 타인의 감정을 언제나 재빨리 간파하는 눈과 촉을 지닌 클레르발은 자신이 문외한이라는 핑계를 대며 그 화제를 거부하며 좀 더 일반적인 쪽으로 대화의 방향을 돌렸다. 나는 진심으로 친구가 고마웠지만, 입 밖에 내진 않았다. 그도 분명 놀라는 눈치였지만 내게서 비밀을 추궁하진 않았다. 비록 나는 경계 없는 애정과 존경이 서로 뒤섞인 감정으로 그를 사랑했지만, 끊임없이 기억 속에 떠오르는 그 사건을 그에게 털어놓자고 결심하기는커녕 다른 사람에게 자세히 이야기하다가는 좀 더 깊게 각인될 것만 같아 두려웠다.

크렘페 교수도 그렇게 호락호락하지 않았다. 거의 견딜 수 없을 만큼 예민해져 있는 당시 내 상황에서, 불쾌하고 무뚝뚝한 그의 찬사는 발트만 교수의 호의적인 칭찬보다 훨씬 더 고통스러웠다. "빌어먹을 친구 같으니라고!" 그가 소리쳤다. "이런, 클레르발 군, 장담컨대 이 친구는 우리 모두를 훨씬 능가해. 그래,

원한다면 노려보라고. 그래도 사실은 사실이야. 겨우 몇 년 전만 해도 코르넬리우스 아그리파를 절대적인 진리인 양 확고하게 믿던 애송이가 지금은 대학 최고 자리를 꿰차고 있으니 말일세. 만약 이 친구를 빨리 무너뜨리지 못하면 우리 체면이 말이 아닐걸. 아무렴. 그렇고말고!" 그는 내 얼굴이 고통스럽게 일그러지는 걸 보면서 계속 말했다. "프랑켄슈타인은 겸손해. 젊은 이에게는 훌륭한 자질이지. 젊은 사람들은 조심스러워야 해. 자네도 알다시피 말이야. 클레르발 군! 젊었을 땐 나도 그랬지. 하지만 금방 잊어버리더군."

크렘페가 이제 자화자찬을 늘어놓기 시작하면서, 다행히도 나를 몹시도 괴롭혔던 대화의 주제가 다른 방향으로 바뀌었다.

클레르발은 자연철학자가 아니었다. 세밀하고 정교한 과학을 하기에 그의 상상력은 너무도 생생했다. 언어는 그의 주된 연구대상이었다. 언어의 기본 원리들을 익힌 후 제네바로 돌아가서 독학에 적합한 분야를 공부할 작정이었다. 그리스어와 라틴어를 완벽하게 통달한 그는 페르시아어, 아랍어, 히브리어에 관심을 가졌다. 내 경우, 게으른 건 질색이었다. 이제 생각에서 벗어나고 싶은 데다 이전에 배운 학문이 싫어지다 보니, 내 친구와 동급생이란 게 큰 위안이 되었고 동양학자들의 작품에서 가르침과 위안을 얻었다. 그들의 애수는 마음을 달래주며, 그들의 환희는 내가 다른 나라 저자들을 연구하면서 한 번도 경험해 본 적 없는 활력을 불어넣어 주고 있다. 그들의 작품을 읽으면, 삶이 따뜻한 햇볕과 장미 정원으로 이뤄진 것처럼 보인다. 정정당당한 적의 미소와 찡그림에서, 당신 마음을 불태우는 불길 속에서 삶이 존재하는 것 같다. 그리스와 로마의 남자답고 영웅적인 시들과는 사뭇 달랐다.

이런 일들에 전념하면서 여름을 보내고 늦가을 막바지에 제네바로 돌아가기로 했다. 하지만 몇 가지 사건들 때문에 지연되면서 겨울이 찾아왔고 눈이 내렸다. 도로도 다닐 수 없는 상태였기에 내 여행은 그 후 봄까지 미뤄졌다. 이런 지연이 내게는 몹시도 고통스러웠다. 고향과 사랑하는 가족들을 보고 싶은 마음 간절했다. 귀향이 이렇게 오랫동안 지체된 건 클레르발이 이곳 주민들과 익숙해지기 전, 이 낯선 곳에 그를 남겨두는 것이 영 내키지 않았기 때문이다. 그럼에도 겨울은 즐겁게 보냈다. 물론 봄은 유난히 늦게 찾아왔지만, 막상 봄이 왔을 때는 늑장을 보상해줄 만큼 아름다웠다.

5월은 이미 시작되었고 내 출발 날짜를 정해줄 편지를 날마다 기다리고 있었다. 그때, 앙리가 잉골슈타트 인근을 도보로 여행하면서 오랫동안 살았던 그 도시와 개인적으로 작별인사를 나누는 것이 어떻겠냐고 나에게 제안했다. 나는 이 제안을 흔쾌히 받아들였다. 나는 운동을 좋아했으며, 클레르발은 조국의 산천 속 그 자연을 거닐었을 때도, 늘 나와 함께 한 가장 친한 동무였으니까.

우리는 천천히 둘러보면서 2주를 보냈다. 내 건강과 원기가 회복된 지 이미 오래되었지만, 건강에 좋은 공기를 들이마시고 여행을 하면서 일상적인 사건들을 겪고 친구와 대화를 나누면서 더 많은 힘을 얻었다. 이전 연구는 나를 동료들로부터 고립시켰고 사람들과 어울리지 못하게 했지만, 클레르발은 내 마음에 더 좋은 기운을 불러일으켰다. 자연의 모습과 아이들의 천진난만한 얼굴들을 사랑하는 법을 다시 가르쳐주었다. 훌륭한 친구여! 자네는 나를 진심으로 사랑했고, 내 정신이 자네와 같은 수준이 될 때까지 끌어올리려고 너무나도 애를 썼지. 이기적인 추구는 나를 옥죄고 옹졸하게 만들었네. 자네의 다정함과 애정이 내 감성을 따뜻하게 감싸주고 눈 뜨게 해줄 때까지 말일세. 이제 나는 몇 년 전 모든 이들과 사랑을 주고받던, 슬픔이나 근심이 없던 바로 그 행복한 사람이 되었네. 이렇듯 행복해지니, 생명 없는 자연도 내게 아주 행복한 느낌을 선사해주었다. 화창한 하늘과 파릇파릇한 들판은 황홀함으로 나를 벅차게 했다. 정말로 성스러운 계절이었다. 산(生)울타리에는 봄꽃들이 만발했고 여름 꽃들은 이미 꽃망울이 맺혀 있었다. 지난해 떨쳐 내려 애를 써도 떨쳐내지 못했던, 불가항력의 부담으로 나를 짓눌렀던 그 생각도 나를 흔들지 못했다.

앙리는 쾌활한 내 모습에 흐뭇해 했고 내 기분에 진심으로 공감해주었다. 그는 내 영혼을 충만케 하는 감성들을 표현하면서 나를 즐겁게 해주려고 최선을 다했다. 이런 상황에서 그의 정신적 자질들은 실로 대단했다. 그의 대화는 무궁무진한 상상력으로 가득했다. 페르시아와 아랍 작가들을 모방하여 놀랄만한 상상과 열정이 있는 이야기들을 다반사로 만들어냈다. 어떤 때는 내가 가장 좋아하는 시를 되풀이 낭독하거나, 나를 논쟁으로 이끌어 들이면서 매우 기발하게 나의 의견을 지지해주었다.

우리는 일요일 오후 대학으로 돌아왔다. 농부들은 춤을 추었고 우리가 만난 사람들은 하나같이 즐겁고 행복해 보였다. 내 기분도 좋아졌고 나는 주체할 수 없는 즐거움과 환희에 들떠 가슴이 마구 뛰었다.

6장

나는 돌아오자마자 아버지에게서 온 아래 편지를 발견했다.

V. 프랑켄슈타인에게

사랑하는 빅토르.

　너는 아마도 너의 귀향 날짜를 정해줄 우리 편지를 초조하게 기다리고 있겠지. 처음에는 네가 올 날짜만 언급하면서 몇 줄만 쓰려고 했단다. 하지만 그것은 잔인한 배려인 것 같아 감히 그럴 수가 없구나. 행복하고 즐거운 환영을 고대하고 있던 네가 그와는 반대로 눈물과 비참한 모습을 보게 된다면, 얼마나 놀라겠느냐. 빅토르야, 우리가 겪은 불행을 어떻게 말하면 좋을까? 함께 있지 않다고 우리의 즐거움과 슬픔에 무심할 수는 없겠지. 그렇다고 내가 집을 떠나 있는 자식에게 어떻게 고통을 가할 수 있겠느냐! 비통한 소식을 들을 마음의 준비를 하길 바란다. 하지만 그건 불가능하다는 걸 알고 있단다. 심지어 지금 너의 눈은 편지지 위를 훑으며, 끔찍한 소식을 너에게 전할 말들을 찾고 있을 텐데.

　윌리엄이 죽었단다. 그 귀여운 아이가……. 미소를 보면 내 마음마저 밝아지고 따뜻했는데……. 그토록 다정하고 명랑했던 그 애가 말이다! 빅토르야, 그 애가 살해당했단다. 너를 위로하려 들진 않으마. 그저 처리 상황에 대해 간단하게 언급하마.

지난 목요일(5월 7일), 나는 질녀와 너의 두 동생과 함께 플랭팔레 공원으로 산책하러 갔단다. 그날 저녁은 따뜻하고 평온해서 여느 때보다 더 오랫동안 산책을 했지. 우리가 돌아갈 생각을 했을 때는 이미 해가 뉘엿뉘엿 져 있었단다. 그때 앞서 가던 윌리엄과 에르네스트가 안 보이더구나. 그래서 그 애들이 돌아올 때까지 우리는 그 자리에 꼼짝 않고 있었단다. 잠시 후, 에르네스트가 왔고 우리는 동생을 봤는지 물었단다. 둘이 같이 놀다가 윌리엄이 숨으려고 도망쳤는데, 나중에 그를 찾아봤지만 아무 소용이 없었고 그 후 오랫동안 기다렸지만 돌아오지 않았다고 하더구나.

그 설명에 너무나 놀란 우리는 밤이 올 때까지 그 애를 계속 찾았단다. 그때 엘리자베스가 어쩌면 그 애가 집에 돌아갔을지도 모른다고 했지만, 거기에도 없었지. 우리는 다시 횃불을 들고 돌아왔단다. 내 착한 아들이 길을 잃고 밤의 눅눅한 습기와 이슬을 맞고 있다고 생각하니 가만히 있을 수가 없더구나. 엘리자베스도 걱정이 이만저만이 아니었지. 새벽 5시쯤, 사랑하는 내 아들을 발견했단다. 전날 밤만 해도 아주 건강하고 활기찼던 그 애가 풀밭 위에 창백하게 미동도 없이 뻗어 있었단다. 그 애의 목에는 살인마의 손가락 자국이 남아 있었지.

그 애를 집으로 옮겼어. 내 얼굴에 드러난 고통스러운 표정을 보고 그 비밀을 엘리자베스는 알아버렸단다. 그 애는 주검을 보겠다고 막무가내 였지. 처음에는 엘리자베스를 막아보려고 했지만, 그 애가 워낙 고집을 부리는 바람에 주검이 놓여 있는 그 방으로 들여보냈단다. 그 방으로 들어간 엘리자베스는 주검의 목을 급히 살펴보더니 손을 움켜쥐며 소리를 질렀지. "오 세상에! 내 사랑스러운 아가를 죽이다니!" 엘리자베스는 기절했고 몹시 어렵게 정신을 차렸단다. 그 애는 다시 깨어나자 울기만 하고 한숨만 내쉬었지. 엘리자베스가 그러더구나. 그 날 저녁 자기가 가지고 있던 네 엄마의 아주 소중한 초상화 목걸이를 윌리엄이 매고 있겠다며 졸랐다고. 그런데 그 초상화가 사라졌으니 분명 그것 때문에 살인마가 그런 짓을 벌인 거라고 말이야. 우리는 지금도 놈의 흔적을 찾지 못했단다. 물론 찾으려는 노력은 계속 하고 있지. 그런다고 사랑스러운 윌리엄이 돌아오겠느냐마는.

애, 사랑하는 빅토르야. 너만이 엘리자베스를 위로할 수 있단다. 그 애는 계속해서 울기만 한단다. 말도 안 되게 그 애가 죽은 건 자기 때문이라고 하면서 말이다. 그 애의 한 마디 한 마디가 내 마음을 아프게 하는구나. 우리 모두 괴로워하고 있단다. 이것은 내 아들인 네가 돌아와서 우리를 위로해줘야 할 또 다른 이유가 되지 않겠니? 너의 어머니! 세상에! 빅토르야! 이제야 말하지만 너의 어머니가 살아서 사랑하는 막내의 이 잔인하고 끔찍한 죽음을 보지 못한 게 얼마나 다행인지 모르겠다.

애, 빅토르! 살인자에게 복수할 생각은 아예 하지도 말고 다만 화해와 관대한 마음을 가져라. 그러면 우리 마음의 상처가 곪지 않고 치유될 테니 말이다. 아들아. 애도의 집으로 들어오너라. 너의 원수들에 대한 증오가 아닌 너를 사랑하는 사람들에 대한 호의와 애정만 가지고 오너라.

고뇌에 빠진 너의 사랑하는 아버지가.

내가 이 편지를 읽고 있을 때 내 표정을 유심히 지켜보던 클레르발은, 식구들한테서 온 소식을 받자마자 내 얼굴에 드러난 즐거운 표정이 절망적으로 변하는 모습을 보고는 화들짝 놀랐다. 나는 그 편지를 탁자 위에 던진 후 손으로 얼굴을 감쌌다.

"이보게, 프랑켄슈타인." 내가 비통함에 눈물을 흘리는 걸 알아챈 앙리가 큰 소리로 불렀다. "자네는 언제나 불행해야 하는가? 친구, 도대체 무슨 일이야?"

나는 극도로 불안해하며 방 안을 이리저리 서성이다가 그에게 편지를 읽어보라고 손짓했다. 내 불행한 이야기를 읽고 난 클레르발도 왈칵 눈물을 쏟았다.

"친구, 어떤 위로의 말도 해줄 수가 없군." 그가 말했다. "자네의 끔찍한 불행은 돌이킬 수가 없네. 어떻게 할 작정인가?"

"즉시 제네바로 가야지. 나랑 말을 구하러 가세. 앙리!"

걷는 동안 클레르발은 내게 용기를 북돋아 주려고 애를 썼다. 그는 매우 흔한 위로의 말이 아닌 진정 어린 동정심을 보여주려고 노력했다. "불쌍한 윌리엄!" 그는 말했다. "사랑스러운 그 애는 지금쯤 천사가 된 어머니와 함께 잠들어 있겠군. 가족들은 애통해 하며 눈물을 흘리겠지만, 그는 편안히 쉬고 있을 거야. 이제 그 애는 살인자의 손아귀에서 벗어나, 잔디가 그의 부드러운 몸을 감싸고 안으니 고통도 느끼지 못할 거야. 그 애는 더는 측은하게 여길 대상이 아니라네. 살아있는 사람들이야 말로 더없이 고통스러울 테고 그들에게는 시간만이 유일한 위로가 되겠지. 죽음은 악이 아니며, 인간의 정신은 사랑하는 대상의 영원한 부재 앞에 초연해야 한다는 스토아학파의 원칙을 강요해선 안 돼. 카토[18]도 제 형제의 주검 앞에서 눈물을 흘리지 않았나."

우리가 서둘러 거리를 지나갈 때 클레르발은 이렇게 말했다. 그 말은 내 마음 깊이 새겨졌고 그 후에도 혼자 있을 때면 그 얘기가 떠올랐다. 하지만 당시에는 말들이 도착하자마자 카브리올레[19]에 황급히 올라 친구에게 작별 인사를 했다.

여행은 무척이나 우울했다. 처음에는 슬픔에 빠져 있을 사랑하는 가족들을 위로하고 용기를 주고 싶은 마음에 얼른 달려가고 싶었지만, 고향에 가까이 다다르면서 속도를 늦췄다. 내 마음속에 밀어닥친 무수한 감정을 견딜 수 없을 지경이었다. 어린 시절에 익숙했던, 하지만 거의 6년 동안 보지 못했던 풍경들이 스쳐 지나갔다. 그 시간 동안 모든 것이 어떻게 변했을까? 갑자기 한 가지 비참한 변화가 일어났다. 하지만 수많은 사소한 상황들이 서서히 다른 변화들도 일으켰을지 모른다. 훨씬 더 조용하게 이뤄졌지만 그렇다고 덜 중요한 건 아닐 것이다. 공포가 나를 덮쳤고, 말로 표현할 순 없지만 나를 벌벌 떨게 하는 이

---

18 로마의 정치가 · 군인 · 스토아학파 철학자.

19 말이 끄는 이륜마차.

름 없는 수많은 악폐를 두려워하며 감히 앞으로 나아갈 엄두를 내지 못했다.

나는 이런 고통스러운 마음 상태로 로잔에서 이틀을 묵었다. 호수를 바라보니 물결이 잔잔했다. 주변의 모든 것이 평온했고 '자연의 궁전'[20]인 눈 덮인 산들은 그대로였다. 천국 같은 고요한 풍경에 나는 서서히 기운을 차렸고 제네바로의 여행을 계속 이어갔다.

고향에 다다르자 호숫가로 쭉 뻗어 있는 길이 점점 좁아졌다. 쥐라 산맥의 어두운 산허리와 몽블랑의 밝게 빛나는 산 정상이 점차 또렷하게 보였다. 나는 아이처럼 울었다. "사랑하는 산들아! 아름다운 나의 호수여! 너희는 이 방랑자를 어쩜 이리도 환영해주느냐? 산 정상은 확 트여 있고 하늘과 호수는 파랗고 잔잔하구나. 이것은 평온함의 전조냐, 아니면 내 불행을 조롱하는 것이냐?"

친구여! 이렇게 사전 설명을 늘어놓으면서 지루하게 만들까 봐 걱정이다. 하지만 비교적 행복했던 날들이었기에 지금 그때를 생각하니 기분이 좋다. 내 나라여, 사랑하는 내 조국이여! 오직 이곳에서 태어난 사람을 제외하고 누가 내 조국의 강과 산 그리고 특히 아름다운 호수를 보면서 내가 다시금 느끼는 환희를 알 수 있을 것인가.

하지만 집이 점점 가까워지자, 또다시 슬픔과 두려움이 나를

---

20 바이런의 시 〈차일드 해럴드의 순례(Childe Harold's Pilgrimage) III〉(1816)에서 인용.

덮쳤다. 또한, 밤의 어둠이 주변을 에워쌌고 어스름한 산들이 거의 보이지 않자, 훨씬 더 우울해졌다. 주변 풍경은 광막하고 어둑한 악행의 현장처럼 보였고 막연하게나마 내가 가장 비참한 인간이 될 운명이라는 생각이 들었다. 아아! 내 예상은 적중했고 딱 한 가지 상황만 틀렸으니, 갖가지 불행을 상상하고 두려워하면서도, 정작 나는 내가 견뎌내야 할 고통의 백 분의 일도 마음속에 떠올리지 못했다.

완전히 어두워진 때 나는 제네바 인근에 도착했다. 마을 성문들이 이미 닫혀 있었고 나는 제네바에서 동쪽으로 이천 미터 정도 떨어져 있는 세슈롱이라는 마을에서 하룻밤을 보내야 했다. 하늘은 고요했다. 가만히 쉴 수 없어서, 나는 불쌍한 윌리엄이 살해당한 현장을 찾아가 보기로 했다. 마을을 거쳐 갈 수 없는 상황이라, 플랭팔레에 다다르기 위해서 배를 타고 호수를 건널 수밖에 없었다. 이 짧은 여정 중에, 몽블랑의 산 정상에서 가장 아름다운 모습으로 번쩍이는 번개를 보았다. 폭풍우가 빠르게 접근하는 것 같았다. 육지에 다다른 나는 폭풍우의 진행 모습을 살펴보려고 낮은 언덕으로 올라갔다. 폭풍우가 다가왔고 하늘에는 구름이 잔뜩 끼어 있던 터라, 조만간 굵은 빗방울을 동반한 폭우가 천천히 다가올 거라고 예상했으나, 대번에 빗줄기가 거세졌다.

어둠과 폭풍우는 매 순간 심해졌고 머리 위에서 끔찍한 굉음을 동반한 번개가 내리쳤지만, 나는 그 자리를 벗어나 계속 걸었다. 살레브, 쥐라, 사부아의 알프스 산맥에 그 소리가 울려 퍼졌다. 강렬한 번갯불에 눈이 부셨고, 호수를 밝게 비추면서 마치 광활한 불바다처럼 보였다. 그러면서 순식간에 만물이 칠흑 같은 어둠으로 보이더니 이전 불빛에 잃었던 시력이 다시 돌아왔다. 이런 폭풍우는 스위스에서 흔히 있는 일로, 하늘 여기저기에서 동시다발로 일어나는 것 같았다. 가장 강렬한 폭풍우가 정확히 도시 북쪽 벨리브의 곶과 코페 마을 사이에 자리한 호수 쪽을 덮쳤다. 또 다른 폭풍우는 희미한 번갯불로 쥐라 산맥을 비췄고, 또 다른 폭풍우는 호수 동쪽에 있는 뾰족한 몰 산에 어둠을 드리우다가 드러내기도 했다.

　나는 아름다우면서도 섬뜩한 폭풍우를 지켜보면서 잰걸음으로 헤매고 다녔다. 하늘에서 벌어지는 이 고상한 전쟁은 내 기운을 북돋아 주었다. 나는 두 손을 꽉 쥔 채 큰소리로 외쳤다. "윌리엄! 사랑하는 나의 천사야! 이것이 너의 장례식이다. 이것이 너를 위한 장송곡이다!" 내가 이런 말을 했을 때, 주변의 나무들 뒤쪽 어둠 속에서 살며시 움직이는 형체를 감지했다. 나는 꼼짝 않고 서서 뚫어지게 쳐다보았다. 착각일 리 없었다. 번갯불이 그 형체를 비춰주면서 그 모습이 또렷하게 보였다. 그 어마어마한 체구의 인간이라 할 수 없는 괴기스러운 기형적 외모, 대번에 나는 그것이 괴물, 내가 생명을 부여했던 추악한 악마라는 사실을 깨달았다. 놈이 이곳에서 뭔 짓을 한 거지? 저놈이 내 동생을 살해했을까? (그 생각에, 내 몸이 부들부들 떨렸다.) 그 생각이 머릿속을 스치고 지나자마자 나는 그것이 사실임을 확신했다. 이빨이 딱딱 맞부딪쳤고 나는 쓰러지지 않기 위해 나무에 기댈 수밖에 없었다. 그 형체는 내 곁을 빠르게 지나갔고, 나는 어둠 속에서 놈을 놓치고 말았다. 인간의 탈을 썼다면 도저히 그렇게 착한 아이를 죽일 순 없었을 거다. 저놈이 살인자다! 의심의 여지가 없었다. 그런 생각 자체가 돌이킬 수 없는 사실에 대한 증거였다. 나는 악마를 뒤쫓을 생각이었다. 그러나 헛수고였을 것이다. 번갯불이 한 번 더 내리치자 놈이 플랭팔레 남쪽 경계선에 자리한 몽살레브의 거의 수직에 가까운 바위에 매달려 있는 것을 발견했기 때문이다. 놈은 곧바로 산 정상에 이른 후 사라져 버렸다.

나는 미동도 하지 않았다. 천둥도 그쳤다. 하지만 비는 여전히 계속 내렸고 칠흑 같은 어둠이 사방을 뒤덮었다. 이제까지 잊으려고 애썼던 그 사건이 머릿속에서 맴돌았다. 창조를 향한 모든 진행 과정, 내 침대에 살아 있던, 내 손이 만든 작품의 모습, 그리고 놈의 탈출까지. 놈이 처음 생명을 부여받은 그 날 밤 이후 거의 2년이 흘렀다. 그렇다면 이것이 놈의 첫 번째 범죄였을까? 아아! 나는 타락한 괴물을 세상 속에서 자유롭게 돌아다니게 했구나, 그놈의 쾌감은 살육과 불행에 있는데. 그놈이 내 동생을 살해하지 않았나?

그 날 밤 나머지 시간에, 춥고 습한 야외에서 지내며 겪었던 내 고통을 그 누구도 상상할 수 없으리라. 하지만 날씨의 불쾌함을 느낄 겨를이 없었다. 내 머릿속은 사악하고 절망적인 장면들로 너무 복잡했다. 내가 인류 속에 던져 넣었던 그 존재, 지금 저지른 짓처럼 그런 끔찍한 목적을 이룰 수 있도록 의지와 힘을 부여했던 그 존재를, 무덤에서 풀려나와 내게 소중한 모든 것을 강제로 파괴하는 나 자신의 영혼, 나 자신의 흡혈귀라는 거의 그런 관점에서 나는 생각했다.

여명이 밝았다. 나는 마을을 향해 걸었다. 성문들이 열려 있었고 나는 서둘러 아버지의 집으로 향했다. 내가 한 첫 번째 생각은 살인자를 내가 알고 있다는 사실을 밝히고 즉시 추적해야 한다는 것이었다. 그러나 해야 할 말을 생각하다가 잠시 걸음을 멈췄다. 나 자신이 만들고 생명을 부여한 그 존재는 접근조차 어려운 산 낭떠러지들 사이에서 한밤중에 나랑 마주쳤다. 그리고 내가 괴물을 창조했던 바로 그 날 나를 덮쳤던 신경성 열병이 떠오르면서 안 그래도 전혀 사실 같지 않은 이야기가 헛소리처럼 들릴 것 같았다. 다른 누군가가 내게 그런 이야기를 해준다면, 나도 정신 이상에 의한 헛소리라고 생각할 것 같았다. 게다가 내가 아주 신망이 두터워 친척들을 설득해서 그 일을 시작한다 해도, 불가사의한 동물적 특성을 가진 그는 모든 추적을 따돌릴 것이다. 그뿐만 아니라 어떤 방법으로 추적할 것인가? 몽슬레브의 벼랑을 오를 수 있는 그 괴물을 과연 누가 체포할 수 있을까? 이런 생각 끝에 결심이 섰고 나는 잠자코 있기로 했다.

새벽 5시쯤, 나는 아버지 집에 들어섰다. 나는 하인들에게 가족들을 깨우지 말라고 당부한 후 그들이 평소 일어나는 시간에 나올 생각으로 서재로 들어갔다.

6년이라는 시간이 흘렀고, 지울 수 없는 한 가지 흔적을 제외하고는 꿈처럼 지나갔으며, 나는 잉골슈타트로 떠나기 전 마지막으로 아버지와 포옹을 나눴던 바로 그 장소에 서 있었다. 사랑하고 존경하는 부모님! 아버지는 여전히 내 곁에 계셨다. 나는 벽난로 위 선반에 있는 어머니의 사진을 물끄러미 바라보았다. 그것은 아버지가 원하시는 대로 그려진, 사실에 바탕을 둔 피사체로서, 죽은 아버지의 관 옆에 무릎을 꿇고 절망의 고통 속에 빠진 캐롤라인 보포르를 표현한 것이다. 어머니가 입은 옷은 소박했고 뺨은 창백했다. 하지만 그 기품 있는 아름다운 자태는 동정 어린 감정을 거의 허락지 않았다. 그 사진 아래에 윌리엄의 작은 초상화가 있었다. 그것을 보자 눈물이 흘러내렸다. 그러고 있을 때, 에르네스트가 들어왔다. 그는 내가 도착했다는 소식을 듣고 서둘러 나를 맞으러 왔다. 나를 보자 그의 얼굴에는 슬픔 어린 기쁜 표정이 나타났다. "환영해요. 사랑하는 빅토르!" 그가 말했다. "아! 형이 석 달 전에 왔었다면 좋았을 텐데! 그랬다면 기쁘고 행복한 우리 모습을 봤을 거야. 하지만 우리는 이제 행복하지 않아. 나는 미소 대신 눈물로 형을 맞이하게 될까 봐 걱정돼. 아버지는 매우 슬퍼 보이셔. 아버지에게 이 끔찍한 사건은 엄마가 돌아가셨을 때의 그 슬픔을 되살아나게 하는 것 같아. 불쌍한 엘리자베스 역시 슬픔을 가누지 못하고 있어." 에르네스는 이 말을 하면서 눈물을 흘리기 시작했다.

"이러지 마." 나는 말했다. "형을 이런 식으로 맞이하다니. 좀 진정해라. 오랫동안 집을 떠난 후 아버지 집에 온 순간이 너무 비참해지지 않도록 말이다. 하지만 아버지가 이 불행을 어떻게 버티고 계시는지, 또 불쌍한 엘리자베스는 어떤지 말해봐."

"사실 엘리자베스는 위로가 필요해. 동생의 죽음이 자기 탓이라면서 무척 괴로워하고 있어. 하지만 살인자를 찾아낸 이후……."

"살인자를 찾았다고! 맙소사! 어떻게 그럴 수 있지? 누가 그놈을 뒤쫓을 수 있지? 그건 불가능한 일인데. 차라리 바람을 추월하거나 지푸라기로 산속 개울물을 막는 게 쉽지."

"무슨 말을 하는지 모르겠지만, 그녀가 발견되었을 때 우리 모두 참담했어. 처음에는 아무도 그걸 믿으려 하지 않았어. 지금도 엘리자베스는 모든 증거에도 불구하고 안 믿으려고 해. 사실 그렇게 사랑스럽고 가족 모두를 아꼈던 저스틴 모리츠가 갑자기 그토록 악랄하게 변하리라 누가 생각했겠어."

"저스틴 모리츠라고! 아! 불쌍하기도 해라. 그 딱한 아이가 혐의를 받고 있다고? 하지만 그건 잘못됐어. 사람들 모두 그걸 알고 있잖아. 아무도 믿지 않을 거야. 그렇지? 에르네스트!"

"처음에는 아무도 안 믿었어. 하지만 몇 가지 정황이 드러났고, 거의 믿지 않을 수 없는 상황이었어. 게다가 그녀 행동도 너무 혼란스러워서 사실이라는 증거에 힘을 실어줬지. 사실이 아닐지도 모른다는 희망이 남아 있지 않을까 봐 걱정돼. 하지만 오늘 그녀 재판이 있어. 그럼 그때 모든 정황을 듣게 될 거야."

에르네스트의 이야기를 들으니, 가엾은 윌리엄의 살인이 밝혀진 그 날 아침에 저스틴은 병이 나서 침대에서 앓아누웠고, 며칠 후 하인 중 한 명이 살인이 일어난 그 날 밤에 그녀가 입었던 옷을 우연히 살펴보다가 그녀 주머니에서 살인자를 유혹한 물품이라고 판단되는 내 어머니 사진을 발견했다는 것이다. 하인은 즉시 그것을 다른 사람에게 보여 주었고 그는 가족에게 말 한마디 없이 치안 판사를 찾아갔으며, 그들의 증언을 기초로 하여 저스틴이 체포되었다고 했다. 그 사건으로 기소되자, 불쌍한 소녀가 심하게 횡설수설하니, 혐의가 있는 것으로 상당히 확신하게 된 것이다.

이것은 얼토당토않은 이야기였고 내 확신은 흔들리지 않았다. 그리고 나는 진심으로 말했다. "너희 모두 실수한 거야. 내가 살인자를 알고 있어. 저스틴. 가엾은 저스틴은 아무 죄도 없어."

바로 그때 아버지가 들어왔다. 나는 아버지의 얼굴에 깊게 드리운 불행의 기운을 보았지만, 아버지는 애써 나를 즐겁게 맞아주셨다. 우리는 비통한 인사를 나눈 후, 에르네스트가 이렇게 소리치지만 않았다면, 그동안 겪은 불행한 일들 이외 다른 이야기를 시작했을지도 모른다. "맙소사! 아빠! 빅토르가 불쌍한 윌리엄을 죽인 살인자가 누구인지 안대요."

"불행히도 우리 역시 알고 있단다." 아버지가 대답했다. "사실 내가 그토록 아꼈던 사람에게 그런 사악하고 배은망덕한 면을 발견하게 되느니 차라리 영원히 모르는 게 나았을 뻔했어."

"사랑하는 아버지, 아버지가 잘못 알고 계신 거예요. 저스틴은 죄가 없어요."

"만약 그녀가 그렇다면 제발 유죄로 처벌받는 일이 없어야할 텐데. 그 애는 오늘 재판을 받는단다. 진심으로 그 애가 무죄 판결을 받았으면 좋겠구나."

이 말에 나는 진정이 되었다. 나는 저스틴은, 사실 인간이라면 누구든 이 살인사건의 범인이 아니라고 분명히 확신했다. 그래서 그녀에게 유죄 선고를 내릴 만큼 유력한 정황 증거들이 제시되리라 걱정하지 않았다. 이런 확신 때문에 안 좋은 결과를 전혀 예상치 않고 간절히 재판을 기다리며 마음을 놓고 있었다.

곧이어 엘리자베스도 들어왔다. 내가 그녀를 마지막으로 본 이후 시간이 흘러 그녀의 모습은 상당히 변해 있었다. 6년 전만 해도 그녀는 귀엽고 쾌활한 소녀였으며 모든 사람의 사랑과 관심을 받았다. 이제 그녀의 자태며 표정은 여인 같았고 매우 사랑스러웠다. 훤히 드러난 넓은 이마는 솔직한 심성과 더불어 넓은 이해심을 드러내 보였다. 눈은 녹갈색이며 온화했으나, 지금은 최근에 괴로운 일을 겪어 슬픔이 묻어 있었다. 머리카락은 짙은 적갈색이고 안색은 밝았고 몸매는 가냘프고 우아했다. 그녀는 무척 기뻐하면서 나를 반기며 말했다. "내 사랑 사촌. 당신이 돌아오니 희망으로 가슴이 벅차네요. 아마 당신은 죄 없는 불쌍한 저스틴을 변호해줄 방법을 알고 있을 거예요. 아! 그 애가 그 죄로 유죄선고를 받는다면 안전한 사람이 누가 있겠어요? 내가 그런 것처럼, 그 애도 확실히 무죄라고 믿어요. 우리의 불운이 우리를 두 배로 힘들게 하네요. 사랑스러운 동생을 잃었을 뿐만 아니라 더 지독한 운명 때문에 내가 진심으로 사랑하는 이 가엾은 아이와 억지로 떨어져야 하니 말이죠. 그 애가 유죄판결을 받는다면 내게 더는 즐거움이란 없을 거예요. 하지만 그 애는 그렇게 되지 않을 거예요. 안 그럴 거라 확신해요. 그리고 착한 윌리엄이 비통하게 죽은 후지만, 난 다시 행복해질 거예요."

"그 애는 죄가 없어. 엘리자베스." 나는 말했다. "그건 입증될 거야. 두려워할 것 없어. 그러니 그 애의 무죄방면을 확신하며 기운을 차려야 해."

"당신은 정말 다정한 사람이에요! 다른 사람들은 모두 그 애가 유죄라고 생각해요. 그래서 괴로워요. 그건 말도 안 돼요. 다른 모든 사람이 지독한 편견에 빠져 있는 모습에 끔찍하고 절망스러워요." 그녀는 눈물을 흘렸다.

"사랑하는 엘리자베스" 아버지가 말했다. "눈물을 닦으렴. 네가 믿는 것처럼 그 애가 죄가 없다면 판사들의 정의에 기대를 걸어보자. 그리고 편파적인 판단이 얼씬하지 못하도록 내가 적극적으로 막아주마."

7장

우리는 재판이 시작되는 11시까지 슬픔 속에 몇 시간을 보냈다. 아버지와 다른 가족들은 증인으로 참석해야 할 상황이었기 때문에, 나는 그들과 함께 법정으로 갔다. 정의를 조롱하는 이 형편없는 짓거리가 진행되는 내내 나는 생 고문을 당하는 것 같았다. 내 호기심과 법을 무시한 계책의 결과 때문에 사랑하는 두 사람이 죽은 것인지 아닌지 판가름 날 것이다. 한 사람은 아주 천진난만하며 쾌활하게 웃음 짓는 아기였고, 또 한 사람은 그 살인사건을 공포로 기억되게 만들 수 있는 오명을 온통 뒤집어 쓴 채 훨씬 더 처참하게 살해된 사람이었다. 저스틴 또한 장점이 많은 소녀였고 장차 행복한 삶을 누릴만한 자질들을 갖추었다. 이제 그 모든 것이 불명예스러운 무덤 속으로 흔적도 없이 사라질 것이다. 그리고 그 원인은 나다! 나는 저스틴이 뒤집어쓴 그 범죄의 책임이 내게 있다고 수없이 고백하고 싶었다. 하지만 사건이 일어났을 때 나는 그곳에 없었다. 그리고 그렇게 주장해봤자 미친 사람의 광기로 치부될 테고, 나로 인해 고통받는 그 애의 무죄를 밝히지도 못했을 거다.

저스틴은 차분한 모습이었다. 그녀는 상복 차림이었고 언제
나 사람 마음을 흔들었던 얼굴은 엄숙한 분위기가 더해지면서
한없이 아름다워 보였다. 그럼에도 그녀는 무죄를 확신하는 것
처럼 보였고, 수많은 사람이 그녀를 보며 저주를 퍼부어도 전혀
떨지 않았다. 다른 때 같으면 그녀의 미모에서 느꼈을 호감을,
그녀가 저질렀다고 추정하는 극악무도한 짓이 생각나서 그런
지, 방청객들에게 전혀 찾아볼 수 없었다. 그녀는 평온했다. 하
지만 그런 평온함은 분명 자연스럽지 않았다. 이전에 횡설수설
하던 모습이 그녀의 유죄를 입증하는 증거로 제시되었던 터라,
그녀는 당당한 모습을 보이려고 굳게 마음먹었다. 그녀는 법정
으로 들어와서, 안을 둘러보다가 우리가 앉아 있는 곳을 재빨리
찾아냈다. 우리를 보는 그녀의 눈에 눈물이 고이면서 눈앞이 흐
릿해지는 듯했지만, 곧바로 정신을 차렸고 슬픈 감정이 깃든 표
정은 자신의 확고한 결백을 증언하는 것 같았다.

　재판이 시작되었다. 그녀를 고소한 검사가 혐의 사실을 진
술한 후 몇몇 증인이 소환되었다. 여러 엉뚱한 정황들이 합쳐지
면서 상황이 그녀에게 불리해졌고, 나처럼 그녀의 무죄에 대한
증거를 가진 사람이 아니라면 충격을 받을만했다. 그녀는 살인
이 일어난 그 날 밤 내내 밖에 있었고, 그 후 새벽녘에 살해된 아
이의 시체가 발견된 현장에서 그리 멀지 않은 곳에서 시장 여자
의 눈에 띄었다. 시장 여자가 그녀에게 거기서 뭐 하느냐고 물
었지만, 그녀는 아주 이상해 보였고 횡설수설하며 알아들을 수
없는 대답만 늘어놓았다. 그녀는 8시쯤 집으로 돌아왔고, 밤에

어디 있었냐고 그녀에게 묻자 아이를 찾아다녔다고 대답했고, 그녀는 아이에 대한 소식을 뭐라도 들었는지 진지하게 물었다. 시체가 발견되었을 때, 그녀는 격렬한 발작을 일으키며 쓰러졌고 며칠 동안 침대에 누워 있었다. 그 후 사진이 발견되었는데, 하인이 그녀의 주머니에서 찾아냈다. 엘리자베스가 떨리는 목소리로 아이를 잃어버리기 한 시간 전에 자기 목에 걸려 있던 바로 그 사진이라고 증언했을 때, 법정은 공포와 분노의 웅성거림으로 가득 찼다.

저스틴이 자신의 변론을 위해 소환되었다. 재판이 진행되면서 그녀의 표정도 변했다. 놀라움과 두려움, 괴로움이 역력히 드러났다. 때때로 눈물을 참으려고 애쓰기도 했다. 하지만 변론을 요청받았을 때, 그녀는 더듬거리긴 했지만, 힘을 내서 알아들을 수 있게 말했다.

"내가 완전히 결백하다는 것은 신이 아실 겁니다. 하지만 내가 이의를 제기한다고 해서 무죄로 석방될 거로 생각지도 않아요. 내게 불리하게 제시된 사실을 간단하고도 명확하게 해명해야 무죄가 입증되겠죠. 어떤 정황이 의심스럽고 수상쩍어 보인다면, 제 평소 성격을 고려하시어 판사님들이 호의적으로 판단해주시기를 바랍니다."

그러더니 다음과 같이 진술했다. 그녀는 살인이 일어난 그날 저녁 엘리자베스의 허락을 받아, 제네바에서 5km가량 떨어진 셴이라는 마을에 사는 숙모 집에서 보냈다. 9시쯤 돌아오는 길에 한 남자를 만났는데, 그가 실종된 아이와 관련해서 뭐라도 본 게 있느냐고 물었다. 그 말에 깜짝 놀란 그녀는 몇 시간 동안 아이를 찾아다니다가, 제네바 성문이 닫혀서 어쩔 수 없이 오두 막집에 딸린 어느 축사에서, 집 주인을 잘 알고 있었지만 불러 내고 싶지 않았기 때문에, 그 날 밤 몇 시간을 보낼 수밖에 없었 다. 쉬지도 잠을 잘 수도 없었던 그녀는 내 동생을 다시 찾아보 려고 서둘러 피신처를 떠났다. 설령 그녀가 내 동생 주검이 있 는 현장 근처에 갔었다 해도, 그것은 그녀도 모르는 일이었다. 시장 여자의 질문을 받았을 때 그녀가 당황했던 건 그리 놀랄 일도 아니었다. 그녀는 뜬눈으로 밤을 지새웠고 불쌍한 윌리엄 의 생사도 아직 확실치 않았으니까. 초상화와 관련해서 그녀는 아무 설명도 하지 못했다.

이 불행한 희생자의 답변은 계속 이어졌다. "이 한 가지 정 황이 제게 결정적으로 몹시 불리하게 작용한다는 걸 저도 알아 요. 하지만 그것에 관해 설명할 재간이 없네요. 전 전혀 모르겠 다고 말했는데, 누군가 내 주머니에 그것을 넣었을 거라고 추측 만 할 뿐입니다. 하지만 이 점에서도 벽에 부딪힙니다. 이 세상 에 저한테는 적이 없다고 생각합니다. 동기 없이 나를 죽일 정 도로 그렇게 사악한 사람은 분명 없을 거예요. 살인자가 그걸 거기에 넣었을까요? 그가 그렇게 할 기회를 제공했을 거로 저 는 생각하지 않습니다. 만약 내가 그랬다 쳐도, 어째서 그는 보 석을 훔치고서 그렇게 빨리 다시 버렸을까요?

"나는 내 소송을 정의로운 판사님들께 맡깁니다. 하지만 희 망을 품을 여지가 없어 보이는군요. 내 성품에 대해 몇 분의 증인 심문을 허락해주시기 바랍니다. 만약 그분들의 증언이 제 혐의에 영향을 줄 정도가 아니라면, 나는 유죄 판결을 받게 되겠죠. 내가 무죄를 주장하며 살려달라고 애원해도 말이죠."

오랫동안 그녀를 알아온 몇몇 증인들이 소환되었고, 그들은 그녀에 대해 호의적으로 말해주었다. 하지만 그녀가 저질렀다고 생각하는 그 죄에 대해 두려움과 증오로 인해, 그들은 소심해졌고 앞으로 나서길 꺼렸다. 엘리자베스는 이 마지막 수단 ─ 피의자의 훌륭한 성품과 나무랄 데 없는 행실 ─ 조차도 피의자에게 아무런 도움이 안 된다는 생각이 들자, 심하게 떨면서도 법정에서 발언하게 해달라고 요청했다.

엘리자베스가 말했다. "저는 죽은 불쌍한 아이의 사촌입니다. 아니 누나라고 하는 게 맞겠네요. 그 아이가 태어나기 오래 전부터 쭉 그의 부모님께 교육을 받으며 함께 살았으니까요. 그래서 이 경우에 제가 나서는 게 부적절하다고 판단하실 수도 있습니다. 그러나 자칭 그녀의 친구라고 하는 사람들의 비겁함 때문에 사랑하는 한 사람이 죽을 상황에 있으니, 그녀의 성품에 대해 제가 알고 있는 걸 말할 수 있도록 허락해주기 바랍니다. 저는 피의자에 대해 잘 알고 있습니다. 한 번은 5년 동안, 또 한 번은 거의 2년간 한집에서 지냈습니다. 그 기간 내내 그녀는 아주 사랑스럽고 자애로운 사람처럼 보였습니다. 숙모인 프랑켄슈타인 부인의 병상을 마지막까지 지키며 지극 정성으로 간호했고 그 후에는 지병이 있는 친어머니를 보살피면서 그녀를 아는 사람들에게 입에 침이 마르도록 칭찬을 받았답니다. 그 후 다시 그녀가 삼촌 댁에서 같이 살게 되었을 때도 모든 가족에게 사랑을 받았습니다. 그녀는 이번에 죽은 아이를 진심으로 사랑했고 아주 다정한 엄마처럼 그를 대했습니다. 증거가 하나같이 그녀에게 불리하게 작용한다 해도 저는 그녀의 완벽한 결백을 믿고 확신한다고 주저 없이 말할 수 있습니다. 그녀는 그런 행동을 할 아무 이유가 없어요. 중요한 증거로 남아 있는 그 싸구려 보석에 대해서도, 만약 그녀가 그걸 진심으로 원했다면 전 기꺼이 그녀에게 줬을 겁니다. 그럴 정도로 저는 그녀를 존중하고 좋게 평가합니다."

훌륭한 엘리자베스! 칭찬의 웅성거림이 들렸다. 하지만 그것은 그녀의 관대한 개입 때문에 그런 것이지 불쌍한 저스틴에게는 도움이 되지 않았다. 오히려 그녀에 대한 사람들의 분노가 다시 격렬해지면서 은혜도 모르는 아주 사악한 여자라고 그녀를 비난했다. 엘리자베스가 이야기할 때 그녀는 울었지만 아무 대답도 하지 않았다. 재판이 진행되는 내내, 나도 극심한 불안과 비통함에 빠져 있었다. 나는 저스틴의 무죄를 확신했다. 그것을 알았다. 그 악마는 내 동생도 살해한 놈이니(한 치의 의심도 없었다), 해괴한 장난으로 무고한 사람을 저버리고 죽음과 불명예로 몰아갈 수도 있었다. 나는 이 끔찍한 상황을 견딜 수가 없었다. 사람들의 목소리와 판사의 표정에서 이미 불운한 희생자에게 유죄 선고가 내려졌음을 감지했을 때, 나는 고뇌에 싸여 법정 밖으로 뛰쳐나갔다. 피의자가 아무리 괴로워해도 나만큼은 아니었다. 그녀는 결백의 힘으로 버텼지만, 회한의 송곳니는 내

가슴을 갈기갈기 찢어놓고 놓아주지 않으려 했다.

나는 비참함에 휩싸인 채로 하룻밤을 보냈다. 아침에 법정에 가니, 입술과 목이 바싹 말랐다. 나는 그 중대한 질문을 감히 하지 못했다. 그러나 사람들은 나를 알고 있던 터라 직원은 내 방문 이유를 짐작했다. 투표용지가 던져졌고, 그것들 모두가 검은 표였다. 저스틴은 유죄 판결을 받았다.

당시 내 심정을 어찌 말로 표현할 수 있겠는가. 이런 두려운 감정을 이전에 경험했는데 이 감정을 적절하게 표현하려고 노력하지만, 마음이 찢어질 것 같은 당시의 절망감은 어떤 말로도 전할 수가 없다. 내가 말을 건넨 그 사람은 저스틴이 이미 자신의 유죄를 자백했다고 덧붙이며 이렇게 말했다. "이렇게 명명백백한 사건에서 그 증언은 거의 필요 없겠지만 그래도 기쁩니다. 사실 판사 중 정황 증거로 범인에게 유죄판결을 내리고 싶은 사람은 없을 겁니다. 정황이 아무리 명백해도 말이죠."

내가 집으로 돌아왔을 때, 엘리자베스는 결과를 알려달라고 간곡히 말했다.

"사촌!" 나는 대답했다. "당신이 예상한 대로 판결이 났어. 모든 판사는 범인 한 사람을 풀어주느니 무고한 사람 열 명을 처벌할 생각을 하지. 그런데 그 애가 자백을 했대."

이 말은 저스틴의 결백을 확고하게 믿었던 불쌍한 엘리자베스에게는 엄청난 충격이었다. 그녀가 말했다. "아아! 어찌 다시 인간의 자비를 믿을 수 있을까요? 내가 여동생처럼 사랑하는 소중한 저스틴이 어떻게 그런 순진한 미소를 지으면서 배신을 할 수 있단 말인가요? 그 애의 온화한 눈빛은 그 어떤 악랄하거나 잔혹한 짓은 할 수 없을 것처럼 보였는데 그 애가 살인을 저지르다니."

곧이어 우리는 그 불쌍한 희생자가 내 사촌을 보고 싶어 한다는 말을 들었다. 아버지는 그녀가 가지 않기를 바랐지만, 결정은 그녀 판단과 기분에 맡기겠다고 했다. "네." 엘리자베스는 말했다. "가겠어요. 그 애가 죄를 지었어도. 그리고 빅토르, 나랑 함께 가줘요. 혼자서는 못 가겠어요." 이 방문 계획은 내게 고문이었지만 차마 거절할 수가 없었다.

어둑한 감방으로 들어가니, 구석 쪽 짚더미에 저스틴이 앉아 있는 모습이 보였다. 그녀의 손에는 수갑이 채워졌고 머리를 무릎에 대고 있었다. 그녀는 우리가 들어오는 것을 보자 일어났고 우리와 그녀만 남겨지게 되자 엘리자베스의 발쪽에 엎드려 비통한 심정으로 눈물을 글썽였다. 내 사촌 역시 눈물을 흘렸다.

"오! 저스틴!" 그녀가 말했다. "어째서 내 마지막 위안을 빼앗아 가 버린 거니? 난 너의 결백을 믿었는데. 전에도 너무 괴로웠지만, 지금처럼 비참하진 않았어."

"아가씨도 내가 그렇게 악랄한 사람이라고 생각하세요? 아가씨도 나를 짓밟으려는 적들과 한통속이신가요?" 저스틴은 흐느낌에 목이 메었다.

"일어나. 나의 가엾은 소녀야" 엘리자베스가 말했다. "네가 결백하다면 어째서 무릎을 꿇는 거야? 나는 너의 적이 아니야. 어떤 증거를 들이대도 난 네가 결백하다고 믿었어. 네가 유죄라고 자백했다는 얘기를 듣기 전까지 말이야. 네가 한 말이 거짓이라니. 사랑하는 저스틴, 내 장담하는데, 너의 자백 말고는 어떤 것도 너를 믿는 내 마음을 한순간도 흔들 수 없어."

"나는 자백했어요. 하지만 거짓말이었어요. 면죄를 받으려고 자백한 거예요. 하지만 이제 그 거짓말은 다른 내 모든 죄보다 내 마음을 한층 더 무겁게 짓눌러요. 하늘에 계신 하느님 절 용서해주세요! 내가 유죄 판결을 받은 이후부터 고해신부가 계속해서 날 괴롭혀요. 그가 위협하고 협박을 하더군요, 그러다 보니 신부가 나라고 말한 그 괴물이 정말 나일지도 모른다는 생각이 들기 시작했어요. 만약 내가 계속 고집을 부리면 마지막 순간에 파문을 시키고 지옥 불에 처넣을 거라고 위협했어요. 소중한 아가씨! 날 도와줄 사람이 하나도 없어요. 다들 나를 수치스럽고 지옥에나 떨어져야 할 나쁜 년으로 봐요. 제가 뭘 할 수 있겠어요? 그 지옥 같은 시간 끝에 나는 거짓말에 서명했고, 이제야말로 정말 비참해요."

그녀는 잠시 말을 멈추고 흐느껴 울다가 계속 말했다. "상냥한 아가씨! 아가씨의 고마운 숙모가 그렇게 많이 아껴주고 당신도 사랑했던 이 저스틴이 악마 말고는 누구도 범할 수 없는 그런 죄를 저질렀다고 아가씨가 믿어 버리면 어쩌나 두려웠어요. 사랑하는 윌리엄! 눈에 넣어도 아프지 않을 축복 받은 아가! 조만간 하늘에서 너를 다시 볼 수 있겠구나. 거기에서 우리 두 사람은 행복할 거야. 비록 내가 치욕과 죽음으로 고통 받고 있지만, 그것이 내게 위로가 되는구나."

"오! 저스틴! 잠시나마 너를 믿지 못했던 나를 용서해줘. 어째서 자백을 한 거야? 슬퍼하지 마, 사랑하는 저스틴. 내가 너의 무죄를 사방에 알리고 믿게 만들 테니까. 하지만 너는 죽임을 당하게 될 거야. 내 소꿉동무, 내 단짝 친구, 친자매보다 더 소중한 사람. 이 끔찍한 불행을 도저히 견딜 수가 없구나."

"사랑하는, 우리 착한 엘리자베스 아가씨. 울지 마세요. 아가씨는 더 나은 삶을 생각하여 나를 일으켜 세우고, 부정과 갈등으로 얼룩진 이 세상의 옹졸한 관심에서 나를 끌어올려 주셔야죠. 정말 소중한 친구인 아가씨가 나를 절망으로 몰아넣으면 안 돼요."

"너에게 위로가 되도록 노력할게. 하지만 이 불행이 너무 심각하고 고통스러워서 위로가 되어주지 못할까 봐 걱정이구나. 희망이 전혀 없으니 말이야. 그럼에도 체념과 이 세상을 초월한 신념으로 사랑스러운 저스틴, 하늘이 너를 축복해 주시길! 오, 이 세상의 허세와 조롱엔 신물이 나! 한 사람은 살해를 당하고 또 한 사람은 천천히 고문을 당하면서 이내 목숨을 빼앗기는데, 집행인들은 두 손에 무고한 사람의 피비린내를 풍기며 자기들이 대단한 일을 했다고 믿지. 그들은 이것을 '응징'이라고 부르지. 끔찍한 단어야! 그 단어가 내뱉어졌을 때, 가장 음울한 폭군은 극도의 제 복수심을 충족시키려고 이제껏 만든 것보다 훨씬 더 크고 가혹한 처벌을 가할 거라는 걸 나는 알아. 하지만 사실 이 끔찍한 감방에서 벗어나는 일을 네가 기뻐하지 않는다면, 저스틴, 이런 말은 네게 아무 위로도 안 되겠지. 아! 혐오스러운 세상을 벗어나 징글맞은 사람들의 얼굴을 보지 않고 숙모와 사랑하는 윌리엄과 평화롭게 지냈으면 좋겠어."

저스틴은 힘없이 미소를 지었다. "사랑하는 아가씨, 이건 체념이 아니라 절망이에요. 아가씨가 내게 가르치려는 조언들을 듣지 않을래요. 다른 얘기 해요. 더는 비참하지 않고 평안을 주는 이야기요."

이런 대화가 진행되는 동안, 나는 감방 구석으로 물러나 나를 짓누르는 끔찍한 고통을 감추고 있었다. 절망! 감히 누가 그런 말을 해? 다음 날 삶과 죽음의 무시무시한 경계선을 넘어야 하는 가엾은 희생자라 해도 내가 느끼는 깊고 쓰라린 고통에 시달리진 않아. 나는 이를 악물고 부득부득 갈면서 맘속 깊은 곳에서 흘러나오는 신음을 내뱉었다. 저스틴은 깜짝 놀랐다. 그녀는 그 사람이 누구인지 알아채고는 내게 다가와서 말했다. "도련님. 이렇게 저를 찾아주시다니 참으로 친절하시군요. 제가 죄를 지었다고 믿지 않으셨으면 좋겠어요."

나는 아무 대답도 할 수 없었다. "아니고말고. 저스틴" 엘리자베스가 말했다. "저 사람은 나보다 더 너의 결백을 확신한단다. 심지어 네가 자백했다는 소식을 들었을 때도 믿지 않았어."

"저분이 진심으로 고맙네요. 이 마지막 순간, 나를 좋게 생각해준 사람들에게 진심으로 감사드리고 싶어요. 나 같이 불쌍한 사람에게는 타인의 사랑이 얼마나 소중한지 몰라요! 그 덕분에 내가 겪는 불행의 반 이상이 사라지죠. 편히 죽을 수 있을 것 같아요. 사랑하는 아가씨와 도련님이 내 결백을 인정해주시니 말이죠."

이 가엾은 피해자는 이런 식으로 다른 사람들과 자신을 위로하려고 애썼다. 사실 그녀는 자신이 바라던 체념을 얻은 셈이었다. 하지만 진짜 살인자인 나는 내 가슴 속에 영원히 죽지 않는 벌레가 사는 것만 같아서, 어떤 희망도 위로도 허락지 않았다. 엘리자베스도 눈물을 흘리면서 괴로워했다. 하지만 그녀의 불행은 순수한 불행으로, 청명한 달 위를 지나가는 구름처럼, 한동안 그 밝은 빛을 가릴 수는 있지만, 그 빛을 잃게 만들 수는 없다. 고통과 절망이 내 맘속 깊은 곳으로 스며들었다. 내 안에 지옥을 품었고 그 어떤 것도 그것을 없앨 수 없었다. 우리는 몇 시간 동안 저스틴과 함께 보냈고 엘리자베스는 가까스로 그곳을 떠났다. 그녀는 이렇게 소리쳤다. "너랑 같이 죽었으면 좋겠어. 이 비참한 세상에서 살아갈 수가 없구나."

저스틴은 명랑한 척하면서 통한의 눈물을 힘겹게 참아냈다. 그녀는 엘리자베스를 포옹하며 감정을 반쯤 억누른 목소리로 이렇게 말했다. "안녕, 귀여운 아가씨, 사랑하는 엘리자베스. 내 하나뿐인 사랑스러운 친구. 자비로운 하느님이 당신을 축복해주시고 보호해주길 바라요. 이게 아가씨가 겪게 될 마지막 불행이길. 살아요. 그리고 행복해야 해요. 다른 사람들도 행복하게 해주세요."

우리가 돌아왔을 때, 엘리자베스는 말했다. "사랑하는 빅토르, 이 가련한 아이가 결백하다는 확신이 들어 얼마나 안심이 되는지 당신은 모를 거예요. 그 애에 대해 내 믿음이 기만당했더라면 다시는 평온을 경험하지 못했을 거예요. 그 애에게 죄가 있다고 믿었던 그 순간 견딜 수 없는 고통을 느꼈었는데, 이제 마음이 한결 가벼워졌어요. 무고한 사람이 고통받고 있지만, 상냥하고 착하다고 생각한 그 애가 내 믿음을 배신하지 않아 그것으로 위로가 돼요."

상냥한 엘리자베스! 그게 당신의 생각이었지. 당신의 사랑스러운 눈과 목소리처럼 온화하고 다정했지. 그러나 나는, 나는 불행한 사람이었다. 당시 내가 견뎌낸 고통은 누구도 상상하지 못할 것이다.

제1권 끝

제2권

1장

단시간에 여러 사건들을 연달아 겪으면서 감정이 고조된 후, 뒤이어 영혼에서 희망과 두려움 두 가지를 앗아가는, 죽음이 감도는 무위와 확신의 적막만큼, 인간의 정신을 고통스럽게 하는 것도 없을 것이다. 저스틴은 죽었다. 그녀는 편안히 잠들었고 나는 살아있었다. 피는 내 혈관을 자유롭게 흘러다녔다. 그러나 견딜 수 없는 절망과 회한이 내 마음을 짓눌렀고 그 어떤 것도 그것들을 없앨 수 없었다. 잠은 내 눈을 피해 달아났다. 나는 악령처럼 떠돌아다녔다. 끔찍하다는 표현으로는 감당이 안 되는 악행을 저지른 데다, (확신컨대) 아직 그보다 더한 일이 남아 있었기 때문이다. 그럼에도 내 마음은 친절과 덕에 대한 사랑으로 차고 넘쳤다. 나는 자애로운 목적을 가지고 세상에 태어났고 그 목적들을 실제로 이뤄서 인류에 도움이 될 그 순간을 갈망했다. 이젠 모든 것이 망가졌다. 스스로 만족하며 과거를 회상하고 거기서부터 새로운 희망의 약속을 모을 수 있는 저 고요한 양심 대신, 회한과 죄책감에 사로잡혀, 어떤 언어로도 표현할 수 없는 지옥 같은 극심한 고통 속으로 서둘러 빠져들었다.

마음 상태가 이렇다 보니, 내가 처음 겪었던 그 충격으로부터 완전히 회복된 내 건강이 차츰 나빠지기 시작했다. 사람들의 얼굴을 피했다. 즐거워하며 안주하는 소리는 하나같이 내게 고문이었다. 고독, 깊고 암울한 죽음과도 같은 고독만이 내 유일한 위안이었다.

아버지는 내 성품과 습관에 나타나는 뚜렷한 변화를 고통스럽게 바라보시며, 과도한 슬픔에 굴복하는 어리석음을 논리적으로 풀어가려 애쓰셨다. 아버지는 이렇게 말씀하셨다. "빅토르, 나 또한 고통스럽지 않다고 생각하니? 나만큼 네 동생을 사랑했던 사람은 없을 거다(아버지는 말씀하시면서 눈물을 흘리셨다). 하지만 지나친 슬픔에 빠져 더 불행해지는 걸 막는 것도 살아 있는 자의 의무가 아니겠니? 그것은 너 자신에게 빚진 의무이기도 하단다. 과도한 슬픔은 향상이나 즐거움을 방해하거나, 심지어 평소 아무 쓸모도 없게 해. 쓸모가 없으면 사람은 사회에 적응을 못 하지."

좋은 이야기지만 이런 충고는 내게 전혀 해당하지 않았다. 만약 그 극심한 회한이 다른 감정들과 섞이지 않았다면 나는 무엇보다 내 슬픔을 감추고 가족들을 위로했을 것이다. 하지만 지금 나는 그저 아버지에게 절망 섞인 모습으로 대답하면서 아버지 눈에 띄지 않으려고 노력했다.

이 무렵 우리는 벨리브에 있는 별장에서 조용히 지냈다. 이 변화는 특히 내 마음에 쏙 드는 일이었다. 정각 10시에 규칙적으로 성문이 닫히고 그 시간 이후에는 호수에 남아 있을 수 없던 터라, 나는 제네바 성안에 머무는 것이 아주 짜증이 났었다. 이제 자유로워졌다. 다른 가족들이 밤에 잠자리에 든 후에도 자주 배를 타고 몇 시간 동안 호수에 있곤 했다. 때로는 돛을 올리고 바람을 맞으며 움직였다. 어떤 때는 호수 한가운데로 노를 저어 간 후 배가 흘러가는 대로 놔두고 비참한 생각에 무너져 내렸다. 내 주변의 모든 것이 평화로울 때, (해안가에 다가갔을 때에만 귀에 거슬리게 단속적으로 울어대는 개구리나 박쥐는 제외하고) 천국 같은 아름다운 풍경 속에서 나만 유일하게 안절부절못하며 불안해하고 있을 때면, 자주 유혹에 빠지곤 했다. 호수가 영원히 나와 나의 재앙을 덮어버리게 고요한 호수 속으로 몸을 던지고 싶은 유혹 말이다. 하지만 내가 진심으로 사랑하고 그 존재 자체가 나와 결합된, 용감하게 고통을 참아내고 있는 엘리자베스를 생각하면서 그 마음을 억눌렀다. 또한, 아버지와 살아있는 동생을 생각했다. 그들 사이에 풀어놓은 사악한 악마에게 그들을 무방비 상태로 놔둔 채 비겁하게 도망쳐 버리겠다고?

그럴 때면 나는 서럽게 눈물을 흘렸고 그들에게 위로와 행복을 줄 수 있도록 내 마음에 평화가 다시 찾아오기를 바랐다. 하지만 그럴 리가 없었다. 회한은 모든 희망을 없애버렸다. 나는 돌이킬 수 없는 악행의 창조자였고 내가 창조한 괴물이 새로운 악행을 저지를까 봐 매일 전전긍긍하며 살았다. 막연하게나마 다 끝난 게 아니라는, 그리고 과거의 기억까지 거의 지워버릴 정도로 극악무도한 중대 범죄를 저지를 거라는 예감이 들었다. 내가 사랑하는 모든 것이 뒤에 남아 있는 한, 두려움의 여지는 항상 존재했다. 내가 이 악마를 얼마나 혐오하는지 상상도 할 수 없을 것이다. 놈을 생각할 때면, 이가 바득바득 갈리고 눈에 핏발이 설 정도였다. 내가 그토록 생각 없이 부여한 그 생명을 없애버리고 싶은 마음 간절했다. 놈이 저지른 범죄와 악행을 생각할 때면, 증오와 복수심이 절제의 모든 경계를 허물어버렸다. 내가 안데스 산맥 아래로 그를 밀어 떨어뜨릴 수만 있다면, 산맥 맨 꼭대기로 순례를 떠났을 것이다. 나는 그를 다시 만나고 싶었다. 그의 머리 위에다 있는 대로 분노를 퍼붓고 윌리엄과 저스틴의 죽음에 대해 복수하고 싶었다.

우리 집은 초상집 같았다. 최근 겪은 끔찍한 사건들 때문에 아버지의 건강이 상당히 안 좋아지셨다. 엘리자베스는 슬픔과 절망에 빠져 일상생활에서 더는 즐거움을 느끼지 못했다. 그녀에게 그 모든 즐거움은 죽은 이에 대한 모독인 것 같았다. 끊임없는 비통함과 눈물만이 처참하게 죽어간 무고한 사람들에게 바치는 헌사라고 생각했다. 그녀는 젊은 시절 나와 함께 호수 제방을 돌아다니며 다가올 우리의 찬란한 앞날에 관해 이야기 나누며 행복해하던 그 사람이 아니었다. 그녀는 진지해졌고 변덕스러운 운명과 불안한 인생에 대해 자주 이야기하곤 했다.

그녀는 말했다. "사랑하는 빅토르! 저스틴 모리츠의 허망한 죽음이 생각날 때면, 세상과 세상에서 벌어지는 일들을 더는 예전에 내가 봤던 대로 볼 수가 없어요. 예전에는 책에서 읽거나 다른 사람에게서 들은 악질적이고 부당한 이야기들은 옛날이야기라고, 상상 속에서나 일어날 수 있는 죄악이라고 생각했었고 적어도 그것들은 여간해서는 일어나지 않기에 상상보다는 이성에 훨씬 친숙한 것이었죠. 하지만 이제 불행이 우리 집을 찾아왔고 사람들은 마치 서로의 피에 목말라하는 괴물처럼 보여요. 하지만 나도 분명 잘못했어요. 다들 그 가엾은 저스틴이 죄를 지었다고 믿었고, 그녀가 벌 받을만한 죄를 저질렀다면 아주 사악한 인간임이 틀림없을 거예요. 몇 푼 되지도 않는 보석 때문에, 자기 은인이자 친구의 아들이며, 태어날 때부터 보살피고 친자식처럼 사랑했던 아이를 죽이다니요! 나는 그 어떤 인간의 죽음에도 동의할 수 없지만 분명 그런 인간은 인간 사회에 남아 있을 자격이 없을 거로 생각했을 거예요. 그럼에도 그녀는 죄가 없었어요. 난 알아요. 그 애는 무죄라고요. 당신도 같은 생각이 잖아요. 그래서 나는 확신해요. 아! 빅토르. 거짓이 그렇게 진실처럼 보일 수 있다면, 누가 행복을 확실하게 장담할 수 있을까요? 마치 벼랑 끝을 걸어가고 있는 나에게 수천 명이 몰려와 나락으로 밀어 넣으려고 애쓰는 것 같아요. 윌리엄과 저스틴은 살해당했고 살인자는 도망쳤어요. 그놈은 활개 치며 세상을 돌아다니고 어쩌면 존경을 받고 있을지도 모르죠. 하지만 만약 내가 같은 죄를 지어 교수형에 처해진다 해도, 그 악마 같은 인간과 자리를 바꾸고 싶진 않아요."

나는 무척 괴로워하며 이 이야기를 경청했다. 행위가 아니라 결과로 보면 진짜 살인자는 나였다. 엘리자베스는 내 표정에서 고뇌를 읽었고 내 손을 잡으며 다정하게 말했다. "사랑하는 빅토르! 진정해요. 이번 사건은 내게 충격을 줬고 그게 얼마나 심각한지 신만이 아실 거예요. 하지만 나는 당신처럼 그렇게 비참하진 않아요. 당신 얼굴에 절망스런 표정이, 때로는 복수의 표정이 어려 있어서 몹시 걱정스러워요. 진정해요. 내 사랑 빅토르! 나는 당신의 평온을 위해 내 목숨을 바칠 거예요. 우리는 분명 행복할 거예요. 세상과 어울리지 않고 고향에서 조용히 살아간다면 누가 우리의 평온을 깨뜨리겠어요?"

그녀는 이 이야기를 하는 동안 자신이 내뱉은 바로 그 위로를 불신하며 눈물을 흘렸다. 하지만 동시에 미소를 지어 보이며 내 마음에 몰래 숨어들어온 악마를 쫓아냈다. 내 얼굴에 드리운 비참한 표정에서 내가 자연스레 느끼는 슬픔이 과장된 거라고 여기는 아버지는 내 취향에 맞는 놀이야말로 내가 평소의 평온함을 다시 회복할 수 있는 최선의 방법이라고 생각했다. 아버지가 시골로 옮긴 것도 그 때문이었고, 같은 이유로 아버지는 이제 다 같이 샤모니 계곡으로 여행을 가자고 제안했다. 나는 이전에 그곳에 가 본 적이 있었지만, 엘리자베스와 에르네스트는 아니었다. 이곳의 경치가 아주 경이롭고 장엄하다고들 해서, 둘 다 이곳 풍경을 몹시 보고 싶다고 자주 말했다. 따라서 우리는 저스틴이 죽은 지 거의 2달이 지난 8월 중순쯤 여행을 위해 제네바를 떠났다.

날씨는 유난히 화창했다. 내 슬픔이 상황을 변화시켜서 사라질 슬픔이었다면 이 여행을 통해 아버지가 의도한 그 효과를 분명 봤을 것이다. 말하자면, 나는 그곳 풍경에 다소 관심이 있었다. 때때로 마음이 진정되기도 했지만 그렇다고 슬픔이 아예 사라진 건 아니었다. 첫날, 우리는 마차를 타고 여행을 했다. 아침 무렵 우리가 보았던 먼 산을 향해 점점 다가갔다. 아르브 강 때문에 생긴 구불구불한 계곡 길을 따라가다 보니 점점 계곡이 우리를 포위하는 것처럼 느껴졌다. 해가 지자 거대한 산맥과 사방에서 우리를 에워싼 낭떠러지들이 보였고 바위 사이로 내달리는 강물 소리와 기세 좋게 쏟아지는 폭포 소리도 들렸다. 다음 날, 우리는 노새를 타고 계속 여행을 했다. 훨씬 가파른 곳에 오르자, 그 계곡은 더욱 장대하고 놀라운 자태를 뽐냈다. 소나무 산맥 절벽 위에 걸려 있는 폐허가 된 성들과 맹렬하게 흐르는 아르브 강, 나무 사이로 여기저기 보이는 오두막들이 어우러지면서 놀랄 만큼 아름다운 풍광을 연출했다. 하지만 웅장한 알프스 산맥 덕분에 한층 더 아름다우면서도 숭고해 보였다. 무엇보다도 알프스 산맥의 눈부시게 하얀 피라미드와 돔 모양 산들이 우뚝 솟아있어서, 마치 다른 땅에 속해 있는 듯, 다른 생명체의 거주지 같았다.

우리는 펠리시에 다리를 건넜는데, 강이 만들어낸 그곳의 협곡이 우리 앞에 펼쳐졌다. 우리는 그 위로 돌출된 산을 오르기 시작했다. 얼마 후 샤모니 계곡에 들어섰다. 이 계곡은 우리가 막 지나온 세르보 계곡보다 훨씬 경이롭고 장엄했지만 그다지 아름답거나 멋있지는 않았다. 눈 덮인 높은 산맥들이 아주 가깝게 있었지만, 폐허가 된 성과 비옥한 들판은 더 이상 보이지 않았다. 거대한 빙하가 길옆으로 다가왔고, 눈사태가 나자 우르릉 천둥 같은 소리가 들리면서 눈사태가 지나간 길에 뿌연 연기가 피어올랐다. 몽블랑, 숭고하고 장엄한 몽블랑은 주변의 뾰족한 산봉우리들 사이로 우뚝 솟아 있었고 그 거대한 돔 모양 봉우리가 계곡을 내려다보았다.

이 여행 중에 나는 종종 엘리자베스와 함께 다니며 갖가지 아름다운 풍경들을 그녀에게 열심히 가리키곤 했다. 그러다가 내가 탄 노새가 뒤처지게 내버려 둔 채 자주 암울한 생각들에 빠지기도 했고, 어떤 때는 노새에 박차를 가해 동료들보다 앞서 나가 그들과 세상, 특히 나 자신을 잊어버리려 했다. 멀리 떨어지면 노새에서 내려와 공포와 절망에 짓눌린 채 풀밭에 몸을 던졌다. 저녁 8시쯤 나는 샤모니에 도착했다. 아버지와 엘리자베스는 몹시 피곤해 했다. 나와 함께 온 에르네스트는 즐거워하면서 한껏 들떠 있었다. 즐거워하는 그 애에게 찬물을 끼얹은 유일한 상황이라면, 남풍이 불고 다음 날 비가 올 것 같다는 예보였다.

우리는 일찍 숙소로 돌아왔지만, 잠을 잘 수 없었다. 적어도 나는 그랬다. 나는 창가에서 여러 시간을 보내며, 몽블랑 위에서 번쩍이는 희미한 번개를 바라보았고, 창문 아래로 흐르는 아르브 강의 급류소리를 들었다.

2장

다음 날, 구름이 끼긴 했지만, 우리 안내원의 예측과는 달리 화창한 날씨였다. 우리는 아르베롱의 발원지를 방문했고 저녁까지 그 계곡 주변을 돌아다녔다. 이 숭고하고 장엄한 풍경 덕분에 나는 받을 수 있는 최고의 위안을 누렸다. 그 풍경들은 편협한 감정으로부터 내 기운을 북돋아 주었고, 물론 슬픔을 없애주지는 못했지만 슬픔을 가라앉히고 진정시켜주었다. 또한, 어느 정도는 지난달 곱씹으며 지냈던 생각들에서 벗어나게 해주었다. 나는 저녁에 돌아왔고 피곤했지만, 기분도 그리 나쁘지 않아서, 한동안 보여준 내 모습이 아닌 좀 더 쾌활한 모습으로 가족들과 대화를 나눴다. 아버지는 즐거워하셨고 엘리자베스도 매우 기뻐했다. 그녀는 말했다. "사랑하는 빅토르, 봐요. 당신이 행복해하니까 행복이 번지잖아요. 예전으로 돌아가지 마세요!"

  다음 날 아침, 비가 억수같이 쏟아졌고 두꺼운 안개가 산 정상을 가렸다. 나는 일찍 일어났지만, 이상하게 우울한 기분이 들었다. 비 때문에 우울해졌고 지난 감정들이 되살아나 비참한 심정에 빠졌다. 이 갑작스러운 변화에 아버지가 얼마나 실망하실

지 알고 있었기에 나를 억눌렀던 이런 감정들을 숨길 수 있을 만큼 회복될 때까지 아버지를 피하고 싶었다. 나는 가족들이 그날 여관에 계속 머물러 있을 거라는 걸 알고 있었다. 비와 습기, 추위에 단련된 나는 몽탕베르 정상까지 혼자 올라가기로 했다. 계속해서 움직이는 거대한 빙하의 모습을 처음 보았을 때 마음속에서 느꼈던 그 느낌을 떠올렸다. 그때는 굉장히 황홀한 기분이 들어 영혼에 날개가 달려 이해하기 어려운 세상에서 벗어나 빛과 즐거움의 세상으로 날아올랐다. 자연의 경이롭고 장엄한 광경은 사실 언제나 내 마음을 진지하게 해주는 효과가 있었고, 삶의 덧없는 근심·걱정들을 날려버려 주었다. 나는 혼자 가기로 했는데, 그 길을 잘 알았을 뿐더러, 다른 사람과 함께 가면 그 고독하면서도 웅장한 풍경을 망칠 수 있기 때문이다.

오르막길은 매우 가파르다. 그러나 짧은 굽잇길이 이어져 있어, 깎아지를 듯한 산을 오를 수 있었다. 매우 적막한 풍경이었다. 곳곳에서 겨울 눈사태의 흔적을 찾을 수 있었는데, 눈사태의 흔적이 있는 곳에 나무들은 부러져 땅에 흩어져 있었다. 어떤 것은 완전히 박살 나 있었고, 어떤 것은 산의 돌출된 바위나 다른 나무 위에 가로로 기대어 휘어져 있었다. 더 높이 올라가면 갈수록, 길은 눈 덮인 협곡을 만났고, 돌들은 계속해서 위에서 아래로 굴러 떨어졌다. 그중 하나는 특히 위험했는데, 큰 소리로 말하는 것과 같은 아주 사소한 소리도 공기의 진동을 일으켜 말하는 사람의 머리 위로 파멸을 몰고 올 수 있었다. 소나무 숲은 크지도 무성하지도 않았지만 어두침침하다 보니 더욱 엄숙한 분위기를 자아냈다. 아래쪽 계곡을 바라보니, 그 계곡을 따라 흘러가는 강물에서 어마어마한 안개가 피어올라 반대편 산 주변을 두꺼운 화환처럼 휘감았고, 산 정상들은 비슷비슷한 구름 속에 가려져 있는데, 어두운 하늘에서 비가 퍼부어 내 주변 물체에서 음울한 인상을 받았다. 아! 어째서 인간은 짐승들보다 우월한 감수성을 지녔다고 뽐내는 것인가. 그러다 보니 감수성이 좀 더 중요한 존재가 돼 버린 것이다. 만약 우리의 충동이 배고픔, 갈증, 욕망에만 국한된다면, 거의 자유로울지도 모른다. 하지만 지금 우리는 사방에서 불어오는 바람, 뜻밖의 말이나, 그 말이 우리에게 전하는 장면에 의해 영향을 받는다.

우리는 드러눕는다. 꿈은 잠에 독을 넣는 힘이 있으니.

우리는 일어난다. 종잡을 수 없는 생각이 하루를 망치니.

우리는 느끼고 생각하고 추론하지, 웃거나 울며.

허황된 고민거리를 껴안거나, 근심을 날려버리며.

그것은 똑같다. 즐겁든, 슬프든

그 출발의 길은 여전히 자유로우니.

인간의 어제는 내일과 절대 같지 않으리.

견딜 수 있는 건 오직 무상뿐![21]

오르막길 정상에 다다랐을 때는 거의 정오 무렵이었다. 나는 한참 동안 얼음 바다가 내려다보이는 바위 위에 앉아 있었다. 바

---

21 퍼시 셸리의 〈무상에 대해(on Mutability)〉에서 인용.

다와 주변 산맥들이 안개에 뒤덮였다. 얼마 안 있어 산들바람에 구름이 흩어졌고 나는 빙하 쪽으로 내려갔다. 표면이 매우 울퉁불퉁해서 마치 거친 바다의 파도처럼 오르락내리락했고, 곳곳에 깊게 팬 균열이 나 있었다. 빙원의 너비는 $5km^2$가량 되지만, 그곳을 건너는데 거의 2시간이 걸렸다. 맞은편 산은 나무 한 그루 없는, 깎아지를 듯한 암벽이었다. 지금 내가 서 있는 쪽에서 보면, 몽탕베르는 정 반대편으로 5km 정도 떨어져 있었다. 그 위로 경이로운 위엄을 뽐내며 몽블랑이 우뚝 솟아 있었다. 나는 후미진 바위에 머무르며 이 장엄하고 거대한 모습을 바라보았다. 바다, 더 정확히 말하면 광활한 얼음 강은 그곳에 붙어 있는 산 사이로 굽이쳐 흘러갔고 하늘 높이 솟은 산 정상이 그 후미진 곳을 뒤덮었다. 구름 너머 반짝이는 얼음 산봉우리들이 햇빛을 받아 눈이 부셨다. 조금 전까지만 해도 울적했던 마음이 이젠 환희 같은 것으로 벅차올랐다. 나는 큰소리로 외쳤다. "방황하는 영혼들이여. 진정 그대들이 방황하며 좁다란 침대에서조차 쉬지 못한다 해도, 이 어렴풋한 행복이나마 내게 허락해주오. 아니면 그대들의 친구인 나를 즐거운 삶에서 데려가 다오."

내가 이런 말을 하고 있을 때, 느닷없이 좀 떨어진 곳에서 사람의 형체가 나를 향해 초인적인 속도로 다가오는 게 보였다. 그는 내가 조심스럽게 걸었던 그 얼음 틈 위를 성큼성큼 뛰어다녔다. 게다가 그의 형체는 가까이 다가올수록 보통 사람과 비교하면 무척 커 보였다. 불안했다. 안개가 눈앞을 뒤덮으면서 갑자기 현기증이 일어났지만, 산에서 보는 차가운 돌풍에 재빨리 정신을 차렸다. 그 형체가 가까이 다가오면 올수록(어마어마하게 크고 혐오스러운 모습!) 내가 창조했던 그 괴물이라는 생각이 들었다. 나는 분노와 공포로 온몸이 부들부들 떨렸지만, 놈이 다가오기를 기다렸다가 목숨을 걸고 그와 맞붙어 싸우기로 굳게 마음먹었다. 놈이 다가왔다. 그의 표정에는 경멸과 악의가 뒤섞인 극심한 비통함이 서려 있는 데다, 이 세상 것 같지 않은 흉악한 느낌까지 더해지면서 너무나 끔찍해 보였다. 나는 이것을 거의 알아채지 못한 채 처음에는 분노와 증오로 말문이 막혔지만, 다시 정신을 차리고 격렬한 혐오와 경멸을 드러내는 말로 놈을 뭉개버리겠다는 일념뿐이었다.

"악마 같은 놈!" 나는 소리쳤다. "감히 네놈이 내 앞에 나타나? 그 끔찍한 너의 머리를 날려버릴 내 팔의 거센 복수가 두렵지 않더냐? 썩 꺼져라, 끔찍한 벌레야! 아니다. 네놈을 짓밟아 가루로 만들어 줄 테니 기다려라! 오, 비열한 네놈의 존재를 없애버려 네가 그토록 잔인하게 죽인 희생자들을 다시 되살릴 수만 있다면!"

"이런 반응은 예상했다." 악마가 말했다. "인간들은 끔찍한 괴물을 싫어하지. 그러니 살아 있는 그 어떤 존재보다 비참한 나를 얼마나 미워하겠는가! 하지만 나의 창조자, 당신은 나를, 당신의 창조물을 증오하며 쫓아 버렸어. 우리는 어느 한쪽이 죽어야만 풀리는 끈으로 묶여 있는데 말이야. 당신은 나를 죽일 작정이지. 감히 어떻게 생명을 그런 식으로 갖고 놀 수 있지? 나에 대한 당신 의무를 다하라고. 그러면 당신과 다른 인간들에 대한 내 의무를 다할 테니. 내 요구조건에 응한다면, 당신과 인간들을 평화롭게 내버려 두지. 하지만 거절한다면 당신의 남은 친구들의 피로 내 죽음의 아가리가 물릴 때까지 채울 거다."

"이 혐오스러운 괴물아! 악마 같은 놈! 네놈 죄에 대해, 지옥의 고문은 턱없이 가벼운 복수다. 사악한 악마야! 네놈은 내가 너를 만든 걸 비난하고 있어. 그럼 자, 내가 그토록 경솔하게 부여한 그 불씨를 꺼주마."

분한 마음은 멈출 줄 몰랐다. 나는 한 인간이 다른 인간의 존재에 대해 품을 수 있는 온갖 감정들에 휩싸여 놈에게 달려들었다.

놈은 가뿐히 나를 피하면서 이렇게 말했다.

"진정하라고! 내 저주받은 머리에 너의 저주를 퍼붓기 전에 내 말 좀 들어봐. 날 더 불행하게 만들려고 하는데, 난 충분히 고통받은 거 아닌가? 삶이 비록 고통의 축적이라도, 내게는 소중하니, 난 지킬 거야. 기억해. 당신은 자신보다 나를 더 강하게 만들었어. 내 키도 당신보다 훨씬 크고 관절도 유연하지. 하지만 당신 반대편에 서고 싶지 않아. 난 당신의 창조물이니까. 당신이 내게 빚진 역할을 다한다면, 내 조물주이며 군주에게 온순하고 고분고분하게 굴겠어. 오! 프랑켄슈타인. 다른 사람에게는 공평하게 대하면서 나만 짓밟지 말아줘. 난 당신의 정의, 심지어 당신의 관용과 애정을 받아 마땅한 사람이잖아. 기억해. 나는 당신의 피조물이라는 걸. 너의 아담이어야 하는데 오히려 타락 천사가 되어 당신 때문에 죄도 없이 기쁨의 세상에서 쫓겨나고 말았어. 어디서나 행복을 볼 수 있는데, 결국 나만 거부당했다고. 나는 자애롭고 착했어. 고통이 나를 악마로 만든 거야. 나를 행복하게 만들어줘. 그러면 다시 고결해질 테니까."

"썩 꺼져! 네 말은 듣지 않을 거야. 너와 나 사이에 공동체 의식 따위는 없어. 우리는 적이야. 썩 꺼져! 안 그러면 싸워서 힘을 겨뤄보자. 그러다 보면 누군가 쓰러지겠지."

"어떻게 해야 네 마음을 바꿀 수 있을까? 아무리 애원해도 네 선의와 연민을 간청하는 너의 창조물을 호의적으로 바라보지 못하겠다는 건가? 믿어줘. 프랑켄슈타인. 나는 자애로웠고 내 영혼은 사랑과 인간애로 빛났어. 하지만 나는 혼자가 아닌가! 비참할 정도로 혼자란 말이야. 내 창조자인 당신이 나를 혐오하는데, 내게 아무것도 빚진 게 없는 인간들한테 내가 어떤 희망을 얻을 수 있겠는가? 그들은 나를 몰아대며 싫어해. 적막한 산과 황량한 빙하만이 유일한 내 피난처야. 난 수많은 날을 여기에서 방황했지. 유일하게 두렵지 않은 얼음 동굴이 내가 사는 집이고 그곳은 사람들이 부러워하지 않는 유일한 곳이지. 나는 이런 음울한 하늘을 환호로 맞이했지. 이런 하늘은 인간들보다 나에게 더 친절하거든. 많은 사람이 내 존재를 알게 된다면 다들 당신처럼 행동할 테고 나를 파괴하려고 단단히 무장할 거야. 그런데 나를 혐오하는 사람들을 싫어하면 안 된단 말인가? 난 적들과 어떤 타협도 하지 않을 거야. 내가 비참하니 그들도 이 비참함을 같이 느껴야 해. 하지만 내 불행을 보상해주고, 당신과 가족들뿐만 아니라 다른 수많은 사람을 악행에서 구해낼 힘이 당신에게 있어. 분노의 소용돌이 속으로 그들을 집어삼킬 정도로 일을 크게 만들지는 오로지 당신에게 달렸다고. 연민의 감정을 느껴봐. 그리고 날 멸시하지 마. 내 이야기를 잘 들어라. 이 이야기를 들은 후, 나를 버리고 떠나든 측은하게 여기든 해라. 내게 어떻게 해야 할지 판단이 설 테니까. 그러나 내 말을 들어라. 인간의 법에 따르면, 아무리 잔인한 죄인이라도 형을 선고받기 전에 변호할 기회를 주지. 내 말을 잘 들어라, 프랑켄슈타인. 당신은 내가 살인을 저질렀다고 비난했어. 게다가 양심에 거리낌 없이 제 손으로 만든 창조물을 파괴하려고 했지. 오! 한없이 정의로운 인간을 찬양하노라! 하지만 난 당신에게 살려달라고 부탁하는 게 아니야. 내 말을 잘 들어라. 그런 다음 네가 그럴 수 있다면, 그럴 생각이 든다면, 네 손으로 만든 창조물을 파괴해라."

"생각만 해도 몸서리쳐지는 상황을, 내가 끔찍한 원흉이며 장본인이라는 사실을, 어째서 떠올리게 하는 거냐? 빌어먹을, 네놈이 처음 빛을 본 그 날에 저주가 내리기를! (비록 나 자신을 저주하지만) 너를 만든 이 손에 저주가 내리기를! 네놈은 말로 표현할 수 없을 정도로 날 비참하게 만들었어. 너는 내가 너에게 공정한지 아닌지 따질 기력도 나에게 남기지 않았다고. 썩 꺼져라! 네 혐오스러운 몰골이 보이지 않게!"

"내 창조자여! 맘 편하게 그렇게 해주지." 그는 내 눈앞에 혐오스러운 제 손을 갖다 대었고, 나는 거칠게 그것을 뿌리쳤다. "이렇게 하면 혐오스러운 모습이 보이지 않을 거야. 그러면서도 내 이야기를 들을 수 있고 내게 동정심을 베풀 수 있지. 한때나마 내가 지녔던 미덕으로 이렇게 부탁한다. 내 이야기를 들어라. 장황하고도 기이할 텐데, 이곳 기온은 너의 예민한 감성에 맞지 않아. 산 위에 있는 오두막으로 와라. 아직 해가 중천에 있는데, 해가 져서 저쪽 눈 덮인 낭떠러지 너머로 숨어 버리고 또 다른 세상을 비추기 전에 내 이야기를 듣고 결정을 내려라. 내가 인간 주변에서 영원히 떠나 해를 입히지 않고 살아갈지, 아니면 당신 친구들의 재앙이자 당신을 바로 파멸시킬 장본인이 될지는 당신에게 달려 있다."

놈은 이렇게 말하면서 얼음을 가로질러 앞장섰다. 나는 따라갔다. 갑갑한 마음에 아무 대답도 하지 않았다. 하지만 걸어가면서 놈이 얘기한 여러 주장을 따져봤고 적어도 이야기는 들어봐야겠다는 생각이 들었다. 어느 정도는 호기심 때문이었지만 결심을 굳힌 건 동정심 때문이었다. 나는 여태까지 놈을 동생의 살인자라고 추정했고 이런 생각에 대해 시인을 하든, 부인을 하든 어떤 말이든 간절히 듣고 싶었다. 또한, 처음으로 창조물에 대한 창조주의 의무가 무엇인지 생각했고, 놈의 사악함에 대해 불평하기 전에 놈을 행복하게 해줘야겠다는 생각이 들었다. 이런 이유에서 나는 놈의 요구를 들어주게 된 것이다. 그렇게 우리는 얼음을 건너 반대편 바위로 올라갔다. 공기는 차가웠고 다시 비가 내리기 시작했다. 오두막으로 들어가니, 악마는 의기양양했고 나는 마음이 무겁고 정신은 우울했다. 하지만 나는 놈의 이야기를 듣기로 했다. 끔찍한 동반자가 켜놓은 난롯가에 앉자, 그는 자기 이야기를 시작했다.

3장

"내가 생겨난 시기를 기억하기가 상당히 어렵군. 그 시기에 일어난 사건들은 하나같이 혼란스럽고 분명치가 않아. 수많은 낯선 감정이 날 휩싸고 있었어. 동시에 나는 보고 듣고 느끼고 냄새를 맡았지. 사실 이 다양한 감각들의 작용을 분간할 수 있게 된 건 한참 후의 일이었어. 차츰 더 강한 빛이 내 신경을 압박했고 그래서 눈을 감을 수밖에 없었던 게 기억나. 그런 다음 어둠이 나를 덮쳐 불안해졌지. 하지만 지금 생각하니 이런 느낌을 받자마자 눈을 떴고 빛이 다시 내게 쏟아졌던 것 같아. 나는 걸음을 옮겼어. 아래쪽으로 내려간 것 같아. 하지만 이내 감각에 엄청난 변화가 일어났다는 걸 직감했지. 좀 전에는 촉각이나 시각에 영향을 주지 않는, 어둡고 불분명한 형체가 나를 둘러싸고 있었어. 하지만 이젠 어떤 장애물도 넘거나 피하면서 자유롭게 돌아다닐 수 있다는 걸 알게 됐지. 빛은 점점 더 나를 압박해왔고 걸어 다니다가 뜨거운 열기에 지쳐 그늘진 곳을 찾아다녔어. 그곳은 잉골슈타트 인근 숲이었지. 그곳 냇가에 누워 피로를 풀다 보니 괴로울 정도로 배도 고프고 목도 말랐어. 그 때문에 거의 비몽사몽상태에 있던 나는 정신을 차리고, 나무에 달려 있거나 땅에 떨어져 있는 열매를 먹었지. 냇가에서 갈증을 해소한 다음 다시 누워 잠을 잤어.

"일어나니 이미 해가 진 상태였지. 한기를 느꼈고, 적막한 곳이다 보니 본능적으로 겁이 좀 나더군. 당신 집을 나오기 전에 추위를 느껴 몇 개의 천으로 몸을 가렸지만, 밤이슬로부터 나를 지켜주기에는 충분치 않았어. 나는 불쌍하고 무력하며 비참한 놈이었지. 아는 것도 없고 뭐가 뭔지 분간도 못 했지만, 사방에서 고통이 몰려드는 느낌이 들자 주저앉아 울고 말았어.

"어느새 온화한 빛이 하늘 위로 살며시 찾아들어 기분이 좋아졌어. 나는 벌떡 일어나 나무 사이에서 피어오르는 빛나는 형상을 보았지. 일종의 경이감을 느끼며 바라보았어. 그것은 천천히 움직이면서 내 길을 환하게 밝혀주더군. 그러다가 다시 열매를 찾아 돌아다녔어. 여전히 한기를 느끼고 있을 때, 어느 나무 아래에서 망토 하나를 발견했고 그걸 걸치고 바닥에 앉았지. 머릿속에는 희미한 생각들로 가득 차 있었고 모든 게 당황스러웠어. 빛과 허기, 갈증, 어둠이 느껴졌지. 수많은 소리가 귓가에 울렸고 사방에서 갖가지 냄새들이 나를 맞이해주더군. 밝은 달만이 구분할 수 있는 유일한 물체였고 기쁜 마음으로 그것을 응시했지.

"며칠 밤낮이 지났고 밤에 뜨는 원이 꽤 작아졌을 무렵, 내 감각들을 하나하나 구별하기 시작했어. 마실 것을 공급해줬던 깨끗한 냇물과 나뭇잎으로 내게 그늘을 드리워 준 나무들이 점차 분명히 보였어. 종종 유쾌한 소리가 들렸는데, 그게 눈 부신 빛을 가리던 날개 달린 조그만 동물들 목에서 나오는 거라는 걸 처음 알아챘을 때 기분이 좋았지. 게다가 주변 형체들을 아주 정확하게 보고 나서, 내 머리 위를 감싸며 빛나는 빛의 지붕 경계를 인지하기 시작했지. 가끔 기분 좋은 새소리를 흉내 내려 했지만 잘 안 되더군. 내 방식으로 감정을 표현하고 싶었지만, 입에서 나오는 이상하고 불분명한 소리에 화들짝 놀라 다시 입을 닫아버리곤 했지.

"밤에 뜨던 달이 사라졌다가 다시 더 작아진 형태로 나타나는 동안, 나는 여전히 숲에 남아 있었지. 그맘때쯤 내 감각은 분명해졌고 날마다 마음으로 받아들이는 생각들이 점점 늘어갔어. 눈도 빛에 익숙해지면서 물체의 형상을 제대로 인식하게 되었지. 곤충과 풀뿐만 아니라 서로 다른 풀들도 점차 구분할 수 있었어. 참새는 거슬리는 소리만 내지만 찌르레기와 개똥지빠귀는 아름답고 매혹적인 소리를 낸다는 것도 알게 되었고.

"어느 날 추위에 괴로워하고 있을 때, 떠돌이 거지들이 남겨둔 불을 발견했고 그것을 통해 온기를 경험하면서 환희에 휩싸였지. 기쁨에 겨워, 아직 살아있는 잿불에 손을 쑤셔 넣었다가 고통스러운 비명을 지르며 잽싸게 도로 꺼내기도 했어. 같은 원인에서 정반대 효과가 나타나다니! 참 신기했어. 불의 재료를 살펴보니 다행히 나무로 이뤄졌더군. 나는 재빨리 나뭇가지들을 모았는데, 젖은 상태여서 타지 않았어. 이에 괴로워하며 불이 타는 모습을 조용히 앉아 지켜보았지. 불 근처에 두었던 젖은 나무가 마르면서 스스로 불이 붙더군. 나는 이것에 대해 생각했고 다양한 나뭇가지를 만져보다가 그 이유를 알아낸 후 많은 양의 나무를 모으느라 정신없었지. 나무를 말려 땔감용 나무로 많이 비축해두려고 말이야. 밤이 되자 스르르 잠이 왔어. 그런데 불이 꺼질까 봐 무척 걱정되더군. 나는 마른 나뭇가지와 잎으로 그 불을 조심스레 덮고 그 위에 젖은 나뭇가지를 얹어두었지. 그런 다음 망토를 펼치고 땅에 누워 잠에 빠져들었어.

"일어나 보니 아침이었어. 내 첫 번째 관심사는 불 상태를 확인하러 가는 것이었지. 덮어두었던 걸 치우자, 온화한 산들바람에 재빨리 불씨가 살아나더군. 나는 이 또한 잘 기억해뒀다가, 나뭇가지로 부채를 만들어 잿불이 거의 꺼져갈 때 불씨를 살리기도 했지. 다시 밤이 되면서, 불이 온기와 빛을 제공했고 먹을 것과 관련해서 불을 발견한 게 무척 도움이 된다는 사실을 깨닫고는 기분이 날아갈 듯했어. 여행가들이 구워 먹다 남긴 내장을 발견했는데, 나무에서 모은 열매보다 훨씬 맛있었거든. 그래서 살아있는 잿불에 그것을 올려놓고 같은 방식으로 음식을 만들려고 시도했는데, 그 방법으로 열매는 엉망이 돼 버렸고 견과류와 뿌리류들은 훨씬 맛있어진다는 걸 알게 되었지.

"하지만 음식은 부족해졌어. 허기진 배를 달래려고 온종일 도토리를 찾아다녔지만 몇 알도 못 찾고 보내는 날이 태반이었지. 상황파악을 하게 된 나는 그동안 느꼈던 몇 가지 욕구들을 좀 더 쉽게 충족할 수 있는 곳을 물색하기 위해 여태까지 머물렀던 그곳을 떠나기로 했지. 이곳을 떠나면서 제일 아쉬웠던 건,

우연히 찾아낸 불을 잃게 된다는 것이었어. 나는 그것을 다시 얻는 방법을 몰랐거든. 이 문제에 대해 몇 시간을 심각하게 고민했지만 불을 피우려는 시도를 전부 포기할 수밖에 없었어. 나는 망토로 온몸을 감싸고 숲을 헤치며 뉘엿뉘엿 지는 태양 쪽을 향해 발길을 옮겼지. 그렇게 방황하면서 사흘을 보내다가 드디어 확 트인 지역을 발견했어. 지난밤에 내린 엄청난 폭설로 들판은 온통 흰색이었고 적막한 모습이었지. 땅을 뒤덮은 차갑고 축축한 물질 때문에 발이 시렸어.

"아침 7시쯤이었을 거야. 먹을 것과 쉴 곳을 찾고 싶었어. 그러다가 드디어 언덕 위에 작은 오두막을 하나 발견했는데 어떤 양치기의 편의를 위해 지어진 곳이 분명해 보였어. 그것은 내가 처음 보는 광경이었고 왕성한 호기심에 그 구조물을 찬찬히 살펴보았지. 문이 열려 있어서 안으로 들어갔는데, 한 노인이 난롯가 근처에 앉아 아침을 준비하고 있었어. 그는 인기척을 듣고 고개를 돌렸고 나를 보자 고함을 질러댔지. 그러더니 오두막을 뛰쳐나가 그 쇠약한 몸으로는 도저히 낼 수 없을 것 같은 속도로 들판을 가로질러 줄행랑을 놓더군. 내가 전에 본 사람들과는 다른 그의 외모와, 달아나는 모습에 다소 놀랐어. 하지만 오두막 모습에 홀딱 반했지. 그곳에 있으면 눈과 비가 뚫고 들어오지 못할 테니까. 바닥도 말라 있었는데, 마치 불의 호수[22]에서 고초를

---

22 존 밀턴의 《실낙원》에 나오는 용어.

겪은 후 지옥의 악마들이 본 복마전[23]처럼 당시 그곳은 내게 더 없이 훌륭하고 신성한 은신처로 보였지. 나는 남아 있는 양치기의 아침 식사를 게걸스럽게 먹어치웠어. 메뉴는 빵과 치즈, 우유, 포도주였는데 포도주는 별로더군. 피로에 휩싸인 나는 짚더미에 쓰러져 곯아떨어졌지.

"눈을 뜨니 정오 무렵이었어. 눈 덮인 하얀 대지를 밝게 비춰주는 태양의 따사로움에 매혹되어, 나는 다시 길을 떠나기로 했지. 남아 있는 농부의 아침을 내가 찾은 배낭에 집어넣고 몇 시간 동안 들판을 헤매며 다니다가, 해 질 무렵 어느 마을에 도착했지. 그곳이 얼마나 기적처럼 보였는지! 오두막과 훨씬 깨끗한 시골집들, 저택에 감탄사를 연발했지. 정원에 심어 놓은 채소들과 몇몇 시골집 창문에 놓여 있는 우유와 치즈는 내 식욕을 자극하더군. 그곳에서 제일 좋은 집으로 들어가니, 내가 문 안으로 발을 들여놓기도 전에 아이들이 소리를 꽥 지르고 여자 중 한 명은 기절했지. 마을 전체에 난리가 났어. 도망치는 사람도 있었고 나를 공격하는 사람도 있었지. 그러다가 돌이나 그 밖의 다른 날아오는 무기에 맞아 심하게 멍이 들자, 나는 잔뜩 겁에 질려 확 트인 지역을 벗어나 거의 맨몸으로 나지막한 헛간으로 피신했는데, 마을에서 본 집들에 비하면 형편없는 모습이었지. 그 헛간은 깔끔하고 쾌적해 보이는 오두막과 연결되어 있었지만, 최근의 값비싼 경험을 하면서 그곳에 들어갈 엄두가 나지 않더군.

---

23 모든 악마가 숨어 있는 집이나 굴.

내 은신처는 나무로 지어졌는데 워낙 낮아서 똑바로 앉아 있기도 힘들었어. 바닥에는 나무가 깔려 있지 않았지만 말라 있었지. 셀 수 없이 많은 틈 사이로 바람이 솔솔 들어오긴 했지만, 그럭저럭 눈과 비를 피할 수 있는 쾌적한 피난처라는 생각이 들었어.

"이곳으로 숨어들어와 누운 나는 비록 비참한 상황이었지만 그 계절의 혹독함과 그보다 더한 사람들의 잔혹함을 피할 수 있는 피신처를 찾은 것만으로도 기뻤어.

"날이 밝자마자, 헛간에서 기어 나와 인접한 오두막을 둘러보면서 내가 찾은 그 헛간에 머물러도 되는지 살펴보았지. 헛간은 오두막 뒤편에 있었고 옆으로는 돼지우리와 깨끗한 물웅덩이가 접해 있었어. 한 부분이 뚫려 있어서 나는 그곳으로 기어들어갔던 거야. 하지만 이제 내가 발각될 수 있는 모든 틈을 나무와 돌로 가렸다가 밖으로 나가야 할 경우 그것들을 옮기는 식으로 만들어 뒀지. 내가 누릴 수 있는 빛이라고는 헛간을 통해 들어오는 것뿐이었지만 그것만으로도 충분했어.

"그렇게 내 거처를 정리하고 깨끗한 짚으로 바닥을 깔다가, 슬슬 구석으로 물러났지. 저 멀리 어떤 사람의 형체가 보였거든. 어젯밤에 당한 일이 너무도 선명하게 떠올라 그에게 의지할 수가 없었어. 그래서 일단 훔쳐온 거친 빵 한 덩어리와 은신처 옆을 흐르는 맑은 물을 손보다 훨씬 편하게 마실 수 있는 컵에 담아 그 날 먹을 양식으로 준비했지. 바닥이 조금 올라와 있어서 완벽하게 마른 상태가 유지되었고 오두막 굴뚝에서 가깝다 보니 그럭저럭 따뜻하더군.

"이렇게 준비를 마치고 나서, 나는 내 결심을 바꿀 만한 중요한 일이 생길 때까지는 이 헛간에서 머물기로 했어. 사실 이곳은 내가 처음 머물렀던 황량한 숲 속과 비가 떨어지는 나뭇가지, 축축한 땅바닥에 비하면 천국이나 다름없었지. 그런데 즐겁게 아침 식사를 한 후 물을 조금 떠 오려고 널빤지 하나를 치우려는 찰나, 발걸음 소리가 들렸지. 작은 틈 사이로 들여다보니, 머리 위에 양동이를 인 젊은 여자가 헛간 앞을 지나가더군. 그 여자는 젊은 데다 몸가짐도 조심스러웠는데, 그때까지 본 오두막집 사람들과 농가에 사는 일꾼들의 모습과는 딴판이었지. 하지만 옷차림은 초라했어. 그 여자가 걸친 옷이라고는 거친 파란색 속치마와 리넨 재킷뿐이었지. 땋아 내린 금발 머리에는 장신구 하나 없었어. 참을성 있게 생겼지만, 왠지 슬퍼 보였어. 어느새 여자의 모습이 사라졌고, 한 15분 후 우유를 어느 정도 채운 양동이를 머리에 이고 다시 나타났지. 걸어가는 여자가 짐 때문에 불편해 보였는데, 그때 어느 젊은 남자가 여자에게 다가왔는데 수심이 깊어 보였어. 우울한 기분으로 몇 마디 하더니 여자 머리에서 양동이를 받아 들고는 오두막까지 직접 가져가더군. 여자가 그 뒤를 따라갔고 그들은 사라졌지. 얼마 안 있어 젊은 남자를 다시 보았는데 여러 가지 도구를 들고 오두막 뒤편에 있는 들판을 가로질러 가더군. 여자도 집에 있다가, 마당에 나왔다가 하면서 분주하게 보냈지.

"나는 거처를 살펴보다가, 예전에는 창문 하나가 오두막의 한 부분을 차지했지만, 지금은 그곳이 나무로 매워져 있다는 걸 알게 되었지. 창문에는 거의 알아챌 수 없을 정도로 작은 틈이 있었고, 그곳을 통해 한쪽 눈으로 겨우 들여다볼 수 있었어. 그 틈으로 작은 방 하나가 보였는데, 회반죽을 발라 깨끗했지만, 가구는 거의 없었지. 한쪽 구석 조그마한 난로 근처에 한 노인이 침통한 모습으로 머리에 손을 얹은 채 앉아 있었어. 젊은 여자는 오두막을 정리하느라 분주했지만 이내 서랍에서 뭔가를 꺼내 손으로 만지더니 노인 옆에 앉더군. 노인은 악기를 집어 들더니 연주를 했는데, 개똥지빠귀나 나이팅게일보다 더 감미로운 소리를 만들어내기 시작했어. 이전에 아름다운 것이라고는 전혀 본 적 없는 나 같은 불쌍한 괴물에게조차 아름다워 보였지. 잿빛 머리와 자애로운 인상의 오두막 노인에게 존경심이 일었고 여자의 친절한 태도에 매혹되어 사랑을 느꼈어. 노인은 감미로우면서도 구슬픈 곡조를 연주했어. 곁에 있던 사랑스러운 여자의 눈에서 눈물이 흐르고 있었지만, 노인은 아무런 눈치도 채지 못하다가 그녀의 울음소리에 몇 마디 하더군. 그러자 아름다운 여자는 하던 일을 멈추고 노인 앞에 무릎을 꿇었지. 노인은 여자를 일으켜 세우더니 상냥하고 애틋한 미소를 지어 보였어. 묘하면서도 아주 강렬한 느낌이었어. 배고픔과 추위, 온기나 음식을 통해서는 한 번도 경험해본 적 없는 고통과 기쁨이 뒤섞인 감정이었지. 도저히 그 감정을 참아낼 수 없어 창문 뒤로 물러섰지.

"이 일이 있은 직후, 젊은 남자가 어깨에 나무 한 짐을 이고 돌아왔어. 문 앞에서 남자를 맞이한 여자는 짐을 들어주며 도와주었고 땔감 일부를 오두막으로 가져가 난로에 집어넣었지. 그러더니 여자와 젊은 남자는 따로따로 오두막 구석진 곳으로 갔다가 남자는 커다란 빵 한 덩어리와 치즈 한 조각을 여자에게 보여주더군. 여자는 즐거워 보였고 텃밭에 가서 뿌리와 나무를 좀 가져오더니 그것을 물속에 담갔다가 불 위에 올려놓았지. 그 후 여자는 자기 일을 계속했고 그러는 동안 젊은 남자는 텃밭에 가서 땅을 파고 뿌리를 파내면서 바쁘게 일하는 것 같았어. 남자가 그런 식으로 한 시간가량 일하고 나니, 젊은 여자가 그에게 다가왔고 그들은 함께 오두막으로 들어갔지.

"그동안 노인은 깊은 시름에 잠겨 있다가, 가족이 나타나자 기분이 좋은 척하면서 그들과 앉아 식사했지. 음식은 금방 사라졌어. 젊은 여자는 다시 오두막을 정리하느라 바빴고 노인은 젊은이의 팔에 기댄 채 몇 분간 햇빛을 받으며 오두막 앞을 산책하더군. 이 멋진 두 사람의 서로 대조되는 모습은 세상 그 어떤 것보다도 아름다웠지. 한 사람은 자애로움과 사랑으로 빛나는 표정을 지닌 은발 노인이었고, 젊은 친구는 호리호리하고 기품 있는 모습에 완벽하게 조화를 이룬 이목구비를 가졌지만, 눈빛과 태도에는 아주 울적하고 의기소침한 느낌이 배어 있었어. 노인은 오두막으로 돌아갔고 젊은이는 아침에 사용한 것과는 다른 도구들을 가지고 들판을 가로지르며 걸음을 옮겼지.

"어느새 해가 저물었어. 하지만 너무나 놀랍게도 오두막 사람들은 양초라는 것을 사용해서 빛을 연장하는 방법을 알고 있더군. 그래서 해가 져도 인간 이웃을 지켜보며 계속 즐거움을 느낄 수 있어서 좋았지. 저녁에 젊은 여자와 가족은 내가 잘 모르는 여러 가지 일들을 하더군. 노인은 다시 악기를 들고 아침에 나를 끌어당겼던 천상의 소리를 연주했어. 노인의 연주가 빨리 끝나버리자 젊은이가 연주가 아닌 단조로운 소리를 내기 시작했는데, 그것은 노인의 듣기 좋은 악기 소리 같지도, 새들의 노랫소리 같지도 않았지. 나중에서야 그가 큰 소리로 책을 읽는 거라는 걸 알게 되었는데, 당시 나는 단어나 글자 지식에 대해 아는 것이 전혀 없었어.

"이 가족은 잠시 이런 식으로 바쁘게 보내더니 불을 끄고 들어갔는데, 아마도 자러 간 것 같았어."

4장

"짚더미 위에 누웠지만 잠이 오지 않았어. 그래서 그 날 있었던 일들에 대해 생각했지. 특히 마음에 남는 건 이 사람들의 친절한 태도였어. 이들과 함께 어울리고 싶은 마음 간절했지만, 감히 엄두가 나질 않았지. 전날 밤 포악한 마을 사람들에게 어떤 취급을 당했는지 생생히 기억하고 있던 터라, 나중에야 어떤 행동이든 옳다고 생각하면 밀고 나가겠지만, 지금 당장은 이 헛간에 조용히 머물며 예의주시하면서 마을 사람들이 그렇게 행동한 이유에 대해 알아봐야겠다고 결심했지.

"다음 날 아침, 오두막 사람들은 해가 뜨기 전에 일어나더군. 젊은 여자는 오두막을 정리한 후 식사를 준비했고 젊은이는 먼저 식사를 한 후 집을 나갔지.

"이날도 전날과 똑같은 일상이었어. 젊은 남자는 집 밖에서 끊임없이 일했고 여자는 집 안에서 여러 가지 고된 일을 했지. 나는 노인이 앞이 보이지 않는다는 사실을 바로 알아챘어. 그는 악기를 연주하거나 사색에 잠기면서 한가롭게 시간을 보냈지. 오두막집 젊은이들은 함께 사는 어른을 끔찍이도 사랑하고 공경했어. 그들은 호의적이고 의무적인 온갖 자질구레한 일들을 지극정성으로 해주었고 노인은 답례로 자애로운 미소를 지어 보이며 그들에게 고마움을 표했지.

"그렇다고 그들이 행복하기만 한 것은 아니었어. 젊은 남자와 여자는 종종 따로 떨어져 우는 것 같더군. 나는 그들이 불행해 하는 이유를 알 수 없었지만 나도 그 때문에 많은 영향을 받았어. 이렇게 사랑스러운 피조물들도 불행한데, 불완전하고 고독한 존재인 내가 비참한 것은 그다지 이상할 것도 없지. 하지만 어째서 이 선량한 사람들이 불행했을까? 살기 좋은 집(내가 보기에 그랬어)에 살면서 온갖 호사를 누렸고 추울 때 몸을 따뜻하게 데워주는 불과 배고플 때 먹을 맛있는 음식도 있고 멋진 옷도 입었는데 말이야. 게다가 매일 애정 어린 다정한 눈길을 주고받으며 서로서로 즐겁게 이야기도 나누지 않는가. 그 눈물의 의미는 뭘까? 정말로 고통을 표현하는 걸까? 처음에는 이 문제들을 도저히 풀 수 없었지만, 시간을 두고 꾸준히 관심을 두다 보니 처음에는 이해하기 어려웠던 많은 모습이 설명되더군.

"상당한 시간이 흐른 후에야 이 맘씨 고운 가족이 불행한 이유 한 가지를 알게 되었지. 가난 때문이었어. 그들은 아주 괴로울 정도로 고통에 시달렸지. 양식이라고는 텃밭에 심은 채소와 소 한 마리에서 나오는 우유가 전부였어. 겨울에는 소에게 줄 먹이를 구하기 힘들어 우유도 거의 얻을 수 없었지. 극심한 배고픔에 시달리는 일이 허다한 것 같았고 두 젊은이가 특히 더 심했지. 노인 앞에는 음식을 갖다 놓았지만, 자기들이 먹을 음식은 하나도 없었던 적이 여러 번 있었으니까.

"이런 훈훈한 모습에 너무나 감동했지. 나는 평소 내가 먹을 생각으로 밤사이 그들이 보관해둔 음식 일부를 훔치곤 했는데, 그렇게 해서 오두막 사람들을 괴롭혔다는 생각이 들자 그런 행동을 자제했고 인근 숲에서 따 모은 열매와 견과류, 뿌리 식물들로 만족했지.

"게다가 그들의 힘든 일을 도와줄 방법을 또 하나 알아냈지. 젊은이는 가족이 사용할 땔감을 모으면서 하루 대부분을 보내더군. 그래서 밤이 되면 나는 (사용법을 금세 터득한) 그의 연장을 들고 가서, 며칠 동안 충분히 사용할 땔감을 집으로 가져오곤 했어.

"내 기억으로는, 처음 그렇게 한 날 아침, 문을 열고 나온 젊은 여자가 문밖에 땔감이 수북이 쌓여 있는 걸 보고 화들짝 놀라는 것 같았어. 여자가 큰소리로 뭐라고 하니 젊은이가 그녀에게 다가왔고 그 또한 놀란 표정을 짓더군. 그날 나는 남자가 숲에 가지 않고 오두막을 수리하거나 텃밭을 일구며 시간을 보내는 걸 즐겁게 지켜보았지.

"나는 점차 아주 중요한 것을 발견했어. 이 사람들은 분명한 소리를 통해 서로에게 자신의 경험과 감정을 이야기하는 방법을 취하고 있다는 걸 말이야. 그들이 간혹 어떤 말을 하면, 그 말을 듣는 사람의 마음과 표정에 즐거움이나 고통, 미소나 슬픔이 나타난다는 걸 알아챘지. 사실 이것은 신성한 지식이었고 나는 이 지식을 간절하게 알고 싶었어. 하지만 이런 목적을 갖고 시도를 해보았지만, 그때마다 모두 실패로 끝났지. 발음은 빠른 데다 그들이 사용하는 단어들은 눈에 보이는 대상과 그 어떤 분명한 연관성도 없었기 때문에 그들이 언급한 말들의 비밀을 풀 만한 어떤 단서도 찾아내지 못했어. 하지만 달이 몇 번 뜨는 동안 헛간에 머물면서 열심히 파고들다 보니, 대화에 자주 등장하는 몇몇 대상에게 붙여진 이름들을 알게 되었지. '불', '우유', '빵', '나무'라는 단어들을 배웠고 사용해봤어. 그리고 오두막 사람들의 이름도 알게 되었지. 젊은이와 그의 말동무는 각자 여러 개의 이름을 가지고 있었지만, 노인 이름은 딱 하나, '아버지'뿐이었다. 여자는 '누이' 또는 '아가타'였고 젊은이에게는 '펠릭스'나 '오빠', '아들'이라고 부르더군. 이런 각각의 소리 고유의 개념들을 알고 발음할 수 있었을 때 느꼈던 그 기쁨은 정말 말로 표현할 수 없을 정도였지. 다른 몇 가지 단어들도 구분했지만, 아직 그것들을 이해하거나 적용하지는 못했어. 이를테면 '좋은', '진심 어린', '불행한' 같은 단어 말이야.

"나는 이런 식으로 겨울을 보냈어. 오두막 사람들의 정감 어린 모습과 장점 덕분에 나는 그들이 너무나 좋았어. 그들이 불행해 하면 나도 울적해졌고 그들이 즐거워하면 같이 즐거웠지. 그 사람들 외에 다른 인간들을 거의 보지 못했지만, 우연히 다른 누군가가 오두막에 들어오더라도, 그들의 거친 태도와 우악스러운 걸음걸이 때문에 내 친구들의 우수한 소양은 더욱 돋보였지. 노인은 자기 자식들(노인은 때때로 그들을 그렇게 불렀어)이 우울한 기분에서 벗어나도록 용기를 북돋아 주고자 노력했던 것 같아. 나에게까지 즐거움을 선사할 정도로 사람 좋은 표정에 유쾌한 말투로 이야기했지. 아가타는 공손하게 이야기를 들었고 때때로 그녀의 눈에 눈물이 그렁그렁했지만 눈치 채지 않게 애써 눈물을 닦더군. 그리고 보통 자기 아버지의 간곡한 조언을 듣고 나면 그녀의 표정과 말투가 훨씬 밝아진다는 걸알 수 있었지. 하지만 펠릭스는 그렇지 않았어. 그는 가족 중 언제나 가장 슬퍼 보였어. 심지어 눈치가 없는 나한테도 다른 가족들보다 훨씬 많이 괴로워하는 것처럼 보였으니까. 표정은 어두웠지만 그래도 목소리만큼은 누이보다 훨씬 더 명랑하더군. 그가 노인에게 말을 할 때는 특히 더 그랬지.

"아무리 사소한 거라도, 이 다정한 오두막 식구들의 성향을 보여주는 수많은 예를 말해줄 수 있어. 가난과 빈곤 속에서도, 펠릭스는 눈 덮인 땅 밑에서 가장 먼저 얼굴을 살짝 내민 자그마한 하얀 꽃을 누이에게 기꺼이 가져다주었지. 아가타가 아직일어나지 않은 이른 아침, 펠릭스는 우유 저장소로 가는 길에쌓여 있는 눈을 치우고 우물에서 물을 길어 올리고 창고에서 땔감을 가져왔지. 그는 매번 놀라워했지만 보이지 않는 손이 헛간을 항상 다시 채워준다는 걸 알고 있었어. 낮에는 가끔 이웃 농부 집에서 일하는 모양이더군. 펠릭스가 나가서 저녁 식사 때까지 돌아오지 않으면서도 땔감을 가지고 오지 않았으니까. 다른때는 텃밭에서 일했는데, 서리 내리는 추운 계절에는 그곳에서할 일이 거의 없기 때문에, 노인과 아가타에게 책을 읽어주었지.

"처음에는 이런 책 읽는 행위에 무척 당황스러웠어. 하지만 점차 그가 책을 읽을 때 말할 때와 마찬가지로 같은 소리를 많이 낸다는 걸 알게 되었지. 그래서 그가 알고 있는 말들의 기호가 종이에 쓰여 있는 게 아닐까 하는 생각이 들더군. 나도 그런 것들을 알고 싶은 마음 간절했지. 하지만 그 당시 사람들이 기호로 나타내는 소리조차 이해하지 못했으니, 그것이 어떻게 가능했겠나? 그럼에도 이 지식은 눈에 띌 만큼 많이 좋아졌어. 그러나 전력을 다해 노력하고 있었지만, 모든 대화를 따라가기에는 역부족이었어. 나는 오두막 식구들에게 나 자신을 드러내고 싶었지만 일단 그들의 언어를 완전히 익힐 때까지 그래선 안 된다는 생각이 퍼뜩 들더군. 내가 언어를 알고 있으면, 그들이 내 기형적인 모습을 눈감아줄 수도 있을 테니까. 나와 전혀 다른 사람들을 계속해서 보다 보니 나도 그것에 익숙해졌거든.

"오두막 식구들의 완벽한 모습에 감탄했지. 그들의 우아함과 아름다움, 섬세한 표정들. 하지만 투명한 물웅덩이에 비친 내 모습을 보았을 때 내가 얼마나 놀랐는지 몰라! 처음에 나는 물에 비친 사람이 정말 나라는 사실을 믿을 수 없어 움찔하며 물러났지. 그러다가 실제로 내가 괴물이라는 사실을 완전히 받아들이게 되면서 지독한 절망과 수치심에 사로잡혔어. 아! 이 끔찍하게 기형적인 모습이 치명적인 결과를 초래할 거라는 걸 아직 알지 못했지.

"햇볕이 점점 따스해지고 해가 길어지자 눈도 사라졌지. 벌거벗은 나무들과 검은 땅이 보였어. 이때부터 펠릭스는 좀 더 많은 일을 했고 마음 아프게 하는 절박한 기근의 징조들도 사라졌어. 나중에야 알게 된 사실이지만, 그들의 음식은 형편없어도 건강에는 좋았지. 넉넉히 구할 수도 있었고. 텃밭에는 몇 가지 새로운 종류의 식물들이 자랐고 그들은 그걸로 음식을 만들었지. 계절이 진행됨에 따라 이런 반가운 징후들이 연일 늘어났어.

"노인은 정오마다 아들에게 기대며 비가 오지 않으면 산책을 했지. 하늘에서 물이 쏟아져 내릴 때 비라고 하던데, 그런 일은 다반사로 일어났지. 하지만 거센 바람이 대지를 재빨리 말려주었고 그러고 나면 이전보다 훨씬 더 상쾌했어.

"헛간에서의 내 생활 방식은 늘 똑같았지. 아침이면 오두막 식구들의 움직임을 예의주시하다가 그들이 여러 가지 일을 하느라 흩어지면 나는 잠을 잤어. 그 날의 남은 시간은 내 친구들의 모습을 관찰하면서 보냈지. 그들이 쉬러 들어간 후, 달이 떠 있거나 밤하늘에 별이 총총 빛나면, 숲으로 가서 내가 먹을 식량과 오두막 식구들에게 줄 땔감을 모았지. 집에 돌아오면, 종종 필요했는데 그들이 다니는 길에 쌓인 눈을 치우기도 했고, 펠릭스가 하는 걸 보고 배운 일들도 했어. 그 후에 보이지 않는 손이 행한 이런 일들에 그들이 대단히 놀라워한다는 걸 알게 되었지. 이럴 때 그들이 '착한 요정', '아주 멋지다'는 단어를 사용하는 걸 한두 번 들은 적은 있지만, 당시에는 그런 말들의 의미를 이해하지 못했어.

"이제 내 생각은 점점 적극적으로 변했고, 이 사랑스러운 사람들의 동기와 감정을 간절히 알고 싶어졌어. 펠릭스가 어째서 그렇게 괴로워 보이는지 아가타는 왜 그렇게 슬퍼 보이는지 알고 싶어진 거지. 내가 나서면 이 착한 사람들이 행복을 되찾을 수 있을지도 모른다고 생각했어. (어리석은 괴물 같으니!) 내가 잠이 들거나 집 밖에 나가 있을 때면, 공경할만한 눈먼 아버지와 다정한 아가타, 멋진 펠릭스의 모습이 눈앞에 아른거렸어. 난 그 사람들을 우월한 존재로 여겼고 그들은 내 미래 운명의 결정권 자였어. 그들에게 나를 직접 소개하고 그들이 나를 받아들이는 장면을 수도 없이 상상했지. 그들이 역겨워하겠지만, 내 다정한 태도와 조곤조곤한 말투에 처음에는 호감을, 그 후에는 애정을 느끼게 될 거로 생각했어.

"이런 생각에 마음이 들떴고, 다시 새로운 열정으로 언어를 익히는데 몰두했지. 사실 내 감각기관들은 조잡하면서도 유연했어. 게다가 내 목소리는 감미로운 음악 같은 그들 목소리와는 완전 딴판이었지만, 그럭저럭 편안하게 내가 이해하는 말들을 발음했지. 마치 '당나귀와 애완견 이야기'[24] 같지 않은가. 물론 행동이 무례하더라도 의도만큼은 사랑스러웠던 순한 당나귀는 분명히 구타나 저주의 말보다는 훨씬 더 좋은 대접을 받을 만한 가치가 있었어.

"상쾌한 소나기와 따사로운 봄의 온기에 대지의 모습은 상당히 변했지. 이런 변화가 있기 전에는 동굴 속에 숨어 있는 것처럼 보이던 사람들이 여기저기로 흩어지더니 다양한 농경기술

---

24 라퐁텐 우화 〈당나귀와 애완견 이야기〉를 참고. 애완견이 자기 주인에게 몸을 대고 비빌 때 사랑을 받는 것을 보고는 당나귀도 그렇게 따라하다가, 오히려 야단을 맞고 몽둥이질을 당한다는 이야기다.

을 사용하더군. 새들은 좀 더 밝은 목소리로 노래를 불렀고, 나뭇잎들이 나무에서 싹을 내기 시작했지. 신들이 살아도 손색없는 너무나도 행복한 대지! 얼마 전만 해도 황량하고 축축하며 건강에 해로워 보이던 곳이었는데. 매혹적인 자연의 모습에 기분이 아주 좋아졌어. 지난 일은 기억에서 지워버렸고, 현재는 평온하고, 미래는 밝은 희망의 빛 그리고 환희의 기대로 빛났지."

5장

"이제 서둘러 내 이야기의 좀 더 가슴 아픈 부분으로 넘어가지. 과거의 나를 현재의 나로 만들었다는 생각을 지울 수 없게 하는 사건들을 말할까 한다.

"봄은 빠르게 흘러갔어. 날씨는 화창했고 하늘에는 구름 한 점 없었지. 이전에는 황량하고 우울하기만 했던 곳에 이제는 너무나 아름다운 꽃들이 만발하고 신록이 우거지다니 놀라울 따름이었어. 수많은 기쁨의 향기와 아름다운 광경에 내 감각들은 희열을 느끼고 생기를 되찾았지.

"그러던 어느 날이었어. 그 날은 오두막 식구들이 정기적으로 일을 쉬는 날이었지. 노인은 기타를 연주했고 자식들은 그의 연주를 들었어. 그런데 펠릭스의 표정에 형언할 수 없는 우울함이 어려 있다는 걸 알아챘지. 한숨도 자주 쉬었어. 한 번은 아버지가 연주를 멈췄는데 그의 태도로 봐서는 아들에게 슬퍼하는 이유를 묻는 것 같았어. 펠릭스는 명랑한 말투로 대답했고 노인은 곧 연주를 다시 시작했지. 그런데 그때 누군가 문을 두드렸어.

"어떤 여자가 말에 타고 있었고 마을 사람 한 명이 안내를 해 줬는지 같이 왔더군. 그 여자는 짙은 색 옷에 두꺼운 검은 베일을 쓰고 있었어. 아가타는 질문을 했고 그 낯선 여자는 그 질문에 다정한 말투로 펠릭스라는 이름만 대더군. 그녀의 목소리는 듣기 좋았지만 내 친구들의 목소리와는 달랐어. 이 단어를 듣자마자 펠릭스가 급히 그 여자에게 다가왔고 그녀는 그를 보자 자신의 베일을 들어 올렸는데 천사 같은 미모와 표정을 지닌 얼굴이었어. 윤기 나는 검은 머리카락을 신기하게 땋아 내렸고 짙은 눈은 생기가 넘치면서도 차분해 보였지. 균형 잡힌 이목구비와 경이로울 정도로 뽀얀 살결, 사랑스러운 분홍색을 띤 두 볼.

"펠릭스는 그녀를 보자 미칠 듯이 기뻐하는 것 같았고 얼굴에 슬픈 기색은 온데간데없이 사라지고 이내 황홀할 정도로 기쁜 표정을 짓더군. 어떻게 그럴 수 있는지 믿을 수가 없을 지경이었어. 그의 눈은 반짝였고 볼은 기쁨에 겨워 붉게 달아올랐지. 순간 그가 낯선 여자만큼 아름답게 느껴지더군. 그녀는 만감이 교차하는 듯 보였어. 사랑스러운 눈에서 흐르는 눈물을 닦으며 펠릭스에게 손을 내밀었고 펠릭스는 그녀의 손에 열정적으로 키스를 퍼부으면서 나도 잘 알아들 수 있을 정도로 '나의 사랑스러운 아라비아 여인'이라고 불렀지. 그 여자는 그의 말을 알아듣지 못한 것 같았지만, 미소를 지었어. 펠릭스는 여자가 말에서 내리는 것을 도와주었고 안내해 준 사람을 돌려보낸 후 그녀를 오두막 안으로 데려갔지. 그와 그의 아버지가 잠시 대화를 나누더군. 그 낯선 젊은 여자는 노인 앞에 무릎을 꿇고 그의 손에 입을 맞추려 했지만, 노인은 여자를 일으켜 세우며 다정하게 안아주었지.

"그 낯선 여자는 또박또박 말하면서 그녀 특유의 언어를 쓰고 있는 것처럼 보였지만 오두막 식구들은 여자의 말을 이해하지 못했고 여자 역시 그들의 말을 알아듣지 못한다는 걸 대번에 알 수 있었어. 그들은 내가 이해할 수 없는 다양한 신호를 보내더군. 하지만 여자의 존재는 마치 태양이 아침 안개를 흩어지게 하듯 슬픔을 몰아냈고 오두막 전체에 즐거움을 퍼뜨렸어. 펠릭스는 유난히 행복해 보였고 환희의 미소로 아라비아 여인을 맞이했지. 언제나 상냥한 아가타도 그 아름다운 낯선 여자의 손에 입을 맞췄고 자기 오빠를 가리키며 그녀가 올 때까지 오빠가 슬픔에 빠져 있었다는 의미가 담긴 듯한 몸짓을 해 보였어. 그렇게 몇 시간이 흘렀고 그동안 그들의 얼굴에는 기쁨이 넘쳤는데 난 그 이유를 모르겠더군. 하지만 낯선 여자가 그들을 따라 한 가지 소리를 반복하는 모습을 자꾸 보게 되면서, 여자가 그들의 언어를 배우려고 노력 중이라는 사실을 바로 알게 되었고, 나도 같은 목적을 위해 같은 훈련방법을 사용하면 되겠다는 생각이 퍼뜩 들었지. 낯선 여자는 첫 번째 수업 때 약 스무 가지 단어를 배웠는데 사실 그 단어들 대부분은 내가 이미 알고 있는 것들이었지만 나머지 것들은 도움이 되었지.

"해가 저물자, 아가타와 아라비아 여자는 일찍 잠자리에 들었어. 헤어질 때 펠릭스는 그 낯선 여자의 손에 입을 맞추면서 '잘 자요. 사랑하는 사피!'라고 말했지. 펠릭스는 자기 아버지와 대화를 나누면서 좀 더 오랫동안 깨어 있었고 여자 이름을 자주 반복하는 것으로 봐서 사랑스러운 손님이 그들 대화의 주제인 모양이더라고. 그들의 대화를 알아듣고 싶었고 그래서 온 촉각을 곤두세웠지만, 도저히 불가능하다는 것을 깨달았지.

"다음 날 아침, 펠릭스는 일터로 나갔고 아가타가 평소 하던 일을 마치자, 아라비아 여자는 노인의 발 앞에 앉아 그의 기타를 들고 몇 곡을 연주하더군. 너무나 매혹적이고 아름다워서 듣자마자 슬픔과 기쁨이 뒤섞인 눈물이 흘러내렸지. 여자는 노래를 불렀고 그 목소리는 마치 숲 속의 나이팅게일처럼 커졌다가 잦아들면서 낭랑하게 울려 퍼졌어.

"여자는 노래를 마치자 기타를 아가타에게 줬는데, 처음에는 거절하더군. 아가타는 간단한 곡을 연주했고 그와 함께 감미로운 아가타의 목소리가 어우러졌지. 하지만 낯선 여자의 경이로운 선율과는 사뭇 달랐어. 넋을 잃은 듯한 노인이 몇 마디 하자 아가타가 그 말을 사피에게 설명해주려고 애를 썼는데, 노인은 그 말을 통해 여자의 음악이 자신에게 엄청난 즐거움을 줬다는 것을 표현하고 싶었던 것 같아.

"이제 전처럼 평화로운 나날이 흘러갔지만 한 가지 변한 것이 있다면 친구들의 표정에 슬픔 대신 즐거움이 어려 있다는 점이었지. 사피는 언제나 명랑하고 행복해했어. 사피와 나의 언어 실력이 빠르게 향상되었고 두 달 만에 나는 내 보호자들이 하는 대부분 말을 알아듣기 시작했지.

"그러는 동안 검은 대지는 목초로 뒤덮였고, 초록빛 제방에는 향기도 좋고, 보기에도 좋은 꽃들이 지천으로 깔렸는데, 달밤의 숲 속에서 희미하게 빛나는 별빛 같았어. 햇볕은 점점 뜨거워졌고 밤은 청명하고 훈훈했지. 해가 늦게 지고 일찍 떠올라 한밤의 산책 시간이 상당히 짧아지긴 했지만 그래도 그건 내게 최고의 즐거움이었어. 예전에 내가 갔었던 그 첫 번째 마을에서 당한 똑같은 대접을 받을까 두려워 낮 동안에는 감히 밖을 나다니지 않았으니까.

"나는 좀 더 빨리 언어를 습득하려고 세심한 주의를 기울이며 하루하루를 보냈어. 그러다 보니 뿌듯하게도 아라비아 여자보다 언어 실력이 더 빨리 늘더군. 그녀는 그들의 말을 거의 알아듣지 못했고 대화를 나눌 때도 엉망이었어. 반면에 나는 들리는 거의 모든 말을 이해하고 따라 할 수 있었지.

"내 언어 실력이 느는 동안 나는 낯선 여자에게 가르친 대로 글자의 지식을 익히자, 내 앞에 광활한 경이와 환희의 장이 펼쳐졌지.

"펠릭스가 사피에게 가르치는 책은 볼네의 《제국의 몰락》이었어. 펠릭스가 이 책을 읽으면서 아주 상세하게 설명해주지 않았다면 나는 이 책의 요지를 이해하지 못했을 거야. 펠릭스는 동양 작가들을 모방해서 쓴 웅변조의 문체라서 이 책을 선택했다고 하더군. 나는 이 작품을 통해 대강의 역사 지식과 지금 세상에 존재하는 몇몇 제국들에 대한 하나의 관점을 습득했어. 그건 지구 상의 서로 다른 나라들의 관습과 정부, 종교에 대한 통찰력을 주었지. 나태한 아시아인들에 대해, 고대 그리스인들의 대단한 천재성과 지적활동에 대해, 초기 로마의 전쟁과 경이로운 미덕과 그 후 그들의 타락, 그 막강한 제국의 몰락에 대해, 기사도 정신과 기독교, 왕들에 대해 들었지. 아메리카 반구의 발견에 대해 들었고 그곳 원주민들의 기구한 운명에 대해 들으며 사피와 함께 눈물을 흘렸어.

　"이런 경이로운 이야기들을 들으니, 이상한 생각이 들더군. 인간은 어쩌면 그토록 강력하고 고결하며 위대하면서도 그렇게 사악하고 비열하단 말인가? 어느 때는 그저 사악한 본질의 후손처럼 보이다가도 어느 때는 전부 숭고하고 신성하다는 생각이 들거든. 위대하고 고귀한 사람이 된다는 건, 분별력 있는 존재가 누릴 수 있는 최고의 영광처럼 보였지. 기록에 있는 수많은 사람처럼 비열하게 사악해지는 것은 가장 저속한 타락으로, 눈먼 두더지나 무해한 벌레들보다 훨씬 절망적인 상태처럼 보였지. 나는 오랫동안 인간이 어떻게 친구를 살해할 수 있는지, 어째서 법과 정부가 있는지 이해할 수 없었는데, 악행과 학살에 대해 자세한 이야기를 듣고 나서는 그동안 느낀 경외감은 온데간데없이 사라지고 증오심과 혐오감에 고개를 돌려버렸지.

　"당시 오두막 식구들이 나누는 모든 대화는 내게 경이로운 새 세상을 펼쳐주었지. 펠릭스가 아라비아 여자에게 가르쳐 준 이야기들을 듣고 나니, 인간 사회의 이상한 체계가 설명되더군. 재산 분배에 대해, 막대한 부와 비참한 빈곤에 대해, 계급, 후손, 귀족 혈통에 대해 들었지.

　"그런 이야기들 덕분에 나 자신을 돌아보게 되더군. 인간들이 가장 중요하게 여기는 자산은, 재물과 결합한 고귀하고 순수한 혈통이라는 것도 알게 되었지. 인간은 이러한 취득물 중 하나만 있어도 존경을 받지만, 그 어느 것도 없으면 아주 특이한 경우를 제외하고는 선택받은 소수의 이득을 위해 자신의 힘을 낭비해야 할 운명에 처한 방랑자나 노예로 간주되더군. 그렇다면 나는 무엇일까? 나는 나의 창조와 창조주에 대해 아는 것이 전혀 없었어. 아는 거라고는 돈도, 친구도, 자산도 없다는 것뿐. 게다가 끔찍할 정도로 기형적이며 혐오스러운 외모를 부여받았고 인간을 닮은 특징조차 없었지. 나는 그들보다 더 민첩했고 더 거친 음식들을 먹으면서 살아갈 수 있었어. 극한의 더위와 추위를 견뎌내면서도 몸이 그다지 상하지 않고 체격도 다른 사람들보다 훨씬 컸지. 아무리 돌아다녀도 나와 닮은 사람을 본 적도 들은 적도 없었어. 그렇다면 나는 모든 사람이 피해 달아나고 모든 사람이 의절하는 지구 위의 오점 같은 괴물이란 말인가?

"이런 생각들이 나에게 주는 그 고통을 당신에게 어찌 다 말로 표현할 수 있겠는가. 이런 생각에서 벗어나려고 애를 썼지만 알면 알수록 더욱 서글퍼지더군. 오! 내가 탄생한 그 숲에서 영원히 머물러 있었다면, 배고픔과 갈증, 열기 같은 감정 외에는 아무것도 알 거나 느끼지 못했을 텐데!

"지식이란 건 얼마나 희한한 것인가! 일단 지식이 마음에 배어들면, 마치 바위 위에 있는 이끼처럼 딱 달라붙지. 나는 종종 생각이나 감정을 전부 떨쳐내기를 소망했어. 하지만 고통의 감각을 극복할 방법은 딱 한 가지, 바로 죽음 ─ 이해도 못 하면서 왠지 두려운 상황 — 이란 걸 알게 되었어. 나는 미덕과 호의를 동경하고 오두막 식구들의 다정한 태도와 상냥한 성격들을 사랑했어. 하지만 나를 보지도 못했고 알지도 못하는 상황이라서, 내가 몰래 획득한 재산을 통하지 않고는 그들과 소통할 길이 막혀 있었지. 그러다 보니 내 친구들 사이에 있고 싶은 열망이 충족되기는커녕 오히려 커져만 갔어. 아가타의 상냥한 말과 매혹적인 아라비아 여자의 생기발랄한 미소는 나를 위한 게 아니야. 노인의 따뜻한 조언과 사랑하는 펠릭스의 생생한 이야기도 나를 위한 게 아니었어. 비참하고 불행한 괴물아!

"알게 된 것 중 아주 깊은 인상을 받은 다른 내용도 있었지. 성별의 차이나 자식의 탄생과 성장에 대해, 아이들의 미소와 좀 더 자란 자녀의 발랄한 돌출 행동에 아버지가 얼마나 열광하는지, 어머니의 모든 삶과 관심이 고귀한 임무에 어떻게 매여 있는지, 젊은이는 지식을 어떻게 확장하고 얻는지, 형제, 자매 등 한 사람을 다른 사람과 서로 연결하는 그 모든 다양한 관계들에 대해 들었지.

"그렇다면 내 가족과 친척들은 어디 있는 거지? 나의 어린 시절을 지켜봐 준 아버지도 없었고, 내게 미소를 지으며 정성을 다해 나를 축복해준 어머니도 없었어. 설령 그들이 있었다 해도, 이제 내 지난 인생은 전부 오점이며 아무것도 분간할 수 없는, 눈에 보이지 않는 공간일 뿐이야. 아주 어렸을 적을 떠올려보면, 키나 덩치가 지금만 했지. 여태껏 나를 닮은 사람을 본 적도, 나와 관계가 있다고 주장하는 사람을 만난 적도 없었어. 나는 무엇일까? 이 질문이 거듭 반복되지만 돌아오는 건 신음뿐이었지.

　"이런 감정들이 어느 방향으로 흘러갔는지 곧 설명할 거야. 하지만 지금은 오두막 식구들의 이야기로 돌아가도록 허락해 줘. 그 사람들 이야기를 하다 보면 분노와 기쁨, 경이로움이라는 다양한 감정이 일어나는데, 결국 그 모든 감정 때문에 내 보호자들(순수한 마음에서, 그리고 어느 정도는 고통스럽게 나 자신을 속이면서 그들을 이렇게 부르고 싶다)을 더욱 사랑하고 존경하게 되었지."

6장

"한참 시간이 흐른 후에야, 내 친구들의 사연을 알게 되었어. 내 마음에 깊이 각인될 수밖에 없는 이야기였고 나같이 경험이 전혀 없는 사람에게는 수많은 상황 하나하나가 흥미롭고 놀랍게 다가왔지.

"노인의 이름은 드 라세였어. 그는 프랑스의 어느 잘나가는 가문의 후손이었고 그곳에서 그는 수년 동안 어른들의 관심과 동료의 사랑을 받으며 풍족하게 살았지. 노인의 아들은 조국에 쓸모 있는 사람으로 자랐고 아가타는 아주 지체 높은 숙녀들과 어깨를 나란히 했지. 내가 도착하기 몇 달 전, 그들은 파리라는 화려한 대도시에서 친구들에 둘러싸여 살면서, 적당한 재산과 더불어 미덕과 품위 있는 지성, 기호가 가져다주는 모든 즐거움을 누렸다더군.

"그런 이들을 몰락시킨 원인은 바로 사피의 아버지였어. 그는 터키 상인으로, 오랫동안 파리에 머물렀는데, 무슨 이유인지는 모르겠지만 어쩌다가 정부의 미움을 사게 되었다더군. 그는 사피가 아버지를 만나려고 콘스탄티노플에서 도착한 바로 그

날 체포되어 감방에 갇혔지. 그는 재판을 통해 사형 판결을 받았어. 판결이 부당하다는 건 너무나 명백했어. 파리 시민들이 모두 분노했고 그에게 제기된 죄목보다 오히려 그의 종교와 부가 그 유죄 판결의 원인이라고 판단했다지.

"펠릭스는 그 재판에 참석해서 법원의 판결을 들었을 때, 그의 공포와 분노는 통제할 수 없을 지경이었지. 당시 펠릭스는 그를 구해야겠다고 엄숙하게 다짐하면서 그 방법들을 찾아 돌아다녔어. 감방에 들어가려고 여러 번 시도했지만, 수포로 돌아갔고, 그러다가 감옥의 경비가 서 있지 않은 쪽에서 튼튼한 창살이 달린 창문을 발견했는데, 이곳을 통해 운 나쁜 그 이슬람교도의 감방을 볼 수 있었지. 그는 쇠사슬에 묶여 참담한 심정으로 가혹한 사형이 집행될 날을 기다리고 있었어. 펠릭스는 한밤중에 창살이 달린 창문으로 가서 그 죄인에게 자신의 호의적인 계획들을 알려주었어. 깜짝 놀란 그 터키인은 무척 기뻐하면서 보상과 부를 약속하며 자신을 구출하려는 사람의 열정에 불을 붙이려고 안간힘을 썼지. 펠릭스는 그의 제안을 무시하며 거절했어. 하지만 자기 아버지의 면회를 허락받아 적극적으로 감사의 마음을 표현하는 아름다운 사피를 보자, 죄인에게는 펠릭스 자신의 노고와 위험을 충분히 보상해줄 보물이 있다고 맘속으로 인정할 수밖에 없었지.

"자기 딸이 펠릭스의 마음에 깊은 인상을 줬다는 사실을 재빨리 간파한 터키인은 자기가 안전한 곳에 옮겨지면 곧바로 딸과 결혼시켜주겠노라 약속하며, 제 이익을 위해 펠릭스의 마음을 더 확실하게 잡아보려고 난리였지. 펠릭스는 이런 제안을 받아들이기에는 너무 생각이 깊은 사람이었지만 이 일로 자신이 아주 행복해질 수도 있을 거라 기대했지.

"그 이후, 상인의 탈옥 준비가 진행되는 동안, 이 사랑스러운 여자한테서 받은 편지 몇 통에 펠릭스의 열정은 불타올랐어. 그녀는 프랑스어를 알고 있는 아버지의 하인인 어느 노인의 도움을 받아, 자기가 사랑하는 사람 나라의 언어로 제 심경을 전할 방법을 찾아낸 거지. 그녀는 자기 아버지를 위해 계획된 도움에 대해 아주 진심 어린 말로 그에게 감사의 마음을 전했고 그러면서 자신의 운명을 조심스럽게 한탄했다더군.

"나는 그 편지들을 가지고 있어. 헛간에 머무는 동안 글쓰기 도구를 구할 방법을 찾고 있었는데, 펠릭스나 아가타의 손에 그 편지들이 자주 들려 있었거든. 떠나기 전에 나는 그 편지들을 당신에게 줄 거고 그게 내 이야기가 진실임을 증명할 거야. 하지만 지금은 해가 이미 많이 저물었고, 그 편지들의 요지만 전할 시간밖에 없는 것 같군.

"사피는 이렇게 썼지. 어머니는 기독교를 믿는 아랍인으로 터키인들에게 잡혀가 노예가 되었어. 그러다가 그녀 미모에 호감을 느낀 사피 아버지의 마음을 얻어 그와 결혼하게 되었지. 젊은 여자는 고상하고 감격스러운 말투로 자기 어머니에 대해 말했는데, 어머니는 자유롭게 태어나 지금 사피가 부득이하게 처한 구속을 거부했다더군. 그리고 자기 종교의 교리를 딸에게 가르쳤고 마호메트의 여신도들에게 금지된 더 고귀한 지성의 힘과 독립적인 정신을 열망하도록 가르쳤지. 이 여인은 죽었어. 하지만 그녀의 가르침은 사피의 마음에 영원히 각인되었기 때문에, 다시 아시아로 돌아가면 그저 유치한 오락 거리에 빠져 하렘[25]의 벽 안에 틀어박혀 지낼 생각에, 괴로워했지. 그것은 이제 위대한 사상과 미덕에 대한 고귀한 추구에 익숙해진 그녀 같은 사람의 성향에 어울리지 않았어. 기독교인과 결혼을 하고 여자들도 사회에서 한 자리를 차지할 수 있는 나라에 머물 수 있다는 생각에 그녀는 마음이 흔들렸지. 터키인의 사형 날이 확정되었지. 하지만 그 전날 밤 그는 감방을 탈출했고 날이 밝기 전에 이미 파리에서 아주 멀리 떨어진 곳에 있었지. 펠릭스는 아버지와 여동생, 자기 이름의 여권을 구했고 이미 아버지에게는 자신의 계획을 말했지. 그의 아버지는 여행을 떠난다는 핑계로 집을 떠나 딸과 함께 파리의 잘 알려지지 않은 지역으로 피신하는 것으로 이 계획을 거들었어.

"펠릭스는 프랑스에서 리옹으로, 몽스니에서 리보르노까지 도망자를 인도했고, 리보르노에서 상인은 터키 영토로 들어갈 유리한 기회를 엿보기로 했지.

"사피는 아버지가 떠날 때까지 함께 있기로 했고, 그 전에 터키인은 딸이 자신을 구해준 사람과 결혼을 하기로 한 약속을 재차 확인했어. 펠릭스는 그 일을 기대하며 그들과 함께 남아 있었고 그러는 동안 아라비아 여자와 친하게 어울렸지. 그녀는 그

---

25 전통적인 이슬람 가옥에서 여자들이 생활하는 영역.

에게 일편단심 아낌없는 애정을 보여주었어. 그들은 통역사를 통해, 때로는 표정을 통해 서로 대화를 나눴다는군. 사피는 자기 나라의 성스러운 노래를 그에게 들려주었지.

"터키인은 이 교제를 허락하여 젊은 남녀의 부푼 희망에 힘을 북돋아 줬지만, 한편으로는 전혀 다른 계획을 꾸미고 있었어. 그는 자기 딸이 기독교인과 결혼해야 한다는 생각을 혐오했지. 하지만 자기가 내켜 하지 않는 모습을 보이면 펠릭스가 분노할까 봐 두려웠던 거야. 그들이 지금 머물고 있는 이탈리아 지역에서 그를 배신하기로 한다 해도, 자신의 운명은 여전히 펠릭스가 쥐고 있으니까. 더는 속임수가 필요치 않을 때까지 계속 속이다가 자기가 떠날 때 딸도 몰래 데리고 갈 수 있도록 여러모로 계획을 세웠어. 파리에서 온 소식 덕분에 그 계획들은 대단히 수월하게 풀렸지.

"프랑스 정부는 죄인의 탈출에 굉장히 화가 나 있는 상태였고 탈출을 도운 자를 찾아 처벌하는 데 혈안이 돼 있었어. 펠릭스의 계획은 순식간에 발각되었고 드 라세와 아가타는 감방에 끌려갔지. 이 소식이 펠릭스에게 전해지자 그는 달콤한 꿈에서 깨어났어. 연로하신 눈먼 아버지와 착한 여동생은 역겨운 지하 감방에서 지내고 있는데, 자신은 신선한 공기를 마시며 사랑하는 여자와 즐겁게 지내고 있으니. 이런 생각에 그는 고통스러웠어. 펠릭스가 이탈리아에 되돌아오기 전에 터키인이 탈출할 좋은 기회를 얻게 된다면, 사피는 리보르노의 수녀원에서 기숙생으로 머물게 하자고 터키인과 합의를 봤지. 펠릭스는 사랑스러운 아라비아 여자를 떠나 서둘러 파리로 향했고 이렇게 해서 라드세와 아가타가 풀려날 수 있기를 소망하며 법의 복수에 자신의 몸을 던졌어.

"그는 성공하지 못했지. 그들은 5개월 동안 감방에 갇혀 있다가 재판을 받았고, 결국 전 재산을 몰수당하고 조국에서 영원히 추방하라는 판결을 받았어.

"그들은 독일에 있는 오두막을 비참한 은신처로 삼았는데, 그곳에서 내가 그들을 발견하게 된 거지. 펠릭스는 자신과 자신의 가족이 그처럼 전례 없는 탄압을 견뎌내며 터키인을 도와줬건만, 그 배은망덕한 터키인은 자길 구해준 사람이 가난하고 무력하게 변했다는 소식을 듣자마자, 호의와 명예에 배신자가 되어 제 딸과 함께 이탈리아를 떠났고, 무례하게도 장차 먹고 살 계획에 보태라며 쥐꼬리만 한 돈을 보낸 사실을 알게 되었지.

"그 사건 때문에 펠릭스는 괴로웠고 그래서 내가 그를 처음 보았을 때 가족 중 가장 불행해 보였던 거지. 펠릭스는 가난은 견딜 수 있었겠지. 그리고 이러한 고통이 자신의 선행에 대한 포상이라면 달게 받았을 거야. 하지만 터키인의 배은망덕과 사랑하는 사피를 잃은 상실감은 돌이킬 수 없을 정도로 훨씬 더 쓰라린 고통이었지. 이제 아라비아 여자가 돌아왔으니 그의 영혼에 새로운 활력이 솟아나겠지.

"펠릭스가 전 재산과 지위를 모두 잃었다는 소식이 리보르노에 전해지자, 상인은 자기 딸에게 더는 펠릭스를 생각하지 말고 자기와 함께 조국으로 돌아갈 준비를 하라고 강요했지. 착한 성격의 사피는 이 강요에 분노했어. 아버지를 설득하려고 했지만, 그는 폭군적인 명령을 되풀이하며 화를 내고 나가버렸어.

"며칠 후, 터키인은 부랴부랴 딸의 숙소로 찾아와 자기가 지내는 리보르노의 거처가 발각되어 곧 프랑스 정부에 넘겨질 것 같다고, 그래서 콘스탄티노플로 자신을 싣고 갈 선박 한 척을 구했고, 몇 시간 후에 그곳으로 떠나야 한다고 말했지. 그는 딸을 믿을만한 하인의 보호 아래 남겨뒀다가, 아직 리보르노에 도착하지 않은 자기 재산 중 상당량을 챙겨서 천천히 뒤따라오게할 작정이었어.

"혼자 남은 사피는 이 긴급한 상황에 자기가 해야 할 행동계획을 마음속으로 결정했지. 터키에서 산다는 건 그녀에게 끔찍한 일이었어, 그녀의 종교와 감정 둘 다 그곳에 반하는 것이었어. 사피는 자기 수중에 들어온 아버지의 몇 가지 서류를 통해 펠릭스의 추방 소식과 그 후 그가 머물고 있는 지역의 이름을 알게 되었어. 사피는 한동안 망설이다가 결국 결정을 내렸어. 사피는 자기 소유의 보석 몇 개와 얼마 안 되는 돈을 챙겨, 터키 공용어를 잘 알고 있는 리보르노 출신 하녀와 함께 이탈리아를 떠나 독일로 향했지.

"사피는 드 라세의 오두막에서 95*km*쯤 떨어진 마을에 무사히 도착했는데, 그녀의 하녀가 위중한 상태에 빠졌어. 사피는 정성껏 그녀를 간호했지만 불쌍한 하녀는 죽고 말았지. 아라비아 여자는 그 나라 말에 익숙지 않았고 그 세계의 관습에 대해서도 전혀 모른 채로 홀로 남겨진 거야. 하지만 사피는 선량한 사람들을 만났어. 죽은 이탈리아 하녀가 자기들이 가려고 하는 지역 이름을 언급했었고 그녀가 죽은 후 그들이 묵었던 그 집 안주인의 도움으로 사피는 펠릭스의 오두막에 무사히 도착할 수 있었던 거야."

7장

"이것이 내가 사랑하는 오두막 식구들의 사연이지. 이 이야기는 내게 깊은 인상을 주었어. 그 사연을 통해 드러난 사회적 삶의 모습에서, 나는 그들의 미덕을 존경하고 인류의 사악함을 강력히 비난하도록 배웠지.

"그때까지 범죄는 나와 상관없는 거라고 여겼어, 선의와 아량은 항상 내 앞에 존재하며 그 많은 훌륭한 기질들을 끌어내 펼치는 분주한 무대의 배우가 되고 싶다는 욕망을 내 안에서 불러일으켰지. 참, 내 지성이 발전해가는 과정을 설명하면서 같은 해 8월 초에 일어난 사건을 빼먹을 수야 없지.

"어느 날 밤, 평소처럼 근처 숲 속으로 찾아가 내가 먹을 양식을 모으고 보호자에게 줄 땔감을 집으로 가져가던 중, 땅바닥에서 옷가지와 책 몇 권이 들어 있는 여행용 가죽 가방을 발견했지. 나는 그 전리품을 덥석 들고 거처로 돌아왔어. 다행히 오두막에서 익혔던 언어로 쓰인 책들이었지.《실낙원》, 플루타르코스의 《영웅전》 한 권, 《젊은 베르테르의 슬픔》[26]이었지. 이런 보물들을 손에 넣게 되다니 나는 더할 나위 없이 기뻤어. 그때부터 친구들이 일상적인 일을 하고 있을 때면 이런 옛날이야기에 대해 끊임없이 공부하며 파고들었지.

"이 책들이 내게 미친 영향을 당신에게 어찌 다 표현할 수 있겠는가. 이 책들은 끝없이 새로운 이미지와 느낌을 선사하며 황홀함을 불러일으키기도 했지만, 절망의 나락으로 빠뜨리는 경우가 좀 더 많았지. 《젊은 베르테르의 슬픔》에서는, 단순하면서도 감동적인 이야기가 주는 재미 외에도 꽤 많은 견해가 논의되고, 여태까지 내게 모호했던 문제들에 상당한 식견을 던져주고 있어서, 나는 사색과 놀라움을 선사하는 끝없는 원천들을 그안에서 발견했지. 책에는 다정하고 소박한 관습들이 묘사되어 있었는데, 자신 이외의 어떤 것을 목적으로 갖는 고결한 감정과 느낌이 어우러져 있었어. 그것은 내 보호자들 속에서 겪은 나의 경험뿐만 아니라 내 가슴 속에 항상 살아 있는 욕구와도 잘 맞아떨어졌지. 하지만 베르테르 본인은 내가 보거나 상상했던 그 누구보다도 훨씬 성스러운 존재인 것 같더군. 어떤 가식도 없는 인물이었지만 깊이 가라앉아 있었어. 죽음과 자살에 관한 논고

---

26 밀턴의 《실낙원(1667)》, 고대 그리스의 역사가인 플루타르코스가 카이사르, 알
    렉산드로스 대왕, 폼페이우스 등의 고대 영웅들에 대해서 아름다운 문체로 서술
    한 《영웅전 (AD 100)》, 요한 볼프강 폰 괴테의 《젊은 베르테르의 슬픔(1774)》.
    이 세 권의 책들은 인간 군상들에 초점을 맞추고 공적-사적으로 도덕성을 중요
    하게 다루고 있다.

는 나를 경이로움으로 가득 차게 할 것 같더군. 나는 감히 문제의 시비 속으로 들어갈 엄두가 나진 않았지만, 주인공의 의견에 마음이 기울었고 죽음에 대해 정확하게 이해하지도 못하면서 그의 죽음에 눈물을 흘렸지.

"하지만 책을 읽으면서 개인적으로 나 자신의 기분과 처지에 많은 관심을 기울이게 되었어. 책 속에 등장하는 인물들의 대화를 잘 들어 보니, 그들은 나와 비슷한 처지인 것 같으면서도 동시에 묘하게 다르다는 생각이 들더군. 그들에게 공감하고 어느 정도 이해도 했지만 내 정신은 아직 미숙한 상태였으니까. 난 누구에게도 기대지 않았고 누구와도 관련이 없었지. '내 떠나는 길은 자유롭고'[27] 내 죽음을 슬퍼해 줄 사람 하나 없었어. 내 육신은 끔찍했고 덩치는 거대했지. 이건 무슨 의미일까? 난 누굴까? 난 뭘까? 난 어디에서 왔을까? 내 종착지는 어딜까? 이런 질문들이 끊임없이 떠올랐지만 풀 수 없었어.

"내가 가지고 있던 플루타르코스의 《영웅전》에는 고대 공화국들의 최초 건국자 이야기가 포함되어 있는데, 《젊은 베르테르의 슬픔》과 전혀 다른 느낌이더군. 베르테르의 상상력을 통해 허탈감과 우울함을 배웠지만, 플루타르코스는 고귀한 사상들을 가르쳐주었지. 내 형편없는 사고 영역을 그 위 단계로 끌어올려 주면서 과거 영웅들을 존경하고 흠모하게 되었어. 내가 읽은 많은 이야기는 내 이해력과 경험을 능가했지. 왕국이나 거대한 국

---

27 퍼시 비시 셸리의 시 〈무상에 관하여〉에서 인용.

가, 장려한 강들, 망망대해에 대해서는 아주 대충이나마 알고 있었지만 도시나 사람들이 모이는 큰 집회에 대해서는 전혀 몰랐으니까. 내 보호자들의 오두막은 내가 인간 본성을 공부한 유일한 학교였지. 그런데 그보다 더 새롭고도 강력한 활동 무대가 이 책에 펼쳐졌어. 공무(公務)에 관련된 사람들이 자기 종족을 지배하거나 학살하는 이야기도 읽었어. 미덕에 대한 열정과 악에 대한 혐오감이 내 안에서 용솟음치더군. 이런 용어들의 의미를 이해한 수준에서 말이야. 물론 내가 이런 말들을 사용할 때는 그저 쾌락이나 고통과 관련이 있었지만. 난 이런 감정들에 이끌려 당연히 로물루스나 테세우스보다는 누마나 솔로몬, 리쿠르코스[28] 같은 평화를 사랑하는 입법자를 존경하게 되었지. 존경할만한 삶을 사는 내 보호자들 덕분에, 이런 생각들이 내 마음에 확고하게 심어졌어. 만약 명예와 학살을 흠모하는 젊은 군인을 통해 내가 처음 인간에 대해 알게 되었다면, 내 마음에는 다른 감성들이 스며들었겠지.

"그런데 《실낙원》은 전혀 색다르고 훨씬 더 심오한 감성을 불러일으키더군. 난 내 손에 들어온 다른 책들처럼 그 책을 실제 이야기라 생각하고 읽었어. 이 책에서 전지전능한 신이 자신의 창조물과 싸우는 장면은 흥분할 정도의 경탄과 경외감 같은 온갖 감정들을 자아냈지. 몇몇 상황이 비슷하다는 생각이 들 때면

---

28 로마의 초대왕 누마 폼필리우스와 스파르타의 입법자 리쿠르코스는 전쟁영웅 로물루스(로마)와 테세우스(아테네)처럼 전설적인 인물들이고 아테네의 입법자인 솔로몬 역시 역사적 인물이다.

그것들을 내 처지에 적용해보곤 했어. 나도 아담처럼 분명 기존의 다른 존재와 아무 관련 없이 창조됐지. 하지만 그 외의 다른 모든 점에서 아담의 처지는 나와 딴판이었어. 그는 신의 손에 의해 완벽한 피조물로 태어났고 행복하고 번영을 누렸을 뿐만 아니라 창조주의 각별한 보살핌과 보호를 받았지. 그리고 우월한 본성을 지닌 존재들과 대화를 나누고 그들로부터 지식을 습득할 수 있었어. 하지만 난 의지할 데 하나 없는 불쌍한 외톨이였지. 여러 번 사탄이야말로 내 처지에 더 걸맞은 상징이 아닐까 싶더군. 보호자들의 행복한 모습을 볼 때면 사탄처럼 시기 어린 쓰디쓴 울분이 속에서 자주 치밀어 오르곤 했으니까.

"이런 감정들을 더욱 강화하고 분명하게 하는 상황이 또 있었지. 헛간에 들어온 직후, 나는 당신 실험실에서 가져온 옷 주머니에서 종이 몇 장을 발견했어. 처음에는 그것들을 무시했지만 이제 나는 거기에 쓰인 글자들을 해독할 수 있었지. 난 부지런히 그 글자들을 연구하기 시작했어. 그것은 지난 넉 달 동안의 내 탄생 과정을 적은 당신의 일지였지. 당신은 작업의 모든 과정을 그 종이에 자세히 적어놓았고 거기다 가족에게 일어난 일에 대한 설명도 함께 적어뒀더군. 당연히 당신은 그 종이를 기억할 거야. 이게 그거지. 내 저주받은 탄생과 관련된 모든 것이 이 안에 적혀 있어. 이 탄생을 초래한 역겨운 상황들의 자초지종을 모조리 알 수 있지. 끔찍하고 혐오스러운 내 육신에 대해 아주 자세하게 설명되어 있더군. 당신의 공포를 생생히 드러내면서 나한테까지 지울 수 없는 공포를 안겨 주는 그런 표현이었지. 그걸 읽으면서 속이 뒤집어지는 줄 알았어. '내가 생명을 부여받은 저주스러운 날이여!' 나는 고통스럽게 소리를 질렀지. '저주스런 창조자여! 당신조차 역겨워하며 외면할 정도로 끔찍한 괴물을 도대체 왜 만든 건가? 자애로운 신은 자신의 모습을 본떠 아름답고 매력적인 인간을 만들었어. 하지만 내 모습은 당신의 추악한 형상이며, 닮았다는 바로 그 사실 때문에 더 끔찍해. 사탄에게는 자신을 존경하고 격려하는 친구나 악마 동료라도 있었지만 나는 외톨이고 미움까지 받고 있어.'

"나는 이런 생각들을 하며 실의에 빠져 외로운 나날을 보냈지. 하지만 오두막 식구들의 미덕과 그들의 사랑스럽고 자애로운 기질을 곰곰이 생각해 보니, 그들의 미덕에 내가 감탄했다는 걸 알게 되면, 그들은 나를 측은하게 여길 것이고 그러다 보면 내 기형적인 육신을 너그럽게 봐 줄 거라는 확신이 들었지. 아무리 괴물처럼 생겼다고, 동정과 우정을 간청하는 사람을 문 앞에서 내치겠어? 그래서 절망하는 대신 하다못해 내 운명을 결정할 사람들과 대화라도 나눌 만반의 준비를 해보기로 했지. 하지만 그 시도를 몇 달 뒤로 미루고 말았어. 그 성공에 중요성을 부여하다 보니, 실패하면 어쩌나 하는 두려움이 생겼기 때문이야. 게다가 일상적인 경험들로 내 지식이 많이 향상되었던 터라, 몇 달 뒤 좀 더 현명해질 때까지 이 계획을 착수하지 않는 편이 좋겠다는 생각이 들었던 거지.

"그러는 동안 오두막에 몇 가지 변화가 생겼어. 사피가 함께 있으면서, 오두막 식구들 사이에 행복이 가득했고 나 또한 그곳에 풍요로움이 넘친다는 게 느껴지더군. 펠릭스와 아가타는 놀이와 대화로 많은 시간을 보냈고 하인들이 그들의 일을 도와주었어. 그들은 부유해 보이진 않았지만, 만족하며 행복했어. 그들의 마음은 평온하고 평화로웠던 반면 내 마음은 날마다 더욱 혼란스러워졌지. 아는 것이 늘어날수록 그저 내가 얼마나 비참하게 버림받은 사람인지만 더욱 분명하게 다가올 뿐이었어. 나는 마음속에 희망을 품고 있었지. 하지만 물에 비친 내 모습이나 달빛에 비친 내 그림자를 보니, 그것이 비록 덧없는 형상이며 변덕스러운 그림자라 해도 그 희망이 사라지더군.

"나는 이런 두려움을 부숴버리고 몇 달 후 하기로 한 그 시도를 위해 스스로 기운을 북돋으려 안간힘을 썼지. 때때로 내 생각이 이성의 방해를 받지 않고 낙원의 벌판을 쏘다니도록 내버려뒀어. 그리고 감히 내 감정에 공감하고 우울함을 응원해주는 다정하고 사랑스러운 피조물들을 상상했지. 천사 같은 그들의 얼굴에는 위안을 주는 미소가 감돌았어. 하지만 그것은 모두 꿈일 뿐이야. 어떤 이브도 내 슬픔을 달래주지 않았고 내 생각을 공유하지 않았어. 나는 외로웠어. 아담이 창조주에게 애원했던 기억이 났지만, 나의 창조주는 도대체 어디 있는 것일까? 그는 나를 버렸고 나는 비통한 심정으로 그를 저주했어.

"그렇게 가을이 지나갔지. 나는 놀랍고도 애달픈 심정으로 나뭇잎들이 말라 떨어지는 모습, 내가 처음 숲 속과 사랑스러운 달을 봤을 때의 그 척박하고 황량한 풍경으로 다시 바뀐 자연의 모습을 지켜보았지. 그런데도 으스스한 날씨에는 신경이 쓰이지 않았어. 더위보다 추위를 잘 견디는 체질 탓에 이런 날씨가 나에게 더 잘 맞더군. 내 최고의 즐거움은 꽃과 새들, 그리고 여름철의 그 모든 화사한 모습을 바라보는 것이었는데, 그런 것들이 나를 버리고 떠나자 오두막 식구들에게 좀 더 많은 관심을 기울이게 되었지. 여름이 가버려도 그들의 행복은 줄어들지 않았어. 그들은 서로를 사랑하고 지지해주었지. 그리고 서로를 의지하다 보니, 그들 주변에서 일어나는 어떤 재난에도 그들은 늘 즐거워했어. 그들을 보면 볼수록 그들의 보호와 친절을 받고 싶은 마음이 점점 커져만 갔지. 이 다정한 사람들에게 내 존재를 알리고 사랑을 받고 싶은 마음 간절했고, 나를 쳐다보는 애정 어린 그들의 따뜻한 시선을 느끼는 것, 그것이 내 최고의 희망이었지. 그들이 멸시와 공포로 나를 외면할 거라고는 감히 상상도 할 수 없었어. 그들 문 앞에 왔던 가난한 사람들을 한 번도 내친 적이 없었으니까. 사실 내가 부탁한 건, 얼마 안 되는 음식이나 잠자리보다 훨씬 귀한 거였어. 친절과 동정을 부탁했지. 하지만 내가 그것을 받을만한 자격이 없다고 생각하지 않았어.

"겨울이 깊어 갔고 내가 태어난 이후 네 계절이 흘러갔지. 당시 내 관심은 온통 오두막의 보호자들에게 나 자신을 소개하는 계획에 쏠려 있었어. 많은 계획을 세웠지만 결국 선택한 한 가지 계획은 눈먼 노인이 혼자 있을 때 집 안으로 들어가는 것이었어. 예전에 나를 본 사람들이 공포를 느낀 주된 원인이 기괴하리만치 끔찍한 내 모습이었다는 걸 인지할 정도의 머리는 있었거든. 비록 내 목소리가 거칠긴 해도 무서울 정도는 아니잖

아. 그래서 자식들이 없을 때 늙은 드 라세의 호감을 얻고 그가 중간에서 얘기만 잘 해주면 그 덕분에 젊은 보호자들도 나를 너그럽게 봐줄 거로 생각했던 거지.

"태양이 땅에 흩어져 있는 붉은 낙엽을 비추며 비록 온기는 없지만, 기분 좋은 느낌을 퍼뜨리던 어느 날, 사피와 아가타, 펠릭스는 장시간 마을 산책을 떠났고 노인은 자기 뜻에 따라 오두막에 홀로 머물렀지. 자식들이 떠나자 그는 기타를 들고 애절하면서도 감미로운 곡을 여러 곡 연주했는데, 이전에 내가 들었던 그 어떤 연주보다 더 감미롭고 애절했어. 처음에 그의 표정은 기쁨으로 환하게 빛났지만, 연주가 계속되면서 수심이 깊어지고 슬퍼 보였어. 결국, 노인은 악기를 옆에 놔둔 채 앉아서 사색에 잠겼지.

"내 심장이 빠르게 고동쳤어. 지금이 바로 시도할 시간이며 순간이었지. 그 시도로 내 소원이 이뤄지거나 두려움이 현실이 될 테지. 하인들은 동네 축제에 갔어. 오두막 안과 주변이 쥐죽은 듯 조용했지. 절호의 기회였어. 하지만 계획을 실행하려고 앞으로 발길을 내딛자, 팔다리의 힘이 풀리면서 땅바닥에 주저앉고 말았지. 다시 일어났어. 나는 팔다리에 있는 힘껏 힘을 주었고 은신처를 가리기 위해 헛간 앞에 놓아둔 널빤지를 치웠어. 신선한 공기에 정신이 번쩍 들었고 새롭게 마음을 다잡으며 오두막 문 앞으로 다가갔지.

"노크를 했어. '거기 누구요?' 노인이 말하더군. '들어와요.'

"나는 안으로 들어가면서 말했지. '갑자기 찾아와서 죄송합

니다. 저는 여행객인데 잠깐 쉬고 싶어서요. 난롯가에 몇 분만 있게 해주신다면 대단히 고맙겠습니다.'

"'들어오시오.' 드 라세가 말했지. '그리고 당신이 원하는 걸 들어주려고 노력은 해보겠지만 안타깝게도 내 자식들이 집에 없고 나는 앞이 보이지 않기 때문에 당신에게 필요한 음식을 대접하기는 어렵겠구려.'

"'신경 쓰지 마세요. 친절한 주인장. 먹을 건 있어요. 내게 필요한 건 온기와 휴식뿐입니다.'

"'나는 앉았고 침묵이 계속됐지. 일분일초가 내게 중요하다는 걸 잘 알고 있었지만 어떤 식으로 대화를 시작해야 할지 결정을 못 하고 있었어. 그때 노인이 내게 말하더군.

"'손님 양반! 당신 말씨를 들으니 우리나라 사람 같은데. 프랑스 사람인가요?'

"'아닙니다. 하지만 프랑스 가족에게 교육을 받았죠. 그래서 그 언어만 알아들어요. 이제 몇몇 친구들에게 보호자가 돼 달라고 부탁하러 갈 겁니다. 저는 그들을 진심으로 사랑하고 그들이 호의를 베풀어줄 거라 기대하고 있죠.'

"'독일 사람들인가요?'

"'아뇨. 프랑스 사람들입니다. 근데 다른 얘기를 해도 될까요? 저는 불운하고 버림받은 존재입니다. 주변을 둘러봐도, 이 세상에 친척도 친구도 없습니다. 내가 가려고 하는 이 친절한 사람들은 나를 본 적도 없고 나에 대해 아는 것도 거의 없습니다. 그래서 대단히 두려워요. 그곳에서 받아주지 않는다면 나는 영

영 이 세상에서 버림받은 존재가 되는 거니까요.'

"낙담하지 마세요. 사실 친구가 없다는 건 불행한 일이긴 하죠. 하지만 인간의 마음이 명백한 이기심에 의한 편견에 휩싸여 있지 않다면 형제애와 자비로 가득할 겁니다. 그러니 당신의 희망을 믿어요. 그 친구들이 선량하고 다정한 사람들이라면 절망하지 마요.'

"그 사람들은 친절해요. 세상에서 가장 훌륭한 사람들이죠. 하지만 불행히도 나에 대해 편견이 있어요. 나는 성격도 좋고 여태까지 살면서 단 한 번도 해를 끼친 적이 없어요. 꽤 이로운 일도 했죠. 하지만 형편없는 편견에 그들의 눈이 흐려지면서, 인정 많고 친절한 친구로 보아야 하는데 그저 혐오스러운 괴물로 보는 거죠.'

"그것참 안됐구려. 하지만 당신이 진정으로 떳떳하다면 그들의 그릇된 생각을 깨우쳐줄 수 있지 않을까요?'

"그 일을 막 시작하려고 합니다. 그 때문에 무지무지 두려워요. 저는 이 친구들을 진심으로 사랑합니다. 그들 모르게 여러 달 동안 매일 습관처럼 그들에게 친절을 베풀었죠. 하지만 그들은 내가 해를 끼치려 한다고 생각합니다. 그 편견을 이겨내고 싶어요.'

"'친구들이 어디 살고 있죠?'

"'이 근처요.'

"노인은 잠시 말을 멈추더니 이어서 말했지. '당신 사정을 세세한 것까지 솔직하게 털어놓으면, 어쩜 내가 그들의 잘못을 깨닫게 하는 데 도움이 될지도 모르겠소. 나는 장님이라 당신 용모를 판단할 수 없어요. 하지만 나를 설득하는 당신의 말에 왠지 진심이 느껴집니다. 나는 가난한 추방자지만 어떤 식으로든 한 인간에게 도움을 줄 수 있다면 진정으로 기쁠 겁니다.'

"훌륭한 분이군요! 고맙습니다. 당신의 관대한 제안을 받아들이죠. 이 친절함으로 저를 먼지 속에서 끌어올려 주셨습니다. 당신 도움으로 인간 사회에서 내쳐지거나 공감 받지 못하는 일은 없을 거라 믿습니다.'

"그런 일은 절대로 없을 겁니다! 설령 당신이 실제 범죄자라 해도 말이죠. 그렇게 되면 당신은 자포자기 상태가 되고 당신에게 선한 마음을 불러일으키지도 않을 테니까요. 나 역시 불행한 사람입니다. 나와 가족들은 지은 죄도 없이 유죄 판결을 받았소. 그러니 내가 당신의 불행을 가엽게 여기지 않는다면 비난하시오.'

"내 하나뿐인 최고의 은인이신 당신에게 어떻게 감사드려야 할지 모르겠네요. 나는 처음으로 나를 향해 당신 입에서 흘러나오는 친절한 목소리를 들었습니다. 평생 감사해 할 겁니다. 그리고 당신이 지금 베푼 친절 덕분에 곧 만나려고 하는 그 친구들과 잘 지낼 거라는 확신이 드네요.'

"그 친구들의 이름과 사는 곳을 알 수 있을까요?'

"나는 잠시 말을 멈췄어. 지금이야말로 결정의 순간이라고 생각했지. 내게서 행복을 박탈하든지 아니면 영원히 행복을 베풀어줄 테니까. 나는 그에게 대답하려고 마음을 다잡으며 공연히 애를 썼지만, 그 노력에 온몸에 힘이 풀리면서 의자에 털썩 주저앉아 큰소리로 흐느껴 울고 말았지. 그 순간, 젊은 보호자들의 발소리가 들렸어. 시간을 허비할 때가 아니었지만 나는 노인의 손을 움켜잡고 울면서 말했지. '지금이 바로 그때입니다! 나를 도와주고 보호해주세요! 당신과 당신 가족이 내가 찾는 친구들입니다. 어려운 상황에도 나를 버리지 말아 주세요!'

"'맙소사!' 노인이 소리쳤어. '당신 누구요?'

"그 순간 오두막 문이 열렸고 펠릭스와 사피, 아가타가 들어왔지. 나를 보자마자 그들 얼굴에 나타난 공포와 경악을 누가 표현할 수 있을까? 아가타는 기절했고 사피는 친구를 신경 쓸 겨를도 없이 오두막 밖으로 뛰쳐나갔지. 펠릭스가 달려 들어와 초인적인 힘으로 자기 아버지 무릎에 내달려 있는 나를 떼어 놓았지. 그러면서 노발대발하며 나를 바닥에 내동댕이치더니 막대기로 사정없이 내려쳤어. 사자가 영양에게 하듯 나는 그를 갈기갈기 찢어 죽일 수 있었어. 하지만 쓰라린 고통에 가슴이 무너져 내렸고 그 마음을 억눌렀지. 그가 다시 나를 공격하려는 순간, 나는 고통과 비통함에 휩싸인 채 오두막을 뛰쳐나와 여러모로 심란한 마음에 헛간으로 몰래 피신했지."

8장

"가증스러운 저주받을 창조자여! 나는 왜 살아 있었던 것인가? 그 순간 어째서 나는 당신이 제멋대로 부여한 생존의 불씨를 꺼뜨리지 않았을까? 모르겠다. 아직 절망에 빠지진 않았어. 분노와 복수 같은 감정만 느꼈어. 기꺼이 오두막과 그곳 사람들을 다 박살을 내고, 그들의 비명과 고통에 만족할 수 있었을 거야.

"밤이 되자, 나는 은신처를 떠나 숲 속에서 방황했지. 이젠 발견될까 봐 두려워하며 자신을 억누르는 대신, 무시무시하게 울부짖으며 괴로움을 토해냈지. 마치 올가미를 깨부수는 야수 같았어. 나를 막는 것들을 박살을 내고 수사슴처럼 날렵하게 숲 속을 돌아다녔지. 오! 얼마나 비참한 밤을 보냈던가! 차가운 별들이 조롱하듯 반짝였고 벌거벗은 나무들은 내 위에서 가지를 흔들어댔지. 가끔 새들의 청아한 목소리가 고요한 세상에 울려 퍼졌어. 나만 빼고 모든 것이 휴식을 취하거나 즐거워했지. 나는 사탄처럼 내 안에 지옥을 품었고, 동정받지 못할 처지에 있다는 생각에 나무들을 갈가리 찢어버리고 내 주변에 혼란과 파괴를 퍼뜨린 다음 자리에 앉아 그 파멸을 즐기고 싶더군.

"하지만 이런 호사스러운 감정은 오래가지 않았지. 몸을 심하게 썼더니 기진맥진해졌고 절망감에 병에 걸린 듯 힘이 풀리면서 축축한 풀밭에 쓰러지고 말았지. 살아 있는 수많은 사람 가운데 나를 가엽게 여기거나 도와줄 사람은 하나도 없었어. 그런데 내가 내 적들에게 따뜻한 마음을 가져야 한단 말인가? 아니지. 그 순간부터 나는 인간과의 영원한 전쟁을 선포했어. 특히 나를 만들어 견딜 수 없는 이 불행 속으로 내몬 그 사람과의 전쟁을 말이야.

"날이 밝았어. 나는 사람들의 소리를 들었고 그 날은 은신처로 돌아갈 수가 없었지. 그래서 무성한 덤불 속에 피신해서 그 후 몇 시간 동안 내 상황에 대해 깊이 고민해보기로 했어.

"기분 좋은 햇살과 신선한 아침 공기에, 마음이 어느 정도 다시 차분해졌지. 그리고 오두막에서 겪었던 일들을 생각하니, 너무 성급하게 결정했다는 생각을 하지 않을 수 없었어. 분명 경솔한 행동이었어. 대화를 나누면서 그들의 아버지는 확실히 내 편으로 끌어들였는데, 멍청하게 내 육신을 드러내 그의 자식들을 두렵게 만들었어. 나이 든 드 라세와 친해진 다음 차츰 나머지 가족들에게 나 자신을 드러냈어야 했고 그랬다면 그들은 내가 다가가는 것에 대한 마음의 준비가 되어 있었을 텐데. 그렇다고 내가 돌이킬 수 없는 실수를 저질렀다고 생각하진 않았어. 좀 더 깊이 생각한 후에, 나는 오두막으로 돌아가서 노인을 찾아 설명한 뒤 그를 내 편으로 만들어야겠다고 결심했지.

"이런 생각을 하니 마음이 진정되더군. 오후 무렵 나는 깊은 단잠에 빠졌지만, 피가 뜨거워지면서 평화롭게 꿈을 꿀 수가 없었어. 전날의 끔찍했던 장면이 눈앞에 끊임없이 나타났지. 여자들은 도망가고 흥분한 펠릭스는 자기 아버지의 다리에서 나를 떼어냈어. 나는 기진맥진한 상태로 잠에서 깼지. 이미 밤중이라는 걸 깨달은 나는 은신처에서 살며시 기어 나와 음식을 찾으러 다녔어.

"허기를 채운 다음, 오두막으로 향하는 익숙한 길을 따라 발걸음을 옮겼지. 그곳의 모든 것이 평화로웠어. 나는 헛간으로 살며시 들어갔고 가족들이 일어나는 익숙한 시간이 오기만을 조용히 기다리고 있었지. 그 시간이 지나고 해가 중천에 떴지만, 오두막 식구들은 나타나지 않았어. 나는 어떤 끔찍한 불행을 예감하며 심하게 몸을 떨었지. 오두막 집 안쪽이 어두웠고 아무런 인기척도 들리지 않았어. 이 팽팽한 긴장감이 주는 고통을 도저히 표현할 수가 없군.

"그때 마을 사람 두 명이 지나갔어. 오두막 근처에 잠시 멈춰서더니 요란스런 몸짓을 해 보이며 대화를 나눴지. 그러나 그들은 내 보호자들의 말과 다른, 그 나라 말을 사용했기 때문에 그들의 말을 알아들을 수가 없었어. 하지만 그 직후, 펠릭스가 또 다른 사람과 함께 다가왔지. 그 날 아침 펠릭스가 오두막을 나가지 않았다는 걸 알고 있던 터라, 깜짝 놀랐어. 그들이 나누는 대화에서 이 이상한 등장의 의미를 간절히 알고 싶었지.

"'석 달 치 집세를 지급해야 하고 텃밭에 심은 작물들을 몽땅 잃게 될 것도 생각한 거야?' 같이 있는 사람이 펠릭스에게 말

했지. '난 부당한 이득을 취할 생각은 없으니 부디 며칠간 곰곰이 생각해서 결정하게.'

"'그래 봤자 아무 소용없어요.' 펠릭스가 대답하더군. '우리는 두 번 다시 당신 오두막에서 살지 않을 겁니다. 제가 말씀드린 그 끔찍한 상황 때문에 아버지의 목숨이 아주 위태롭다고요. 아내와 여동생은 공포에서 결코 벗어나지 못할 거예요. 부탁인데, 더는 설득하려 하지 마세요. 당신 집이니 가져가세요. 그리고 날 이곳에서 떠나게 해주세요.'

"펠릭스는 이렇게 말하면서 부들부들 심하게 몸을 떨었지. 그와 동행자는 오두막으로 들어가더니, 그곳에서 몇 분 정도 머물다가 떠나더군. 그 후 나는 드 라세 가족을 영영 보지 못했지.

"나는 그 날 남은 시간 동안 완전히 넋이 나간 채 절망적인 상태로 헛간에 머물러 있었어. 보호자들은 떠났고, 나와 이 세상을 이어주던 유일한 연결고리는 끊어졌지. 처음에는 복수와 증오의 감정이 내 마음을 가득 채웠고 애써 그런 감정들을 억누르려 하지도 않았어. 그저 흘러가는 대로 내 자신을 맡긴 채, 상처와 죽음에 빠져들었지. 친구들과 드 라세의 온화한 목소리, 아가타의 선량한 눈빛, 아라비아 여자의 더할 나위 없는 아름다움을 생각하면, 그런 생각들이 사라졌고, 눈물이 솟구치며 얼마간 내 마음을 달래주었어. 하지만 다시 그들이 나를 쫓아내고 버린 걸 생각나면, 다시 화가 나고 분노가 치밀어 올랐어. 차마 인간을 해하지는 못하고 생명이 없는 물체를 향해 분노를 퍼부었지. 밤이 다가오자, 나는 오두막 주변에 불이 잘 붙을 만한 것들을 놔두었고 텃밭에 있는 작물을 흔적도 없이 모조리 없앤 다음, 작전을 개시하기 위해 달이 보이지 않을 때까지 억지로 참으며 기다렸지.

"밤이 깊어지자, 숲 속에서 세찬 바람이 불어 하늘을 배회하는 구름을 재빨리 흩어버렸어. 돌풍이 마치 강력한 산사태처럼 맹렬한 기세로 훑고 지나가더니 내 마음속에 일종의 광기를 불러일으켜, 이성과 심사숙고의 모든 경계를 무너뜨렸지. 나는 말라비틀어진 나뭇가지에 불을 붙인 후, 정들었던 오두막 주변에서 미친 듯 춤을 추었어. 내 눈은 여전히 서쪽 수평선에 고정되어 있었고 그 끝에 달이 거의 닿아 있었지. 드디어 달 일부가 가려졌고 나는 불이 붙은 나뭇가지를 흔들었지. 달이 지자, 나는 큰 소리로 고함을 치며 내가 모아놓은 볏짚과 관목, 덤불에 불을 붙였어. 바람이 불을 부채질하면서 오두막은 삽시간에 화염에 휩싸였고, 화염이 오두막에 달라붙어 끝이 갈라지고 파괴적인 혀로 집어 삼켜버렸지.

"그 누가 도와줘도 오두막을 구할 수 없다는 확신이 들자마자, 나는 현장을 떠나 숲 속에서 은신처를 물색했지.

"이제 내 앞에 세상이 펼쳐져 있는데, 어디로 발길을 돌려야 하나? 나는 날 불행하게 만든 장소에서 아주 멀리 도망치기로 했지. 하지만 미움과 괄시를 받는 내게는 어느 곳이든 끔찍하기는 마찬가지였어. 그러다가 결국 당신에 대한 생각이 뇌리를 스치고 지나갔지. 나는 서류를 통해 당신이 내 아버지이자 창조자라는 사실을 알게 됐어. 내게 생명을 부여한 사람 말고, 내가 애원할만한 사람이 누가 있겠는가! 펠릭스가 사피에게 가르쳐준 내용 중에 지리도 포함되어 있었지. 나는 그런 것들을 통해 지구 위 다양한 나라들과 관련된 환경에 대해 배웠어. 당신이 제네바를 고향이라고 언급했기에 그곳으로 가기로 했지.

"하지만 방향을 어떻게 잡아야 한단 말인가? 목적지에 이르려면 남서쪽으로 가야 한다는 걸 알고 있었어. 하지만 태양이 내 유일한 안내자였지. 거쳐 갈 마을 이름도 몰랐고 이 정보에 관해 물어볼 사람도 없었어. 그래도 절망하지 않았지. 내가 도움을 기대할 수 있는 사람은 오직 당신뿐이었어. 당신에게 증오 이외의 그 어떤 감정도 느낄 수 없었지만 말이야. 무정하고 냉혹한 창조자여! 당신은 내게 지각과 정념을 부여하고서는 인류의 경멸과 공포의 대상으로 내쳐버렸어. 하지만 내가 동정과 보상을 요구할 사람은 오로지 당신뿐이니, 인간 모습을 한 다른 모든 사람으로부터 얻으려고 했다가 허사가 된 그 정의를 당신에게서 구하겠노라 결심했지.

"기나긴 여정이었고 아주 극심한 고통도 겪었지. 내가 오랫동안 머물렀던 그 지역을 떠난 것은 늦가을이었어. 인간의 얼굴과 마주칠까 봐 두려워 밤에만 이동했지. 주변 자연은 시들어 갔고 태양의 열기도 점점 사그라졌지. 내 주변으로 비와 눈이 퍼부었고 장대한 강물도 꽁꽁 얼어붙었어. 땅 표면도 딱딱하고 차가운 맨땅이다 보니 마땅히 쉴만한 곳도 찾을 수 없었어. 아! 대지여! 나를 만든 장본인에게 저주를 내려달라고 얼마나 자주 빌었는가! 내 착한 성품은 사라졌고 내 안에 있는 모든 것이 울분과 쓰라림으로 변해버렸지. 당신이 사는 곳에 가까워질수록, 마음속에 타오르는 복수심은 더욱더 커져만 갔어. 눈이 내렸고 강물도 꽁꽁 얼었지만 나는 쉬지 않았지. 때때로 몇 가지 사건 덕분에 방향을 잡을 수 있었고 그 나라 지도도 입수했지만 내 갈 길에서 벗어나 자주 헤매곤 했지. 극도로 고통스러운 감정 때문에 잠시나마 쉴 여유도 갖지 못했어. 일어나는 일마다 내 분노와 고통을 살찌우는 영양분을 주었지. 태양이 다시 온기를 되찾고 대지가 다시 푸르러 보이기 시작했을 즈음 스위스 국경에 도착했는데, 그때 겪은 일 덕분에 비통하고 두려운 감정이 더욱 확실하게 굳어졌지.

"대개 낮 동안은 휴식을 취했고 인적이 드문 안전한 밤에만 이동했어. 하지만 어느 날 아침, 내가 가는 길이 우거진 숲 속으로 이어져 있다는 사실을 알고는, 위험을 무릅쓰고 해가 뜬 후에도 여행을 계속 하기로 했지. 초봄이었던 그 날, 사랑스러운 햇살과 상쾌한 공기에 기분이 한껏 들떠 있었어. 오랫동안 죽은 듯 보였던 편안하고 기분 좋은 느낌들이 내 안에서 다시 살아나는 듯한 느낌이랄까. 이런 색다른 감정에 다소 놀란 나는 이 감정들이 흘러가는 대로 내버려두었지. 그리고 외로움과 기괴한 내 몰골을 잊고 감히 행복을 느꼈지. 부드러운 눈물이 두 볼을 적셨고 나를 향해 그런 기쁨을 선사한 성스러운 태양을 향해 내 촉촉한 눈을 들어 고마운 마음을 전했어.

"숲길을 따라 계속해서 구불구불 돌며 걷다 보니, 어느새 숲의 경계에 도달했지. 그곳 가장자리에는 깊고 유속이 빠른 강물이 흐르고 있어, 이제 새봄을 맞아 새순 돋는 수많은 나뭇가지가 강 쪽으로 휘어져 있었어. 그런데 어떤 길로 가야 할지 정확히 몰라 그곳에서 잠시 발길을 멈춘 그때, 사람들 목소리가 들렸고 나는 사이프러스 그늘에 몸을 숨겼지. 내가 간신히 몸을 숨겼을 때, 어느 어린 소녀가 마치 장난삼아 누군가로부터 도망치듯 웃으며 내가 숨어 있던 곳을 향해 달려오고 있었어. 그 애는 강물의 절벽 쪽을 따라 계속해서 뛰어가다가 갑자기 발이 미끄러지면서 세찬 강물 속으로 풍덩 빠져버렸지. 나는 숨어 있던 곳에서 급히 달려 나와 온 힘을 다해 급류에서 그 애를 구해 강변으로 끌어당겼어. 그 애는 의식이 없는 상태였고 나는 내 힘으로 할 수 있는 모든 방법을 총동원해서 살려내려고 애를 썼지. 그런데 그때 갑자기 어느 시골 사람이 다가오는 바람에 하던 것을 중단했지. 아마도 그 애는 신 나게 그 사람으로부터 도망치고 있었던 것 같았어. 그 사람은 나를 보자마자 덤벼들더니 내 팔에서 여자애를 떼어놓고 서둘러 깊은 숲 속으로 달아나더군. 나는 재빨리 그 뒤를 쫓았는데, 그 이유는 나도 잘 모르겠어. 하지만 그 사람은 내가 가까이 다가오는 것을 보자, 가지고 있던 총을 내 몸에 겨눈 후 발사했지. 나는 바닥에 쓰러졌고 내게 상처를 입힌 자는 한층 빠른 속도로 숲 속으로 도망쳤어.

"이게 당시 내 호의에 대한 보답이었어! 죽어가는 인간을 구해놨건만, 그 보답으로 살과 뼈를 산산조각낸 상처의 참담한 고통에 몸부림쳐야 했지. 조금 전에 느꼈던 다정하고 친절한 감정 대신 사악한 분노가 솟구치면서 이가 부득부득 갈리더군. 고통에 흥분한 나는 모든 인간에 대한 영원한 증오와 복수를 다짐했어. 하지만 나는 상처의 고통에 맥을 못 췄고 맥박이 멈추면서 기절하고 말았지.

"몇 주 동안 내가 입은 상처를 치료하려고 안간힘을 쓰며 숲속에서 비참한 생활을 이어갔어. 총탄은 내 어깨를 뚫었고, 거기 그대로 있는지 통과했는지는 모르지만, 아무튼 총알을 빼낼 방도는 없었지. 그들이 내게 준 부당하고 배은망덕한 시련의 가혹함에, 내 고통은 더욱 심해졌어. 날마다 복수를 다짐했지. 통렬하고 치명적인 복수야말로 내가 견뎠던 학대와 고통에 대한 유일한 보상인 것 같았어.

"수주 후, 내 상처는 아물었고 나는 여행을 계속했지. 내가 참아냈던 그 고통은 밝은 태양이나 온화한 봄바람에도 더는 누그러들지 않았어. 온갖 즐거움은 내 비참한 처지를 모욕하는 조롱에 불과했고 내가 기쁨을 누릴 준비가 되어 있지 않다는 사실을 좀 더 뼈저리게 느끼게 했지.

"하지만 이제 내 고생은 거의 막바지에 이르렀지. 그로부터 두 달 후 나는 제네바 인근에 도착했어.

"내가 도착한 건 저녁때쯤이었어. 나는 들판으로 둘러싸인 은신처에 숨어든 후, 당신에게 어떤 식으로 도움을 부탁해야 할까 고민했지. 피로와 허기에 기진맥진했고, 저녁에 부는 온화한 산들바람과 웅장한 쥐라 산맥 뒤로 지는 해를 즐기지도 못할 만큼 나는 너무나 비참했어.

"그때쯤 선잠이 들어 고통스러운 생각에서 벗어날 수 있었지. 하지만 어떤 아름다운 아이가 다가오면서 잠을 방해했지. 그 아이는 아이답게 장난을 치며 내가 택한 후미진 곳으로 달려오고 있었어. 갑자기 그 아이를 바라보고 있자니, 이 어린 존재는 편견도 없고 기형적인 모습에 대한 공포를 경험할 만큼 오래 살지도 않았을 거라는 생각이 퍼뜩 들더군. 그러니 이 아이를 붙잡아 내 동료이자 친구로 교육할 수만 있다면 이런 사람들이 사는 땅에서 그리 외롭지 않을 거라고.

"이런 충동으로 흥분한 나는 소년이 지나갈 때 그 아이를 붙잡아 내 앞쪽으로 끌어당겼지. 아이는 내 모습을 보자마자 손으로 눈을 가렸고 날카로운 비명을 질렀어. 나는 얼굴을 가린 아이 손을 억지로 잡아당기면서 말했지. '얘야, 왜 그러니? 나는 널 해칠 생각이 없단다. 내 말을 잘 들어라.'

"아이가 격렬하게 몸부림을 치며 소리를 질렀어. '놔줘! 괴물아! 이 못생긴 괴물아! 너는 나를 갈기갈기 찢어먹고 싶잖아. 넌 사람 잡아먹은 괴물이야. 날 놔줘. 안 그러면 아빠에게 이를 거야.'

"'얘야. 넌 아빠를 다신 보지 못할 거다. 나와 함께 가야 해.'

"'끔찍한 괴물아! 날 놔줘! 우리 아빠는 평의원이야. M. 프랑켄슈타인이라고. 아빠가 너를 벌할 거야. 감히 날 붙잡아 두지 못해.'

"'프랑켄슈타인이라고! 그럼 넌 내 적과 한통속이구나. 그 놈을 향해 영원한 복수를 맹세했는데. 네가 내 첫 번째 희생자가 되겠구나.'

"아이는 여전히 몸부림을 치며 내 마음에 절망을 안겨주는 욕설을 퍼부어댔지. 그래서 아이를 조용히 시키려고 목을 움켜쥐었는데, 순간 아이가 내 발 앞에 쓰러져 죽더군.

"희생자를 물끄러미 바라봤지. 소름 끼치는 승리감과 의기양양함에 가슴이 벅차올랐어. 나는 손뼉을 치며 이렇게 외쳤지. '나도 비참하게 만들 수 있다고. 내 적은 난공불락이 아니야. 이 죽음은 그를 절망으로 몰아갈 테고 다른 수많은 불행이 그를 괴롭히고 파멸시킬 것이다.'

"아이를 뚫어지라 쳐다보고 있는데, 그의 가슴 위에 뭔가 반짝이는 게 보이더군. 그것을 집어 드니 아주 아름다운 여자의 초상화였어. 악의에 찬 감정에도 불구하고, 그 모습은 내 마음을 누그러뜨리고 끌어당겼지. 잠시 나는 짙은 속눈썹으로 둘러싸인 그녀의 검은 눈동자와 사랑스러운 입술을 흐뭇한 마음으로 바라보았어. 하지만 이내 분노가 다시 찾아오더군. 그처럼 아름다운 존재들이 줄 수 있는 즐거움을 영영 빼앗겼다는 생각이 든 거야. 내가 바라본 그 초상화의 여인도 나를 보면 그 성스럽고 인자한 태도에서 혐오감과 공포감을 드러내는 태도로 변했을 테지.

"그런 생각에 내가 분해 어쩔 줄 몰라 했다는 게 의아한가? 나는 그 순간 절규와 몸부림으로 내 감정을 분출했다는 그것보다, 인간들 사이로 돌진하지 않고, 그들을 죽이려고 시도하다가 죽지 않았다는 게 의아할 뿐이야.

"나는 이런 감정에 휩싸인 채 살인을 저지른 현장을 떠나 좀 더 한적한 은신처를 찾고 있었지. 바로 그때, 어떤 여자가 내 근처를 지나가는 걸 봤어. 젊긴 했지만 사실 내가 가지고 있는 초상화의 여인만큼 아름답지는 않았어. 그래도 호감 가는 외모에 젊고 건강한 매력이 넘쳤지. 이 사람도 나 외에 모든 사람에게 미소를 선사할 사람이겠구나 싶더군. 그녀는 도망치지 못할 거야. 펠릭스의 가르침과 인간의 살벌한 법들 덕분에, 해악을 사용하는 방법을 터득했거든. 나는 그녀에게 몰래 접근해서 그녀의 치마 주름 사이에 그 초상화를 안전하게 끼워두었지.

"며칠 동안 이 일들이 일어난 현장을 자주 찾아갔어. 때로는 당신을 만나고 싶어서, 때로는 이 세상과 불행으로부터 영영 벗어나겠다고 결심하면서 말이야. 결국, 나는 이 산을 향해 정처 없이 떠돌았고, 오직 당신만이 충족시켜줄 수 있는 불타는 정념에 휩싸인 채 거대한 산을 구석구석 헤치며 돌아다녔지. 당신이 내 요구를 받아들이겠다고 약속할 때까지 우리는 떨어질 수 없을지도 몰라. 나는 외롭고 비참해. 인간은 나와 어울리지 않을 거야. 그러나 나처럼 기형적이고 끔찍한 여자라면 나를 거부하진 않겠지. 내 반려자는 같은 종족이며 같은 결함을 가지고 있어야 해. 당신이 그런 존재를 만들어줘야겠어."

9장

놈은 말하는 것을 멈추고 내 대답을 기대하며 나를 뚫어지게 쳐다보았다. 하지만 나는 당황스럽고 어리둥절해서, 그가 제의한 것들을 전부 이해할 정도로 생각을 충분히 정리할 수 없었다. 그의 말은 계속 이어졌다.

"당신은 나를 위해 여자를 창조해야 해. 내게 필요한 연민의 감정들을 그 여자와 서로 나누며 살 수 있게 말이야. 이 일은 당신만이 할 수 있어. 그리고 절대 거부할 수 없는 의무로서 당신에게 그것을 요구하는 바야."

그의 마지막 이야기는 오두막 식구들 사이에서의 평온한 생활을 이야기하는 동안 사라졌던 분노를 나에게 다시금 불러일으켰고, 그가 그 이야기를 하자, 나는 더는 내 안에서 불타오르는 분노를 억제할 수 없었다.

"난 그것을 거부한다." 나는 대답했다. "그리고 어떤 고문을 한다 해도 나한테서 동의를 받아낼 수는 없을 거야. 네놈이 나를 가장 비참한 사람으로 만들 수 있다 해도, 내 눈에 나를 비열한 사람으로 보이게 할 수는 없을 거다. 내가 네놈과 같은 또 다른 것을 창조한다면 그 두 명의 괴물이 이 세상을 황폐화하겠지. 썩 꺼져! 나는 네놈에게 대답했어. 나를 고문한다 해도 난 절대 동의할 수 없어."

"당신 실수하는 거야." 악마가 으름장을 놓았다. "위협하는 대신 나는 기꺼이 너를 설득하고 있다고. 나는 비참해서 사악해. 모든 인간이 나를 피하고 증오하지 않는가? 나의 창조자인 당신도 나를 갈기갈기 찢어 승리를 만끽하고자 할 거야. 그걸 기억해. 그리고 인간이 나를 불쌍히 여기는 것보다 내가 인간을 더 불쌍히 여겨야 하는 이유를 대봐. 당신이 나를 저 얼음 틈 사이로 밀어 떨어뜨려, 당신 손으로 만든 작품인 내 육신을 파괴한다 해도, 당신은 그걸 살인이라 부르진 않겠지. 인간이 나를 경멸하는데, 내가 어찌 인간을 존경하겠나? 인간이 나와 친절을 주고받으며 살아가게 해라. 그러면 인간에게 피해를 주기는커녕 나를 받아들여 준 것에 대해 감사의 눈물을 흘리며 온갖 혜택을 베풀 테니. 하지만 그럴 리는 없겠지. 인간의 감각은 우리가 화합하는 데 있어 넘어설 수 없는 장벽이니까. 하지만 내 감각도 비참한 노예처럼 호락호락하진 않을 거야. 내 상처에 대해 복수할 거다. 사랑을 불어넣어 줄 수 없다면 공포를 일으킬 거야. 내 창조자이자 누구보다 내 최대의 적인 당신에게 억누를 수 없는 증오를 맹세한다. 조심해. 나는 당신의 파멸을 위해 노력할 거야. 당신 마음이 황폐해질 때까지 끝내지 않아. 당신이 태어난 시간을 저주하게 할 거다."

그가 이런 말을 할 때 그에게서 사악한 분노가 활활 타올랐다. 그의 얼굴에는 차마 인간의 눈으로 볼 수 없을 정도로 너무나 끔찍하게 뒤틀린 주름이 잡혀 있었다. 하지만 이내 그는 평정심을 되찾고 다음 말을 이어갔다.

"논리적으로 설명할 생각이었어. 이런 정념은 내게 해로워. 당신은 그 과한 정념의 원인이 자기라는 생각은 하지 않겠지. 누구라도 내게 선의의 감정을 느끼는 사람이 있다면, 그들에게 그 수만 배로 돌려줄 거야. 그 한 피조물을 위해 온 세상과 화해하겠다! 하지만 이제 나는 실현될 수 없는 더없이 행복한 꿈속에 사로잡혀 있어. 내가 당신에게 한 요구는 지극히 이성적이며 정당하다고. 나만큼 끔찍하되 다른 성을 가진 피조물을 요구한다. 충분히 만족스럽진 않겠지만 그게 내가 받을 수 있는 전부고 그걸로 만족하겠다. 사실 우리는 괴물들이니 세상 모든 것과 단절될 거야. 하지만 그 때문에 우리는 서로에게 좀 더 애착을 갖게 되겠지. 우리 삶은 행복하지 않겠지만, 손해도 입지 않을 것이고 지금 내가 느끼는 불행으로부터 자유롭겠지. 오! 나의 창조자여! 나를 행복하게 해다오. 단 하나의 은혜로 내가 당신에게 감사한 마음을 느끼게 해다오. 내가 현재 존재하는 사람에게 연민을 느끼는 모습을 볼 수 있게 해줘라. 내 요청을 거부하지 마라!"

마음이 흔들렸다. 내가 동의할 경우 발생할 수 있는 결과에 대해 생각하니 몸서리가 쳐졌다. 하지만 놈의 주장이 어느 정도 타당하다는 생각이 들었다. 그가 지금 들려줬던 이야기와 생각들은 그가 섬세한 감각들을 지닌 존재임을 입증했다. 그리고 나는 그를 만든 사람으로서, 내가 할 수 있는 한에서 부여할 수 있는 모든 행복을 그에게 빚지고 있는 건 아닐까? 그는 내 감정에 변화가 생겼다는 것을 알아채고는 계속 말을 이어갔다.

"당신이 동의한다면, 당신이든 다른 어떤 인간이든 우리를 영영 보지 못할 거다. 남아메리카의 광대한 대자연으로 갈 테니까. 내 음식은 인간의 음식이 아니고 식욕을 채운다고 양과 새끼염소를 죽이지도 않지. 도토리와 열매로 충분한 영양을 공급받을 수 있어. 내 반려자는 나와 같은 특성을 가지게 될 테니 같은 음식에 만족하겠지. 우리는 마른 잎으로 침대를 만들 거야. 태양은 인간에게처럼 우리에게 비출 것이고 우리 음식을 익혀줄 거야. 내가 당신에게 제시한 모습은 평화롭고 인간적이라서, 그것을 거부한다는 것은 그저 무자비하게 힘을 행사하는 잔인한 처사임을 깨달아야 한다. 당신은 내게 냉혹했지만 이제 나는 당신눈에서 연민을 본다. 내가 절호의 기회를 잡아 당신을 설득하니 내가 그토록 간절하게 원하는 것을 약속해다오."

"너는 인간들의 거주지에서 달아나, 벌판에 사는 짐승들이너의 유일한 동반자가 되는 야생 속에서 살 거라고 제안했지." 나는 대답했다. "인간의 사랑과 공감을 열망하는 네놈이 어떻게 그런 추방을 견뎌낼 수 있겠는가? 네놈은 다시 돌아와, 인간들에게 친절함을 구하게 될 거야. 그리고 네놈은 그들의 혐오를 맞닥뜨리게 되겠지. 네 사악한 정념은 다시 살아날 테고 그때는 파멸의 과업을 도와줄 동지도 있겠지. 이건 안 될 일이야. 그 논의를 멈춰라. 난 동의할 수 없으니까."

"네 마음은 참으로 변덕스럽구나! 조금 전에는 내 설명에 마음이 흔들리더니, 어째서 내 푸념에 다시 냉담해졌단 말이냐? 내가 사는 지구와 나를 만든 당신을 걸고 내 당신에게 맹세하는데, 당신이 선사한 반려자와 함께 인간이 사는 지역을 떠나 될 수 있는 대로 자연 그대로인 곳에서 살겠다. 나의 사악한 정념도 사라질 거야. 연민을 경험할 테니 말이야. 내 인생은 조용히 흘러갈 테고 죽는 순간 내 창조자를 저주하지도 않을 거야."

그의 말에 나는 이상한 느낌을 받았다. 그에게 연민의 정이 느껴졌고 가끔 그를 위로하고 싶은 마음이 들었다. 하지만 그를 바라볼 때, 움직이고 말하는 그 불쾌한 덩어리를 볼 때면, 속이 메스꺼웠고 내 감정도 공포와 증오로 바뀌었다. 나는 이런 감정들을 억누르려고 노력했다. 내가 그에게 동정심을 느낄 수 없다고 해서, 아직 약간의 행복을 부여할 힘이 나에게 있는데 그걸 그에게 주지 않고 보류할 권리는 없다는 생각이 들었다.

"해를 끼치지 않으리라 맹세한단 말이지." 나는 말했다. "하지만 네놈은 이미 악의를 보여주며 너를 믿지 못하게 하지 않았는가? 심지어 이 제안도 복수할 기회를 더 넓혀 더 큰 승리를 쟁취하려는 속임수일지도 모르지 않는가?"

"어째서 이러지? 당신의 동정심을 뒤흔들었다고 생각했는데, 여전히 당신은 내 마음을 누그러뜨릴 수 있고 내가 해 없는 존재가 될 수 있는, 유일한 은혜를 베풀려고 하지 않는군. 나에게 어떤 연고도 어떤 애정도 없다면, 증오와 악의만이 내 몫이겠지. 타인에 대한 사랑은 내 죄의 원인을 없애버릴 것이니 아무도 모르는 그런 존재가 될 것이다. 내 죄악은 내가 혐오하는 강요된 고독의 자식이고, 내 미덕은 내가 비슷한 존재와 소통하며 살아갈 때 반드시 생겨날 것이다. 예민한 존재의 애정을 느낄 것이고 지금 내가 제외된 곳의 존재와 사건들의 사슬에 연결되겠지."

나는 놈이 말한 모든 것과 그의 다양한 주장들에 대해 생각하느라 잠시 말을 멈췄다. 그의 탄생 초기에 보여준 미덕의 징후와 그 후 그의 보호자들이 그에게 보여줬던 혐오와 멸시 때문에 친절한 감정들이 모조리 시들어버린 것에 대해 생각했다. 놈의 위력과 위협도 빼놓지 않고 계산에 넣었다. 빙하의 얼음 동굴에서도 생존할 수 있고 접근하기 어려운 절벽 능선을 따라 추적을 피할 수 있는 피조물이라면, 대항해봤자 아무 소용없는 능력을 소유한 존재였다. 생각하느라 오랫동안 잠자코 있던, 나는 그의 요청을 받아들이는 것이야말로 그와 인간 모두가 마땅히 받아야 할 정의가 요구하는 것이라고 결론을 내렸다. 따라서 나는 그를 돌아보며 말했다.

"네놈의 추방에 동행할 여자를 내 손으로 데려오자마자 유럽에서 영원히, 그리고 인간이 사는 다른 모든 곳에서도 떠나겠다고 엄숙하게 맹세한다면, 나는 너의 요구를 들어주겠다."

"태양과 천국의 푸른 하늘을 걸고 맹세컨대, 당신이 내 소원을 들어준다면 그것들이 존재하는 한 당신은 나를 영원히 보지 못할 것이다." 그는 소리쳤다. "집으로 출발해서 너의 과업을 시작해라. 나는 말도 못할 정도로 불안해하며 그 행보를 지켜볼 것이다. 단, 당신이 준비됐을 때 나타날 테니까 두려워하지는 마라."

이렇게 말한 그는 아마도 내 마음이 변하기라도 할까 봐 두려웠는지 갑자기 내 곁을 떠나버렸다. 날아다니는 독수리보다 훨씬 빠른 속도로 산에서 내려가더니, 굽이치는 얼음 바다 사이로 순식간에 사라졌다.

그의 이야기를 듣는데 꼬박 하루가 걸렸다. 그가 떠났을 때 해는 수평선 가장자리에 걸려 있었다. 이내 어둠이 깔렸기 때문에 서둘러 골짜기 쪽으로 내려가야 한다는 걸 알았지만, 마음이 무거웠고 발걸음도 느렸다. 나는 그 날 일어난 일 때문에 생긴 감정에 푹 빠져 있던 터라, 구불구불한 산속 좁은 오솔길을 한 발 한 발 꾹꾹 눌러 밟으며 걸어가는 일이 몹시도 힘겨웠다. 밤이 한참 깊어져서야 중간 휴식처에 도달했고 샘 옆에 앉았다. 구름이 별들을 지나쳐갈 때면 간간이 별들이 빛났다. 우거진 소나무들이 내 앞에 우뚝 솟아 있었고 여기저기 부러진 나무들이 바닥에 나뒹굴고 있었다. 경이롭고 엄숙한 광경이었고, 내 안에서 이상한 생각을 불러일으켰다. 나는 눈물을 왈칵 쏟았고 고통스럽게 손을 움켜쥐고 소리쳤다. "오! 별이여, 구름이여, 바람이여. 너희는 전부 나를 조롱하겠구나. 너희가 진정으로 나를 불쌍히 여긴다면, 감각과 기억을 눌러 부셔다오. 내가 무(無)가 되게 해다오. 그렇게 하지 못한다면 떠나라, 떠나버려라. 그리고 나를 어둠 속에 내버려둬라."

이것은 터무니없이 딱한 생각이었다. 하지만 별들의 한없는 반짝거림이 나를 얼마나 짓누르고 있는지, 바람이 불 때마다 마치 그것이 나를 소멸시키려고 오는 음울하면서도 험악한 시로

코 열풍[29]이라도 되는 양 그것에 얼마나 귀를 기울였는지 어찌 당신에게 표현할 수가 있겠는가!

나는 날이 밝은 후 샤모니 마을에 도착했다. 하지만 너무나 초췌해진 이상한 내 모습을 보고, 내가 돌아오기만을 바라며 밤새 기다렸던 가족들은 거의 마음을 놓지 못했다.

다음 날 우리는 제네바로 돌아왔다. 아버지가 이곳에 오자고 한 의도는, 내 기분을 전환해주고 사라진 내 마음의 평온을 되찾아주고자 함이었다. 하지만 그 치료법은 치명적이었다. 내가 겪은 것으로 보이는 과도한 불행을 이해할 수 없었던 아버지는, 고향에서 조용하고 단조롭게 일상생활을 하다 보면 고통의 원인이 무엇이든 점차 그것으로부터 내 고통이 줄어들 것이라 기대하면서 서둘러 집으로 돌아온 것이다.

내 경우, 가족들이 뭘 계획하든 별 반응을 보이지 않았고 사랑하는 엘리자베스의 진심 어린 애정도 깊은 절망으로부터 나를 끌어올리기에는 역부족이었다. 악마에게 했던 그 약속은 마치 단테의 《신곡》에서 지옥의 위선자들이 머리에 쓰고 있는 금속 고깔처럼 내 마음을 짓눌렀다.

땅과 하늘의 모든 기쁨은 꿈처럼 내 앞을 스쳐 지나갔고 내게는 그 생각만이 삶의 현실이었다. 내가 종종 일종의 광기에 사로잡힌다거나, 혹은 수많은 불결한 동물들이 네게 끝없는 고문을 가하며, 비명과 절절한 신음을 억지로 토하게 하는 모습이

---

29 아프리카에서 유럽 남부로 불어오는 뜨거운 바람.

내 주변에서 계속 보인다면 당신은 이상하게 여길까?

　하지만 차츰 이런 느낌들은 잦아들었다. 흥미를 붙인 것은 아니지만, 최소한 어느 정도 차분하게 일상생활로 다시 돌아갔다.

제2권 끝

제3권

1장

제네바로 돌아온 후 하루하루, 한주 한주가 흘러갔지만 내 일을 다시 시작할 용기가 나지 않았다. 나는 실망한 악마의 복수가 두려우면서도 내게 명한 그 과업에 대한 반감을 극복할 수 없었다. 다시 수개월 동안 방대한 연구와 힘든 논문에 매달리지 않고는 여자를 만들 수 없다는 걸 깨달았다. 어느 영국 철학자의 몇 가지 발견물에 대해 들은 적이 있는데, 그것에 대한 지식은 내 성공에 꼭 필요했다. 그래서 가끔 이 목적으로 영국을 방문하는 것에 대해 아버지의 허락을 구해볼까 하는 생각도 했지만, 그것을 뒤로 미룰 온갖 핑곗거리에 매달리며 다시 찾은 평온을 깨뜨리고 싶지 않았다. 여태까지 안 좋았던 건강 상태도 이제 많이 회복되었고, 저주스런 약속의 기억으로 인해 억눌려 있던 기분도 한결 좋아졌다. 아버지는 이런 변화를 흐뭇하게 바라보셨고 이제 내 우울증의 남은 찌꺼기를 없애버리는 제일 나은 방법 쪽으로 머리를 굴렸다. 때때로 그 우울증은 발작적으로, 강렬한 어둠이 다가오는 햇살을 뒤덮듯 다시 찾아왔다. 그때마다 나는 가장 완벽한 고독 속으로 피신했다. 온종일 호수에서 홀로 작은 배를 타고 구름을 보거나 잔물결 소리에 귀 기울이며 조용하고 무기력하게 보냈다. 하지만 신선한 공기와 눈이 부신 태양은 어느 정도 마음의 평정을 되찾게 해주었다. 집에 돌아오면 좀 더 기꺼운 마음으로 미소를 짓고 좀 더 쾌활하게 가족들과 인사를 나눴다.

이런 산책을 하고 돌아온 어느 날, 아버지가 나를 따로 불러 이렇게 말씀하셨다.

"사랑하는 아들아. 네가 예전의 즐거움을 되찾은 것을 보니, 원래 네 모습으로 돌아온 것 같아 기쁘단다. 하지만 너는 여전히 힘들어하고 우리와 어울리는 걸 피하는구나. 한동안 그 원인을 골똘히 생각해봤는데, 어제서야 어떤 생각이 뇌리를 스치고 지나가더구나. 혹시 맞는다면, 그렇다고 인정해주길 바란다. 이런 걸 감추는 건 쓸데없는 짓일 뿐만 아니라 우리 모두를 세 배나 더 고통스럽게 할 테니까."

이 서론만 듣고도 심하게 몸이 떨렸다. 아버지의 말은 계속 이어졌다. "아들아. 내 고백하는데, 네 사촌과 너의 결혼은 우리 가정의 평온을 위한 연결고리이며 저물어가는 내 인생의 버팀줄이라고 늘 생각해왔단다. 너희는 아주 어렸을 때부터 서로에게 애착을 가졌지. 함께 공부했고, 기질과 취향도 서로 완전히 잘 맞는 것처럼 보였단다. 하지만 인간의 경험이 눈을 멀게 하는 법이라, 내 계획을 도와줄 최고의 방법들이라고 생각했던 것이 되레 그것을 완전히 망칠 수도 있지. 어쩌면 너는 그 아이가 아내가 되기를 바라지 않고 동생으로 여길지 모르겠다. 아니, 사랑하는 다른 사람을 만났을 수도 있겠구나. 그러면서도 도의상 사촌에 대한 책임이 있다는 생각에 이렇게 고민하다가, 극심한 고통을 느끼게 된 건 아닌지 모르겠구나."

"사랑하는 아버지, 안심하세요. 저는 사촌을 진심으로 간절히 사랑합니다. 엘리자베스처럼 제게 진심에서 우러나오는 연모와 애정을 불러일으킨 여자는 한 명도 없었어요. 내 미래의 희망과 목표는 모두 우리 결혼에 대한 기대와 떼려야 뗄 수 없어요."

"사랑하는 빅토르, 이 문제에 대한 너의 속마음을 들으니 그 어느 때보다 기쁘구나. 네가 그렇게 생각한다면, 지금 우리가 겪는 일들이 아무리 우리에게 어둠을 드리운다 해도 우린 분명 행복해질 게다. 하지만 내가 없애버리고 싶은 것은 네 마음을 아주 강하게 잡고 있는 듯한 그 어둠이란다. 그러니 당장 결혼식을 올리는 것에 반대하는지 아닌지 말해주렴. 우리는 불행한 일을 겪었고 최근 일들 때문에 내 나이와 질병에 걸맞은 일상적인 평온함을 누리지 못하고 있단다. 너는 젊지만 상당한 재산을 가지고 있기 때문에, 일찍 결혼한다 해도 네가 구상하는 명예롭고 실용적인 미래의 계획들에 전혀 방해되지 않을 거로 생각한다. 하지만 내가 너에게 행복을 강요한다거나 네가 시간을 끌면 내 맘이 상당히 불편할 거라는 생각은 하지 마라. 내 말을 있는 그대로 들어주고 확실하고 솔직하게 답해주길 바란다."

나는 잠자코 아버지의 말씀을 들었고 한동안 아무 대답도 할 수 없었다. 머릿속에서 오만가지 생각들이 재빠르게 오갔고 어떤 결론을 내고자 애를 썼다. 아! 하지만 내 사촌과 즉시 결혼해야 한다는 생각은 내게 공포이자 절망이었다. 아직 완수하지도 못했고, 그렇다고 감히 파기해버릴 수도 없는 엄숙한 약속에 묶여 있었기 때문이다. 혹시 내가 그 약속을 파기한다면, 나와 소중한 내 가족들에게 아주 많은 불행이 드리워지지 않을까! 내가 이 무시무시한 추를 목에 두르고 땅에 머리를 숙인 채 축제에 들어갈 수 있을까. 평온을 약속하는 결혼의 환희를 누리기 전에, 우선 내 약속을 지키고 그 괴물이 자기 반려자와 떠나게 해야 한다.

또한 내가 반드시 수행해야 할 일이 생각났는데, 영국으로 떠나든지 아니면 그 나라의 철학자들과 장문의 서신 교환을 하든지 해야 했다. 그 철학자들은 내가 지금 착수해야 할 일에 없어서는 안 될 지식과 성과물을 가지고 있었다. 후자의 방법을 통해 원하는 지식을 얻는 것은 시간도 지체되고 만족스럽지 못했다. 게다가 나는 어떤 변화라도 기꺼이 받아들일 용의가 있었고, 장소도 바꿔가며 다양한 일을 하면서 1~2년간 가족 없이 보낸다고 생각하니 기분도 좋았다. 그 기간 내 마음을 다시 평화롭고 행복하게 회복시켜 줄 어떤 일이 일어날지도 모른다. 약속을 완수하면 괴물은 떠날 것이다. 아니면 다른 사건이 일어나 놈을 파멸시키고 나의 이 노예 생활에 영원히 종지부를 찍을지도 모른다.

이런 생각이 들자, 아버지에게 할 말이 확실해졌다. 나는 영국을 방문하고 싶다고 말했다. 하지만 이 요청에 대한 진짜 이유는 숨긴 채, 고향 성벽 안에서 평생을 머물 테니 그러기 전에 세상을 돌아다니며 구경하고 싶다는 핑계로 내 욕망을 덮었다.

내가 간절한 마음으로 간청하자, 아버지는 순순히 허락해주셨다. 이토록 너그럽고 덜 독재적인 부모는 이 세상에 없었으니까. 우리는 바로 계획을 세웠다. 나는 스트라스부르로 떠나, 그곳에서 클레르발과 만날 것이다. 네덜란드 도시에서 잠깐 시간을 보낸 후, 주로 영국에서 머물 예정이었다. 그런 다음 프랑스로 돌아와야 하는데 그 여행에 2년의 세월이 걸릴 거라는 데에 합의했다.

아버지는 내가 제네바로 돌아오자마자 바로 나와 엘리자베스의 결혼식이 치러질 거라는 생각에 즐거워하시며 말했다. "이 2년은 순식간에 지나갈 테고 너의 행복을 가로막는 지연도 이번이 마지막이 될 거다. 이제 우리가 모두 화목해지고 가정의 평화를 방해하는 그 어떤 기대나 공포도 없는 그런 날이 오기를 간절히 바란다."

"저도 아버지 계획에 만족해요." 나는 대답했다. "그때쯤이면, 우리 둘 다 더 현명해질 테고 지금보다 훨씬 더 행복해지겠죠." 나는 한숨을 쉬었다. 하지만 다행히도 아버지는 내가 낙담한 원인에 대해 더는 질문을 하지 않으셨다. 새로운 장소와 여행의 즐거움을 통해 내가 평정심을 되찾아 주기만을 바라셨다.

나는 이제 여행에 대한 계획을 짰다. 하지만 한 가지 감정이 나에게 자주 출몰하여, 나를 공포와 불안감에 휩싸이게 했다. 내가 없는 동안, 내 가족들은 적의 존재에 대해 아무것도 모른 채 내가 떠난 것에 화가 난 괴물의 공격에 무방비 상태로 남게 된다. 하지만 놈은 내가 어디를 가든 나를 따라오겠다고 약속했으니 나와 함께 영국으로 가지 않을까? 이런 상상 자체가 끔찍하긴 하지만 내 가족의 안전을 전제로 하므로 마음이 놓였다. 이 반대 상황이 일어날 가능성에 대해 생각하니, 괴로웠다. 하지만 내가 내 창조물의 노예인 그 기간 내내 나는 순간적 충동에 지배당했다. 그리고 당시 느낌으로는 그 괴물이 나를 따라오니, 우리 가족은 그가 꾸민 교묘한 술책의 위험에서 벗어날 거라는 확실한 예감이 있었다.

2년 동안의 유랑 생활을 하기 위해, 내가 출발한 시기는 8월 말이었다. 엘리자베스는 내가 떠나는 이유에 대해 이해했지만, 경험을 확장하고 이해력을 함양할 그런 기회를 자신이 갖지 못한 것은 아쉬워했다. 그녀는 눈물을 흘렸고, 내게 작별 인사를 하며, 행복하고 편안해져서 돌아오라고 부탁하면서 이렇게 말했다. "우리 모두 당신을 의지하고 있어요. 그러니 당신이 불행하면 우리 심정이 어떻겠어요?" 나는 타고 갈 마차에 몸을 싣고 어디로 가는지도 거의 모른 채 주변에 무엇이 지나가는지도 관심 없었다. 오직 화학 도구들을 가져가도록 챙겨놓으라고 지시하는 것만 생각했는데, 그 생각을 하니 쓰라린 고통이 밀려왔다. 나는 외국에 있는 동안 약속을 완수하여, 가능하면 자유로운 몸으로 돌아오겠노라 다짐했다. 끔찍한 상상에 빠져 있다 보니, 아름답고 장엄한 광경들이 숱하게 지나가도 내 눈은 한 곳에 고정되어 아무것도 보지 못했다. 내 생각은 오로지 여행 목적지와 여행이 지속하는 동안 내가 해야 할 일에 대한 것뿐이었다.

나는 수 마일을 여행하는 며칠 동안을 맥없이 나태하게 보낸 후 스트라스부르에 도착했고 거기서 이틀 동안 클레르발을 기다렸다. 그가 도착했다. 아! 우리는 서로 너무나 달랐다! 그는 모든 새로운 풍경에 활기가 넘쳤다. 지는 해의 아름다움을 보더니 무척 즐거워했고 해가 떠오르고 새날이 시작되는 것을 볼 때는 더 행복해했다. 그는 다채로운 색상의 풍경과 하늘의 모습을 가리켰다. "살아있다는 건 바로 이런 거야." 그는 소리쳤다. "이제 나는 살아 있음을 즐길 거라네! 그런데 프랑켄슈타인, 자네는 어째서 절망하고 슬퍼하는 건가?" 사실 나는 우울한 생각에 빠져 있어서, 저녁별이 지는 것도 금빛 아침노을이 라인 강을 비추는 것도 보지 못했다. 그대, 친구여! 내 생각들을 듣는 것보다 감동과 환희의 눈으로 풍경들을 관찰한 클레르발의 일지를 읽는 것이 훨씬 더 즐거울 것이다. 비참하고 가련한 나는 즐거움으로 가는 모든 길을 막는 저주에 사로잡혀 있었다.

우리는 보트를 타고, 스트라스부르에서 런던행 배를 탈 수 있는 로테르담까지 라인 강을 따라 내려가기로 합의했다. 이 항해 중에 우리는 버드나무가 무성한 섬들을 지나쳤고 여러 아름다운 마을도 보았다. 그런 다음 만하임에서 하루를 머물렀고 스트라스부르를 떠난 지 닷새 만에 마인츠에 도착했다. 마인츠 아래를 흐르는 라인 강의 모습은 그림처럼 아름다웠다. 그다지 높진 않지만 가파르고 아름다운 형태의 언덕들 사이로 강물이 굽이치며 빠르게 흘러내려 갔다. 폐허가 된 많은 성들이 벼랑 끝에 서 있었지만, 높고 캄캄한 숲으로 둘러싸여 접근하기도 어려웠다. 라인 강의 이쪽에는 정말 특이하게 다양한 풍경들이 펼쳐진다. 어떤 지점에서는 거대한 낭떠러지 아래로 바위투성이의 언덕에 폐허가 된 성들이 보이고 그 아래로 검푸른 라인 강이 물살을 가른다. 그러다가 갑자기 갑(岬) 하나를 돌면 무성한 포도밭, 경사진 푸른 제방과 굽이쳐 흐르는 강, 사람들로 북적이는 마을 풍경이 펼쳐진다.

우리가 여행한 그 시기는 포도 수확기였고, 강을 따라 미끄러지듯 내려가니 일꾼들의 노랫소리가 들렸다. 심지어 나도, 의기소침하고 침울한 기분에 계속해서 마음이 불안했던 나조차도 즐거워졌다. 보트 바닥에 누워 구름 한 점 없는 파란 하늘을 바라보니, 오랫동안 모르고 지냈던 평온함에 취하는 것 같았다. 내 심정이 이 정도라면, 앙리의 기분을 그 누가 표현할 수 있겠는가? 그는 마치 요정 나라에 온 것처럼 느꼈고 인간이라면 좀처럼 맛볼 수 없는 행복감을 누렸다. 그는 이렇게 말했다. "우리 나라에서도 정말 아름다운 풍경들을 많이 보았지. 루체른과 우리(Uri)에 있는 호수들을 방문했는데, 그곳에는 눈 덮인 산들이 거의 직각으로 호수에 닿아 있고, 칠흑 같은 어둠을 짙게 드리웠어. 만약 화사한 풍광으로 내 눈을 안도하게 해주는 아주 푸릇푸릇한 섬들이 없었다면 그건 우울하고 음침한 모습이었을 거야. 폭풍에 그 호수가 일렁이는 모습도 보았지. 당시 바람이 강물을 괴롭히며 소용돌이를 일으켰는데, 광대한 바다에서나 생길 법한 물기둥 같았고, 파도가 산의 아랫부분에 거세게 부딪치더군. 그 산에서 눈사태가 일어나 사제와 그의 애첩을 덮쳐, 밤바람이 멈출 때면 여전히 그들의 죽어가는 목소리가 들린다고 해. 나는 라 발레 산과 페이 드 보를 보았다네. 하지만 빅토르, 이 나라는 그런 경이로움 그 이상의 즐거움을 내게 주는군. 스위스의 산들 은 이곳보다 더 웅장하고 색다르지만, 이 신성한 강둑에는 이전 에 한 번도 본 적 없는 매력이 있어. 저기 절벽에 툭 튀어나온 저 성을 좀 보게나. 섬에 있는 저 성도 보게나. 아름다운 나무 잎사 귀 사이에 가려 거의 보이지 않는군. 이제 일꾼들이 포도밭에서 나오고 마을은 산의 후미진 곳에 반쯤 가려져 있군. 오! 확실히 이곳에 살면서 이곳을 지키는 정령이, 빙하를 쌓거나 우리 조국 의 접근하기 어려운 산꼭대기에 숨어 사는 정령들보다 좀 더 인 간과 조화를 이루는 근원을 가지고 있는 것 같아."

클레르발! 사랑하는 친구여! 바로 지금 이 순간에도 자네의 말들을 기록하고 자네가 마땅히 받아야 할 찬사를 깊이 생각하 는 것이 즐겁구나. 그는 '자연이라는 바로 그 시'[30]로 이뤄진 존 재였다. 그의 엉뚱하면서도 열정적인 상상력은 그의 가슴의 감 성에 의해 세련돼졌다. 그의 영혼은 열렬한 애정으로 흘러넘쳤 고 그가 보여준 우정은 헌신적이고 경이로운 본성으로, 세속에 찌든 사람들은 그것을 상상 속에서만 찾으라고 가르친다. 하지 만 인간적인 공감으로는 그의 간절한 마음을 채우기에 역부족 이었다. 다른 사람들은 그저 감탄만 하며 보는 외적인 자연 풍

---

30 '레이 헌트(Leigh Hunt)의 "리미니(Rimini)"에서 인용. 〈The Story of Rimini(1816)〉에 등장하는 파올로와 프란체스카의 사랑 이야기에 대한 시에 서 인용.

경을 그는 열렬히 사랑했다.

널리 울려 퍼지는 폭포는

열정처럼 '그를' 사로잡았다.

높은 바위, 산 그리고 깊고 음울한 숲,

그것들의 색깔과 형태는

당시 그에게 욕망이었다. 감정이자 사랑이었다.

제공된 생각에 의해서,

혹은 눈에서 빌리지 않은 흥미에 의해서,

그것에는 더 아득한 매력이 필요 없었다.[31]

　　그런데 그는 지금 어디에 존재하는가? 이 친절하고 사랑스러운 존재는 영원히 사라졌는가? 그의 마음속은 (창조자의 삶에 따라 그 존재가 달라지는) 세상을 만드는 기발하고 멋진 생각들, 상상력으로 가득 차 있었는데, 그 마음은 사라졌는가? 지금 그것은 내 기억 속에만 존재한단 말인가? 아니다. 그렇지 않다. 아주 성스럽게 만들어지고 아름다움으로 찬연히 빛나는 자네의 육신은 부패했지만, 정신만큼은 여전히 자네의 불행한 친구를 방문하고 위로하는군.

　　이렇게 갑자기 슬퍼해서 미안하다. 이 쓸데없는 말들은 앙리의 비할 데 없는 가치에 대해 보잘것없는 찬사일 뿐이지만 그

---

31 시인 워즈워스의 〈틴턴 사원 몇 마일 위에서 지은 시〉에서 인용.

가 생각날 때면 괴로움에 휩싸인 내 마음을 달래준다. 이야기를 계속하겠다.

쾰른을 지나 우리는 네덜란드의 평원을 향해 내려가다가, 남은 여정은 역마를 타고 가기로 했다. 바람이 반대쪽에서 부는 데다 강물이 너무 잔잔해서 우리에게 도움이 되지 않았기 때문이다.

이때부터 우리 여행에서는 아름다운 풍경을 통한 감흥을 느낄 수 없었다. 그러나 며칠 뒤 우리는 로테르담에 도착했고 그곳에서 바다를 통해 영국으로 향했다. 난생처음 영국의 흰 절벽들을 본 것은 12월 말 어느 화창한 아침이었다. 템스 강 기슭에 새로운 풍경이 펼쳐졌다. 그곳은 평평하면서도 기름졌고, 거의 모든 마을에선 사연 있는 유적들이 눈에 띄었다. 우리는 틸버리 요새를 보고 스페인 함대를 떠올렸다. 그레이브젠드, 울리치, 그리니치, 이런 장소는 심지어 우리나라에서도 들어 본 적이 있었다.

드디어 우리는 런던의 수많은 첨탑, 유난히 우뚝 솟아 있는 세인트 폴 성당, 영국 역사에서 유명한 런던탑을 보았다.

2장

런던은 당시 우리가 휴식을 취했던 곳으로, 아름답고 유명한 이 도시에서 몇 달간 머물기로 했다. 클레르발은 그 당시 활약했던 다재다능한 천재들과 교류를 하고 싶어 했다. 하지만 내게 그 것은 부차적인 문제였다. 나는 우선 약속을 완수하는 데 필요한 정보들을 찾는 방법에 몰두했고, 내가 가져온 추천 서한들을 바로 활용하여 아주 저명한 자연 철학자들과 이야기를 나눴다.

만약 연구하며 행복해했던 시절에 이런 여행을 했더라면, 이루 말할 수 없는 즐거움을 느꼈을 것이다. 하지만 어두운 그림자가 내 존재 위에 드리워 있었고, 나는 그저 내가 푹 빠져 있는 문제에 대해 그들이 내게 줄 수 있는 정보를 찾으려고 이 사람들을 찾아다녔을 뿐이었다. 사람들과 어울리는 건 짜증 나는 일이었다. 혼자 있을 때 비로소 천국과 땅의 광경들로 내 마음을 가득 채울 수 있었고, 앙리의 목소리는 내 마음을 달래 주었다. 그렇게 나 자신을 속여 일시적인 평화로 들어갔다. 하지만 바쁘며 흥미 없이 즐거운 얼굴들은 내 마음에 다시 절망감을 불러일으켰다. 나는 나와 친구들 사이에 극복할 수 없는 벽이 놓여 있는 것을 느꼈는데, 이 벽은 윌리엄과 저스틴의 피로 봉인되어 있었고, 이들 이름과 관련된 사건들을 생각하는 것만으로도 내 영혼은 고통에 휩싸였다.

하지만 클레르발에게서 예전 나 자신의 모습을 보았다. 그는 호기심이 많았고 경험이나 가르침을 간절히 얻고 싶어 했다. 그가 관찰한 서로 다른 관습들은 그에게 가르침과 즐거움을 줄 수 있는 무궁무진한 원천이었다. 그는 늘 바빴다. 그의 즐거움을 막는 것이라고는 나의 슬프고 절망에 빠진 표정이 유일했다. 나는 가능한 한 이것을 숨기려고 애를 썼는데, 근심이나 쓰라린 기억들로 마음을 어지럽히지 않고 인생의 새로운 장을 시작하려는 사람들이라면 당연히 느끼는 즐거움을 방해하지 않으려 했다. 혼자 있으려고 다른 약속이 있다는 핑계를 대며 그와 동행하는 걸 거절하기도 했다. 나는 이제 내 새로운 창조물에 필요한 재료를 모으기 시작했는데, 이 일은 마치 머리 위로 물방울을 끊임없이 떨어뜨리는 고문과도 같았다. 그와 관련된 생각은 죄다 지독한 고통이었고, 그것을 넌지시 가리키는 말에도 입술이 바르르 떨리고 심장이 두근거렸다.

런던에서 몇 개월을 보낸 후, 우리는 예전에 제네바에서 우리를 방문했던 스코틀랜드 지인으로부터 편지를 받았다. 그 사람은 자기 나라의 아름다움을 언급하더니, 자기가 머물고 있는 퍼스라는 최북단 지역까지 우리의 여행을 연장하고 싶을 만큼 충분히 매혹적이지 않냐고 우리에게 물었다. 클레르발은 이 초대에 응하고 싶은 마음 간절했다. 물론 어울리는 걸 질색했지만,

나는 산과 강을 비롯하여 자연이 선택한 거주지들을 장식한 경이로운 작품들을 다시 보고 싶었다.

우리는 10월 초 영국에 도착했고 어느덧 2월이었다. 그래서 3월 말쯤 북쪽으로 여행을 가기로 했다. 이 여행에서는 에든버러로 향하는 대로를 따라가지 않고 윈저, 옥스퍼드, 매틀록, 컴벌랜드 호수를 방문한 후 7월 말쯤, 이 여행의 종착지에 도착하는 걸로 정했다. 나는 스코틀랜드의 북쪽 고산지의 잘 알려지지 않은 외딴곳에서 내 일을 마치기로 한 후, 화학 도구들과 그동안 내가 모은 재료들을 챙겼다.

우리는 3월 27일에 런던을 떠났고 며칠 간 윈저에 머물면서 아름다운 숲 속을 돌아다녔다. 이곳은 우리 같은 산지 사람에게는 낯선 풍경이었다. 거대한 참나무와 많은 사냥감, 위풍당당한 사슴 무리 등 신기한 것투성이였다.

우리는 거기에서 옥스퍼드로 향했다. 이 도시에 도착했을 때, 우리 머릿속은 150년도 훨씬 전에 이곳에서 처리된 사건의 기억들로 가득 찼다. 찰스 1세가 자신의 군사를 모았던 곳이 바로 여기였다. 나라 전체가 그의 대의명분을 저버리고 의회와 자유의 기치 아래 모인 후에도, 이 도시는 그에게 충성을 다했다. 그 불운한 왕과 동료들, 상냥한 포클런드,[32] 무례한 가워

---

32 Lucius Cary, 2nd Viscount of Falkland(1610?~43): 작가, 조신, 정치인이자 영국 내란에서 충돌을 피하고자 했던 참전자였다. 그는 계획적으로 적의 포격 속으로 뛰어들었고 1643년 9월 20일 뉴베리 전투에서 사망했다.

(Gower),[33] 그의 왕비와 왕자에 대한 기억 덕분에 그들이 살았을지도 모를 이 도시 곳곳에 남다른 관심이 생겼다. 과거의 정신이 이곳에 거처를 마련했고 우리는 즐겁게 그들의 발자취를 추적했다. 설령 이런 감정들이 상상의 만족감을 불러일으키진 않더라도, 이 도시의 모습은 그 자체로 우리의 찬탄을 자아낼 만큼 아주 아름다웠다. 대학들은 그림처럼 고풍스러웠고, 거리도 대부분 멋있었다. 매혹적인 아이시스 강은 더없이 아름다운 신록의 초원을 지나 그 옆으로 유유히 흘러 펼쳐지면서 넓디넓고 잔잔한 수면이 되었다. 고목들에 둘러싸여 있는 수많은 웅장한 탑들과 첨탑, 돔들이 이 강물에 비쳤다.

나는 이 풍경을 즐기긴 했지만, 과거의 기억과 미래에 대한 예감 때문에 즐거움마저 마음을 아프게 했다. 나는 평온한 행복을 추구하는 사람이었다. 어린 시절, 내 마음속에 불만이란 놈이 찾아온 적은 단 한 번도 없었다. 설령 권태로움이 덮쳤다 해도, 자연의 아름다운 모습을 보고, 인간이 만든 산물들의 훌륭하고 숭고한 점들을 연구하면서 늘 즐거웠고 내 정신이 회복되는 느낌을 받았다. 하지만 나는 벼락 맞은 나무였고 번개가 내 영혼에 박혔다. 당시 나는 조만간 사라지게 될 그것, 남들이 보기에도 한심하고 내가 봐도 혐오스럽기 짝이 없는 추악한 인간의 비참한 몰골을 보여주기 위해 살아야 한다고 생각했다.

---

33 고링(Goring)을 잘못 적은 것으로, 1831년에 수정되었다. 조지 고링(고링 남작 1608~57)은 또 다른 왕당파였지만 소문에 의하면 포클런드에 반대되는, 다시 말해 야심 많고 방탕하며 기만적이고 지조가 없는 사람이었다.

우리는 주변을 한가로이 돌아다니면서 그리고 영국 역사상 가장 고무적인 시기와 관련된 지점을 빠짐없이 찾아보려고 애쓰면서, 옥스퍼드에서 많은 시간을 보냈다. 발견을 위한 우리의 짧은 여행은 연달아 나타나는 관심대상들 때문에 지체되는 일이 다반사였다. 걸출한 햄프던의 무덤과 그 애국자가 전사한 전장[34]을 방문했다. 한동안 내 영혼은 천하고 비참한 두려움에서 끌어 올려져, 자유와 자기희생이라는 신성한 이념들에 대해 생각했다. 이 광경들은 그런 것에 대한 기념비이며 유물이었다. 일순간 나는 감히 나를 옭아매고 있는 쇠사슬에서 벗어나 자유롭고 고귀한 정신으로 주위를 둘러보았다. 하지만 쇠사슬은 내 살을 파고든 상태였고 나는 다시 부르르 몸을 떨며 절망적으로 내 비참한 자아 속으로 가라앉았다.

우리는 아쉬워하며 옥스퍼드를 떠나, 다음 휴식처인 매틀록으로 향했다. 이 마을 인근 지역은 스위스 풍경과 매우 흡사했다. 하지만 모든 면에서 규모가 좀 더 작았고, 푸른 언덕들에는 언제나 내 조국의 소나무 숲을 보살피는, 저 멀리 눈 덮인 알프스의 영광이 빠져 있었다. 우리는 불가사의한 동굴과 작은 자연사 전시실을 방문했는데, 그곳의 진기한 물건들은 세르보와 샤모니에서 열린 전시회에서와 같은 방식으로 진열되어 있었다. 앙리가 후자의 이름을 발음했을 때 나는 전율을 느꼈고 그 끔찍

---

34 정치인이자 의회파 총수인 존 햄프던(Hampden)(1594~1643)은 옥스퍼드에서 동쪽으로 12마일 떨어진 버킹엄셔의 칼그로브 필드(Calgrove Field)에서 사망했다.

한 광경이 연상되는 매틀록을 서둘러 떠났다.

더비에서 북쪽으로 계속 여행하던 우리는 컴벌랜드와 웨스트모어랜드에서 두 달을 보냈다. 이제 거의 스위스 산속에 있다는 생각이 들 정도였다. 산 북쪽 지역에 여전히 군데군데 남아 있는 눈과 호수들, 기세 좋게 흐르는 바위투성이의 시내들은 하나같이 내게 익숙하고 소중한 풍경이었다. 또한, 이곳에서 몇 사람과 친해졌는데, 덕분에 행복하다는 착각이 들 정도였다. 그에 비례해서 클레르발은 나보다 훨씬 더 즐거워했다. 재능 있는 사람들과 어울리면서 마음이 여유로워졌고, 열등한 사람과 어울리는 동안 자기 본성에 자신이 지니고 있다고 생각한 것보다 훨씬 대단한 능력과 자질이 있다는 것을 깨달았다. "여기서 평생 살아도 살 수 있을 것 같아." 그가 내게 말했다. "이런 산속에서라면 스위스와 라인 강도 아쉽지 않겠는걸."

하지만 여행자의 삶은 즐거움 속에 더 많은 고통을 포함하는 삶이라는 걸 클레르발은 알게 되었다. 그의 감정은 계속해서 긴장 상태에 있었고 휴식 속으로 빠져들려고 하면 뭔가 새로운 것이 주는 즐거움에 억지로 휴식을 그만두곤 했다. 사실 새로운 것이 그의 관심을 다시 끌긴 하지만 결국 다른 새로운 것들 때문에 그것을 포기했다.

컴벌랜드와 웨스트모어랜드의 여러 호수에는 거의 가보지 않았다. 그 지역 주민 몇몇과 정이 들었지만, 그 무렵 스코틀랜드 친구와 한 약속 날짜가 다가왔기 때문에 우리는 그들과 헤어져 여행을 계속 이어갔다. 나로서는 서운할 게 없었다. 나는 한

동안 내 약속을 등한시하고 있었기 때문에 그 악마 같은 놈의 실망감이 가져올 결과에 대해 두려웠다. 그가 스위스에 머물고 있다면 내 가족들에게 복수할지도 모른다. 이런 생각들이 계속 맴돌면서, 안 그랬다면 휴식과 평화를 취할 수 있었을 그 모든 순간, 나를 고문했다. 나는 안절부절못하며 편지를 기다렸다. 만에 하나 지연되기라도 하면 불안해하며 오만가지 두려움에 휩싸였다. 하지만 막상 편지가 도착해서, 봉투에 쓰인 엘리자베스나 아버지의 필체를 봐도, 감히 내 운명을 읽고 확인할 엄두를 내지 못했다. 간혹 그 괴물이 나를 쫓아와서 내 친구를 살해하는 것으로 내 태만을 신속히 처리하지는 않을까 조마조마하기도 했다. 이런 생각들이 나를 사로잡고 있을 때면 한순간도 앙리 곁을 떠나려 하지 않았고 그림자처럼 그를 따라다니며 상상 속 파괴자의 분노로부터 그를 보호했다. 나는 마치 어떤 큰 죄를 저질렀고 그 양심의 가책으로 괴로워하는 사람 같았다. 나에겐 죄가 없다. 그러나 끔찍한 저주가 내 머리 위에 드리워졌고, 범죄의 저주만큼이나 치명적이었다.

나는 눈도 풀리고 기운도 없는 상태로 에든버러를 방문했는데, 그 도시는 비참하기 짝이 없는 존재의 관심을 끌었던 것 같다. 클레르발은 옥스퍼드만큼 그곳을 좋아하진 않았다. 옥스퍼드의 유물들이 그에게 더 많은 즐거움을 줬기 때문이다. 하지만 에든버러라는 새로운 도시의 아름다움과 규칙성, 로맨틱한 성과 그 주변 환경, 세상에서 가장 즐거운 곳, 아서즈 시트(Arthur's seat), 성 버나드의 우물, 펜틀랜드 힐스는 그에게 기분전환이라는 보상을 주었고, 그는 기쁨과 감탄으로 가슴이 벅차올랐다. 하지만 나는 여행이 어서 끝나기만을 바랐다.

우리는 일주일 후 에든버러를 떠나 쿠퍼, 세인트앤드루스를 지나서 테이 강둑을 따라 친구가 기다리는 퍼스로 향했다. 하지만 나는 낯선 사람들과 웃고 떠들거나, 손님이라면 으레 가지게 되는 들뜬 마음으로 그들의 감정이나 계획에 적극적으로 동참할 기분이 아니었다. 그래서 클레르발에게 스코틀랜드 여행은 나 혼자 하고 싶다고 말했다. "맘껏 즐기다가 이곳에서 다시 만나기로 하지. 난 한두 달 정도 있을까 하는데, 내 뜻을 막지 말아주게나. 부탁이야. 잠깐이나마 평화롭고 고독하게 지내도록 내버려두게. 그러면 자네의 기질과 잘 어울리는, 좀 더 가벼운 마음으로 돌아오겠네."

앙리는 나를 단념시키려 했지만 내가 이 계획에 마음이 기운 모습을 보고 충고를 그만두었다. 그는 자주 편지 쓰라고 부탁하면서 이렇게 말했다. "나는 잘 알지도 못하는 이 스코틀랜드 사람들과 함께 있는 것보다 자네와 함께 자네의 외로운 방랑길을 동행하는 편이 훨씬 더 좋다네. 그러니 내 친구여, 내 마음이 다시 편안해질 수 있도록 서둘러 돌아오게. 자네가 없으면 편하지 않으니 말이야."

나는 친구와 헤어진 후 스코틀랜드의 어느 한적한 지역을 찾아 홀로 내 일을 마무리 짓기로 했다. 그리고 괴물이 나를 따라와서 내가 일을 마쳤을 때 나를 직접 찾아와 자기 반려자를 데려갈 거라는 걸 추호도 의심치 않았다.

이렇게 결심하고, 나는 북쪽 고지대를 횡단해서 오크니에서 아주 멀리 떨어진 외딴곳을 내 일을 할 장소로 정했다. 그곳은 거의 하나의 바위나 다름없었기에 그런 일을 하기에 적합한 장소였다. 그쪽 높은 곳은 계속해서 파도에 부딪혔다. 토양은 척박해서 불쌍한 소 몇 마리에게 먹일 목초와 거주민들을 위한 오트밀만 겨우 얻을 수 있을 정도였다. 거주민이라고 해봐야 다섯 명이 전부였고 그들의 앙상하게 마른 팔다리는 먹을 것이 얼마나 부실한지 보여주었다. 채소나 빵, 심지어 먹는 물 같은 사치를 누리려면, 약 5마일이나 떨어진 본토에서 구해 와야 했다.

이 섬 전체에 집이라고는 허름한 오두막 세 채가 전부였는데, 내가 도착했을 때 그중 한 채가 비어있었다. 나는 그곳을 빌렸다. 방 두 개뿐인 그곳은 비참할 정도로 몹시 궁핍하며 불결한 모습을 고스란히 드러냈다. 초가지붕은 내려앉았고 벽에는 회반죽이 발라 있지도 않았고 문의 경첩도 떨어져 있었다. 나는 집수리를 지시했고 가구 몇 가지를 사들인 후 그 집으로 들어갔다. 만약 가난과 징글징글한 빈곤 때문에 오두막 사람들의 감정이 죄다 무뎌지지만 않았다면 분명 놀랄만한 사건이었을 것이다. 그러나 실상은 그렇지 않았기에 내가 준 얼마 안 되는 음식이나 옷에 대해 고맙다는 말도 거의 듣지 못한 채 나는 누구의 눈치도 방해도 받지 않으면서 살 수 있었다. 고통은 인간의 가장 소박한 감정들마저 아주 무디게 만들기 마련이니까.

나는 이런 외딴곳에서 오전 내내 일에 매달리다가, 날씨가 허락하면 저녁에는 내 발 앞으로 요란스레 돌진해오는 파도소리에 귀 기울이며 돌투성이의 바닷가 해변을 거닐었다. 단조로우면서도 끊임없이 변하는 풍경이었다. 스위스가 생각났다. 스위스는 이 황량하고 소름 끼치는 풍경과는 사뭇 달랐다. 언덕은 포도나무로 뒤덮여 있고 평원에는 오두막들이 곳곳에 잔뜩 흩어져 있었다. 아름다운 호수에는 평온한 푸른 하늘이 비치고 아무리 바람이 소란을 피운다 해도 포효하는 망망대해와 비교하면 그 소동은 한낱 생기발랄한 아이의 장난질에 불과했다.

처음 도착했을 때, 나는 이런 식으로 할 일을 나눴지만 일이 진척됨에 따라 하루하루가 점점 끔찍하고 짜증스러워졌다. 이런 내 마음을 어쩌지 못해 며칠 동안 실험실에 들어가지 않을 때도 있었고, 어떤 때는 일을 끝내려고 밤낮으로 열심히 일하기도 했다. 사실 내가 정신없이 진행하고 있는 과정은 추악하기 그지없었다. 첫 번째 실험 때는 일종의 격렬한 광기가 내 작업의 공포에 눈멀게 했다. 내 마음은 오로지 작업의 결과에만 집중하고 있었고 내 눈은 이 과정의 공포에 눈을 감아버렸다. 하지만 이제 나는 냉정하게 그 일을 시작했고 종종 내 손이 하는 일에 마음마저 병들어갔다.

이렇게 혐오스럽기 짝이 없는 작업을 하며, 일하는 현장에서 잠깐이라도 내 주위를 환기할 수 있는 게 하나도 없는 고독 속에 파묻혀 지내다 보니, 마음이 변덕스러워졌다. 점점 불안해지고 신경이 날카로워졌다. 매 순간 내 박해자를 만날까 봐 두려웠다. 간혹 눈이라도 치켜들면, 보는 것만으로도 무시무시한 그 대상과 마주칠까 봐 두려워 땅만 뚫어지라 쳐다보고 앉아 있기도 했다. 혼자 있을 때 놈이 들이닥쳐 자기 반려자를 요구할까 봐 사람들의 시야에서 멀어지는 것도 두려웠다.

그러는 사이, 나는 계속 작업을 진행했고 내 일은 이미 상당히 진척된 상태였다. 나는 떨리는 간절한 희망을 담아 일이 마무리되기를 고대했다. 감히 그 희망에 의심을 품을 수는 없었지만, 왠지 모를 불길한 예감들과 뒤섞이면서 가슴 속 심장을 아프게 했다.

3장

어느 날 오후, 나는 실험실에 앉아 있었다. 해가 지고 바다에서 달이 막 떠오르던 참이었다. 작업하기에는 충분히 밝지 않았기에, 그날 밤에는 작업을 그만둬야 할지 아니면 계속해서 일에 집중하여 서둘러 마무리를 지어야 할지 잠시 고민하면서 빈둥거리고 있었다. 그렇게 앉아 있으니, 일련의 생각들이 꼬리를 물고 이어져 지금 내가 하고 있는 일이 어떤 결과를 초래할지 고민하게 되었다. 3년 전 똑같은 방법으로 작업해 악마를 창조했고, 놈의 비할 데 없는 잔인함에 마음은 황폐해졌고 늘 쓰라린 회한에 잠겼다. 이제 또 다른 존재를 만들려 하니, 마찬가지로 그 존재의 기질에 대해서 잘 몰랐다. 어쩌면 그녀는 자기 반려자보다 수만 배 더 악랄해서 살인과 불행 그 자체를 즐길지도 모른다. 놈은 사람이 사는 지역을 떠나 황야에 숨어 살겠다고 맹세했지만, 그녀는 그러지 않았다. 생각하고 추론하는 동물일 게 뻔한데, 자기가 창조되기 전에 이뤄진 계약을 따르지 않을 거다. 심지어 그들은 서로를 싫어할 수도 있다. 이미 살아있는 그 피조물은 기형적인 제 모습에 혐오감을 느끼는데, 만일 그것이 여자의 모습으로 제 눈앞에 나타나면 더 심한 혐오감을 느끼지 않을까? 그녀 또한 역겨워하며 그에게 등을 돌리고 아주 아름다운 인간에게 눈을 돌릴 수도 있다. 그녀가 놈을 떠나고 놈이 다시 혼자가 되면, 같은 종에게 버림을 받았다는 새로운 자극에 몹시 분개할 수도 있다.

설령 그들이 유럽을 떠나 새로운 세상의 불모지에서 산다 해도, 악마가 목말라했던 연민의 첫 번째 결과 중 하나는 자식일 테고, 그래서 악마의 자손이 지구 위에 전파된다면 인간 종의 생존 자체가 공포로 얼룩진 위태로운 상태에 처할 수도 있었다. 나 자신의 이득을 위해 영원한 세대에게 이런 저주를 내릴 권리가 내게 있을까? 이전에 나는 내가 창조한 존재의 궤변에 마음이 흔들렸고 그의 극악무도한 위협에 분별력을 잃기도 했다. 하지만 이제 처음으로 내 약속의 사악함이 느닷없이 나를 덮쳤다. 미래 세대가 나를 역병이라 저주할 거라는 생각이 드니 몸서리가 쳐졌다. 아마 인간 종 전체를 희생하여 주저 없이 자신의 평화를 사는 이기적인 파렴치한이라고 말이다.

부들부들 몸이 떨렸고 내 안의 심장이 멈춰버렸다. 고개를 드니, 달빛에 비친 악마의 모습이 여닫이창에 보였다. 놈은 입가를 찡그리며 괴기스러운 미소를 지은 채, 그곳에 앉아 자기가 할당한 임무를 완수하고 있는 나를 뚫어지라 응시했다. 그렇다. 놈은 내가 여행할 때 나를 쫓아왔다. 놈은 숲 속을 배회하였고 동굴에 숨어 있었고, 혹은 적막하고 넓은 황야에 피신해 있었다. 이제 내 진척상황을 알아보기 위해서 그리고 약속의 이행을 요구하기 위해서 나타난 것이다.

그를 올려 보자, 그의 표정에는 극도의 악의와 배신감이 드러나 있었다. 나는 놈과 똑같은 다른 생명을 창조하겠다는 약속에 대해 미친 듯이 생각하고는 흥분하여 몸을 부들부들 떨다가, 내가 작업하고 있는 것을 갈가리 찢어버렸다. 자신의 행복이 달린, 장차 탄생할 창조물을 내가 파괴해버리는 것을 본 괴물은 극악한 절망감과 복수심에 큰소리로 울부짖더니 사라져버렸다.

나는 방을 나와 문을 잠그고 작업을 다시 재개하는 일은 없을 거라고 속으로 엄숙하게 맹세했다. 그런 다음 후들거리는 걸음으로 집으로 돌아왔다. 나는 혼자였다. 우울함을 없애주고 구역질이 나는 끔찍한 몽상의 압박감에서 벗어나게 해줄 사람이 내 곁에 아무도 없었다.

몇 시간이 흘렀다. 나는 창문 가까이에 서서 바다를 응시했다. 거의 미동도 없었다. 바람은 잠잠했고 고요한 달님이 지켜보는 가운데 자연 전체가 쉬고 있었기 때문이다. 낚싯배 몇 척만이 바다에 흔적을 남겼고 이따금 낚시꾼들이 서로를 부르면 그 목소리가 살랑거리는 산들바람을 타고 퍼져나갔다. 극심한 정적의 깊이를 의식하지 못한 채 적막을 느끼고 있는 그때, 갑자기 해안가에서 들리는 노 젖는 소리가 내 귀를 사로잡았고 누군가 내 집 가까이에 배를 댔다.

몇 분 후, 마치 누군가 조심스럽게 문을 열려고 애쓰는 것처럼 문이 삐걱거리는 소리가 들렸다. 머리에서 발끝까지 전율이 흘렀다. 누구인지 예감이 왔고 우리 집에서 그리 멀지 않은 오두막에 사는 농부 한 명을 깨우고 싶었다. 하지만 종종 무시무시한 악몽을 꾸다가 임박한 위험에서 벗어나 보겠다며 공연히 발버둥 칠 때마다 느꼈던, 그런 무력감에 휩싸여 그곳에서 꿈쩍도 할 수 없었다.

곧이어 나는 통로를 따라 지나가는 발소리를 들었다. 문이 열렸고 내가 두려워했던 그 괴물이 나타났다. 놈은 문을 닫고 내게 다가오더니 억누르는 듯한 목소리로 이렇게 말했다.

"너는 네가 시작한 일을 엉망으로 망쳐놨어. 왜 그런 거냐? 감히 약속을 깨버리다니! 고통과 비참함을 다 참아냈는데. 너와 함께 스위스를 떠나 라인 강 해안을 따라 버드나무 섬을 거쳐 산 정상까지 기어 올라갔어. 그리고 영국 황야에서, 스코틀랜드 사막에서 수개월을 지냈다고. 헤아릴 수 없는 피로와 추위, 허기를 견뎌냈는데 네가 감히 내 희망을 깨버려?"

"썩 꺼져라! 나는 약속을 지킬 수 없다. 너 같이 똑같이 기형적이고 사악한 또 다른 괴물은 절대 만들지 않을 거다."

"노예야. 전에 이치를 따져가며 너를 설득했건만, 은혜를 베풀만한 가치가 없는 자임을 몸소 보여주는구나. 내게 힘이 있다는 걸 기억해라. 너는 너 자신이 불행하다고 생각하겠지만, 햇빛마저 증오스러울 정도로 너를 비참하게 만들어 주마. 너는 나의 창조자지만 나는 너의 주인이다. 복종해라!"

"나의 나약한 시간이 지나고 너의 힘이 최후를 맞이할 때가 도래했구나. 네가 아무리 협박한다 해도 내가 사악한 행동을 하도록 흔들 수는 없을 거다. 오히려 너에게 사악한 반려자를 만들어주지 않겠다는 결정에 확신을 심어주겠지. 냉정하다 싶겠지만, 죽음과 사악함에서 즐거움을 찾는 악마를 지구 위에 풀어놓을 수 있겠는가? 썩 꺼져라! 나는 흔들리지 않는다. 너의 말은 나를 더 화나게 할 뿐이다."

내 얼굴에서 결연한 의지를 엿본 괴물은 화를 내도 아무 소용없다는 생각에 이를 갈며 이렇게 소리쳤다. "모든 남자가 품에 안을 아내를 구하고 동물들도 제각각 짝이 있는데 나는 왜 혼자란 말인가? 나는 애정을 주었건만, 그것은 증오와 멸시로 돌아왔다. 인간아! 미워해도 좋다. 하지만 조심해라. 너의 시간은 끔찍하고 고통스럽게 흘러갈 것이다. 이제 곧 영원히 네게서 행복을 앗아갈 벼락이 내리칠 테니. 나는 극도의 비참한 속에서 굽실거리고 있는데, 너만 행복하려고? 내가 품은 다른 정념들을 네가 파괴한다 해도, 복수심만은 남을 것이다. 이제부터 복수심은 불이나 음식보다 더 소중할 것이다! 내가 죽을지도 모른다. 하지만 먼저 나의 폭군이며 고문관인 너는 너의 불행을 응시하는 태양을 저주할 것이다. 조심해라. 난 두려울 것이 없다. 따라서 강력하다. 뱀처럼 교활하게 지켜볼 것이고, 독으로 찌를지도 모른다. 인간아, 네가 준 상처에 대해 후회하게 될 거다."

"악마야. 그만! 그런 사악한 소리로 공기를 더럽히지 마라. 네놈에게 내 결정을 선포했고, 난 그런 말에 굴복할 겁쟁이가 아니다. 떠나라. 내 마음은 절대 변하지 않는다."

"좋아. 가겠다. 하지만 기억해라. 너의 결혼식 날 밤, 난 너와 함께 있을 거다."

나는 뛰어 나가며 소리쳤다. "악당 놈아! 네가 내 사형집행 영장에 사인하기 전에 네놈 안전이나 챙겨라."

나는 놈을 잡으려 했지만, 놈은 나를 피해 황급히 집을 빠져 나갔다. 잠시 후 그가 배를 타고 화살처럼 쏜살같이 바다를 가로질러 가는 모습이 보이더니, 순식간에 파도 속으로 사라졌다.

사방이 다시 조용해졌지만, 그의 말이 귓가에 맴돌았다. 하도 분통이 터져, 내 평화를 파괴한 살인마를 쫓아 놈을 바닷속으로 처넣고 싶은 마음이었다. 불안해하며 허둥지둥 방 안을 서성이다 보니, 수천 가지 이미지들이 머릿속에 떠올라 심란하고 불쾌해졌다. 어째서 놈을 쫓아가서 목숨을 걸고 싸워 결판을 내지 않았던가? 그러기는커녕 그가 떠나도록 내버려 두었고 그는 본토 쪽으로 진로를 돌렸으니. 그의 만족할 줄 모르는 복수심의 제물이 될 다음 희생자가 누구일지 생각하니 몸서리가 쳐졌다. 그러다가 놈의 말을 다시 곱씹어보았다. "너의 결혼식 날 밤 난 너와 함께 있을 거다." 그렇다면 그때가 내 운명의 정해진 마지막 시간인 셈이다. 그 시간에 내가 죽을 거고 그래야 동시에 그의 악의는 충족되어 사라질 것이다. 그런 전망에도 나는 두렵지 않았다. 하지만 사랑하는 엘리자베스를 생각하니, 애인을 자기한테서 잔인하게 빼앗아갈 거라는 사실을 알게 될 때 그녀가 흘릴 눈물과 한없는 슬픔을 생각하니, 수개월 만에 처음으로 눈물이 흘러내렸다. 나는 처절하게 싸워보지도 않고 적 앞에 쓰러지는 일은 없을 거라 다짐했다.

밤이 지나갔고 바다에서 태양이 떠올랐다. 감정은 점점 차분해졌다. 격렬한 분노가 깊은 절망 속으로 가라앉을 때, 그것을 차분하다고 말할 수 있다면 말이다. 나는 지난 밤 언쟁이 있었던 그 끔찍한 현장인 집을 나와 바닷가 해변으로 걸어갔다. 바다는 나와 사람들 사이에 놓인 거의 넘을 수 없는 장벽처럼 느껴졌다. 아니 차라리 그랬으면 좋겠다는 생각이 불현듯 들었다. 저 황량한 바위 위에서 내 인생을 보내고 싶었다. 물론 지겹긴 하겠지만 갑작스러운 불행의 충격으로 인해 방해받지 않을 테니 말이다. 내가 돌아간다면 내가 제물이 될 것이다. 아니면 내가 가장 사랑하는 사람들이 내가 직접 만든 악마의 손아귀에 죽임을 당하는 걸 보게 될 것이다.

사랑하는 모든 것에서 떨어져 고립 상태에서 비참해하는 불안한 유령처럼 나는 섬 주위를 배회했다. 정오가 되고 해가 중천에 떴을 때, 나는 풀밭에 누워 깊은 잠에 빠져들었다. 전날 밤새 깨어 있던 터라 신경이 온통 곤두서 있었고 감시와 고통으로 눈이 충혈돼 있었다. 이제 한숨 자고 나니 정신이 맑아졌다. 잠에서 깨어나자, 마치 내가 나와 같은 인간 종에 속해 있는 것 같은 느낌이 다시 들었다. 그리고 지나간 일들을 훨씬 더 편안한 마음으로 되돌아보기 시작했다. 하지만 여전히 악마가 남긴 말이 종말의 전조처럼 내 귓가에 울려 퍼졌다. 그 말들은 마치 꿈결 같았지만, 현실처럼 뚜렷하면서도 숨이 막힐 듯했다.

해가 진 지 한참 되었다. 나는 여전히 해안가에 앉아 귀리로 만든 케이크로 허기진 배를 채우고 있었는데, 바로 그때 낚싯배 한 척이 가까이 다가오는 것이 보였고 한 남자가 내게 주머니를 가져왔다. 그 주머니 안에는 제네바에서 온 편지들과 자기에게 오라고 부탁하는 클레르발의 편지 한 통이 들어 있었다. 우리가 스위스를 떠난 지 거의 일 년이 지났지만, 아직 프랑스에는 가지도 않았다고 쓰여 있었다. 그러니 내가 머물고 있는 외로운 섬을 떠나 그로부터 일주일 후 퍼스에 있는 자기와 만나자고 간청했다. 그때 앞으로의 일정에 대한 계획을 세우자고 말이다. 이 편지 덕분에 나는 어느 정도 활기를 되찾을 수 있었고, 이틀 후 이 섬을 떠나기로 했다.

하지만 떠나기 전 해야 할 일이 있었는데, 생각만으로도 온몸이 후들거렸다. 나는 화학 도구들을 싸야 했다. 그러기 위해서는 끔찍한 작업 현장이었던 그 방으로 들어가서 보기만 해도 구역질이 나는 그 도구들을 처리해야 했다. 다음 날 아침 동틀 무렵, 나는 어렵게 용기를 내서 실험실 문을 열었다. 내가 파괴한 반쯤 완성된 창조물의 잔해들이 바닥 여기저기에 흩어져 있었다. 인간의 살아있는 살점들을 난도질한 듯한 느낌이었다. 나는 잠시 마음을 가라앉힌 후 방 안으로 들어갔다. 벌벌 떨리는 손으로 도구들을 방 밖으로 옮겼다. 하지만 농부들에게 공포와 의심을 불러일으킬 내 작업의 잔해를 남겨둬선 안 된다는 생각이 들었다. 그래서 그것들을 모아 상당량의 돌과 함께 바구니에 담아, 그날 밤바다에 던져버리기로 했다. 그동안 나는 바닷가에 앉아 화학 도구들을 씻고 정리하면서 보냈다.

악마가 나타났던 그 날 밤 이후, 내 심경엔 그 무엇보다 완벽한 변화가 생겼다. 이전만 해도 나는 결과가 어떻든 암담한 절망 속에 해버린 그 약속을 완수해야 한다고 생각했다. 하지만 지금은 마치 눈앞에 쳐진 엷은 막이 걷힌 듯 처음으로 분명해진 기분이었다. 한순간도 작업을 다시 시작하자는 생각은 들지 않았다. 내가 들은 협박이 내 생각을 짓눌렀지만, 어차피 내 맘대로 해도 그것을 피할 수는 없다고 생각했다. 만일 내가 처음 만든 그 악마와 같은 또 다른 존재를 창조한다면, 그것이야말로 가장 비열하고 잔악무도한 이기적인 짓이라고 속으로 결론 내렸다. 그리고 다른 결론을 이끌어 낼만한 생각을 모조리 마음속에서 날려버렸다.

새벽 두세 시쯤 달이 떴다. 나는 바구니를 작은 보트에 싣고 해안가에서 6㎞ 정도 떨어진 곳으로 향했다. 더할 나위 없이 적막한 풍경이었다. 보트 몇 척이 육지를 향해 돌아가고 있었지만 나는 그것들한테서 멀리 떨어져 배를 몰았다. 마치 막 무슨 끔찍한 죄를 저지른 듯, 전전긍긍하며 사람들과 마주치는 걸 피했다. 동시에, 조금 전까지 청명했던 달이 갑자기 두꺼운 구름에 덮였고 나는 그 어둠의 순간을 이용해서 바구니를 바다에 던졌다. 바구니가 물속에 가라앉으면서 구르릉거리는 소리가 들렸고 그런 다음 나는 그곳을 빠져나왔다. 하늘에는 구름이 잔뜩 끼어 있었지만, 공기는 맑았다. 점점 거세지는 북동풍에 한기가 느껴졌다. 나는 덕분에 활기를 되찾았고, 상쾌한 기분에 흠뻑 취해서 물 위에 좀 더 머물기로 했다. 노를 똑바로 고정한 다음 배 바닥에 몸을 쭉 펴고 누웠다. 구름이 달을 가리면서 만물이 흐려졌고, 배의 용골이 물살을 가르자, 들리는 것은 보트 소리뿐이었다. 조용한 그 소리가 내 마음을 달래주었고 잠시 후 나는 깊은 잠에 빠졌다.

그 상태로 내가 얼마나 오래 있었는지는 잘 모르겠지만, 잠에서 깨어났을 때는 이미 해가 꽤 높이 떠 있었다. 바람은 거셌고 파도는 내 작은 보트의 안전을 끊임없이 위협했다. 바람은 북동풍이었고 그 때문에 내가 배를 탔던 그 해안에서 멀리 떠밀려온 게 분명했다. 나는 항로를 바꾸려고 무던히 애를 썼지만, 다시 그렇게 시도하다가는 바로 배에 물이 가득 찰 것 같았다. 이런 상황에 부딪혀 내가 의지할 수 있는 건 바람을 타는 것밖에 없었다. 솔직히 약간 두려웠다. 내게는 나침반도 없었고 이 지역 지형에 대해 아는 게 없던 터라 태양도 거의 도움이 되지 않았다. 어쩌면 광대한 대서양으로 떠밀려가서 굶주림의 고통을 겪거나, 내 주변에서 포효하며 못살게 구는 망망대해에 잡아먹힐 수도 있었다. 나는 이미 여러 시간을 밖에 나와 있었고 타는 듯한 갈증에 괴로웠지만, 이것은 내 다른 고통의 서막이었다. 하늘을 바라보니, 구름이 덮여 있고 바람결에 흘러가지만 다른 구름이 그 자리를 차지했다. 바다를 바라보았다. 내 무덤이 될 것이다. 나는 소리쳤다. "악마여! 네놈의 임무는 이미 완수되었구나!" 나는 엘리자베스와 아버지, 클레르발을 생각하였다. 너무나 절망적이고 무시무시한 몽상에 빠져들었다. 심지어 그 장면이 내 앞에서 영영 사라지려는 찰나인 지금도 그 생각에 몸서리가 쳐진다.

그렇게 몇 시간이 흘렀다. 하지만 수평선을 향해 태양이 점차 기울면서 바람은 온화한 순풍으로 잠잠해졌고 바다는 부서지는 파도로부터 자유로워졌다. 그러나 그것은 넘실거리는 파도에 자리를 양보했다. 나는 속이 매스꺼워서 노를 잡을 수도 없을 지경이었다. 그때 갑자기 남쪽으로 고지대 능선이 보였다.

피로와 몇 시간 째 참고 있던 그 끔찍한 긴장감에 거의 기진맥진했던 나는 갑자기 찾아온 살 수 있다는 확신에 뜨거운 환희가 가슴 속에 확 밀려들면서 눈물이 솟구쳐 올랐다.

감정이란 얼마나 변덕스러운지! 도를 넘는 비참 속에서도 삶에 대해 끈질긴 집착을 가지고 있다니, 이 얼마나 신기한가! 나는 옷 일부분으로 돛을 하나 더 만들었고 열심히 육지 쪽으로 배를 몰고 갔다. 육지는 거친 바위투성이의 모습이었다. 하지만 좀 더 가까이 다가가자, 문명의 흔적을 쉽게 찾을 수 있었다. 나는 해안가 근처에서 배를 발견했고 문명인들이 사는 지역으로 갑자기 돌아왔다는 걸 깨달았다. 구불구불한 육지를 열심히 배를 몰고 따라가다가 드디어 작은 곶 너머로 솟아올라 있는 첨탑에 환호성을 질렀다. 나는 극도로 쇠약해진 상태라서 가장 쉽게 음식물을 구할 수 있는 장소인 마을을 향해 곧바로 배를 몰고 가기로 했다. 다행히 내게는 돈이 있었다. 곶을 도니, 작고 아담한 마을과 괜찮은 항구가 보여 그곳으로 들어갔다. 나는 예기치 못한 탈출에 기쁜 나머지 가슴이 콩닥콩닥 뛰었다.

내가 배를 고정하고 돛을 정리하느라 정신이 없을 때, 몇 사람이 그곳으로 몰려왔다. 그들은 내 모습에 무척 놀란 듯했다. 하지만 내게 도움을 주기는커녕, 이런저런 몸짓을 하며 서로 수

군거렸는데, 다른 때 같으면 약간 불안했을지도 모른다. 그 상황에서 나는 그들이 영어를 쓴다는 사실만 인지하여 그들에게 영어로 말을 걸었다. "여러분들! 죄송하지만, 이 마을 이름 좀 알려주시겠어요? 그리고 여기가 어딘지도 좀 알려주세요."

"이제 곧 잘 알게 될 거요." 어느 남자가 무뚝뚝한 목소리로 대답했다. "그다지 당신 취향이 아닌 곳에 왔을지도 모르죠. 하지만 내 장담하는데, 당신 숙소에 대해서는 아무 조언도 못들을 거요."

나는 낯선 사람으로부터 그런 무례한 대답을 듣고 무척이나 놀랐다. 게다가 그와 함께 있는 사람들의 잔뜩 찡그린 화난 표정에 당황스러웠다. "도대체 왜 그렇게 험악하게 말하는 겁니까?" 내가 말했다. "낯선 사람한테 그렇게 불친절하게 대하는 게 영국 풍습은 분명 아닐 텐데요."

"영국 풍습이 어떤지는 모르겠소만, 악당을 싫어하는 건 아일랜드의 풍습이오." 그 남자가 말했다.

이 이상한 대화가 계속되는 동안 나는 사람들이 빠르게 늘어나는 걸 느꼈다. 그들의 표정에는 호기심과 분노가 뒤섞여 있었는데, 그 모습에 나는 짜증스러우면서도 다소 불안했다. 여관으로 가는 길을 물었지만 아무도 대답해주지 않았다. 그래서 무작정 앞으로 움직였는데 그들이 나를 따라오며 에워쌌고 군중 속에서 웅성거리는 소리가 들렸다. 그때 인상이 험악해 보이는 사람이 다가오더니 내 어깨를 툭툭 치며 말했다. "이봐 선생! 나랑 같이 커윈 씨 네로 가서 당신에 대해 설명해야 할 거요."

"커윈 씨가 누군데요? 어째서 나에 대해 설명해야 하죠? 여긴 자유 국가가 아닌가요?"

"맞소. 선생. 정직한 사람들에게는 자유롭다마다. 커윈 씨는 치안 판사요. 당신은 지난밤 이곳에서 살해당한 신사의 죽음에 관해 설명해야 할 거요."

이 말에 나는 깜짝 놀랐지만 이내 마음을 진정시켰다. 나는 결백했다. 그것은 쉽게 입증될 수 있다. 그래서 나는 잠자코 안내자를 따라갔고 이 마을에서 가장 근사한 집으로 향했다. 나는 피로와 허기로 쓰러지기 일보 직전이었지만, 사람들로 둘러싸여 있었기에 젖 먹던 힘까지 짜내는 게 현명하다고 생각했다. 아파 보이는 모습에 불안이나 죄를 의식한 거라는 오해를 살 수도 있으니까. 당시만 해도, 나는 잠시 후 나를 압도하고 공포와 절망감에 빠져 치욕과 죽음의 공포를 무색하게 할 재앙이 닥칠 거라는 생각을 거의 하지 못했다.

이쯤에서 잠시 멈춰야겠다. 내가 앞으로 언급할 무시무시한 사건들에 대한 기억을 자세히 떠올리려면 내게 있는 용기를 총동원해야 하기 때문이다.

4장

나는 바로 치안판사 앞으로 안내되었는데, 그는 인자한 노인으로 차분하고 온화한 태도를 지녔다. 하지만 나를 다소 매섭게 바라보더니, 안내자를 돌아보며 누가 이 사건의 목격자로 나설 것인지 물었다.

여섯 명 정도의 사람들이 앞으로 나왔고 치안판사가 한 사람을 지목하자 그는 이렇게 증언했다. 지난밤 아들과 처남 대니얼 뉴전트와 낚시를 하려고 밖으로 나왔다가, 10시쯤 세찬 북풍이 몰아치는 바람에 부두로 입항하고 있었다. 아직 달이 뜨지 않아 칠흑같이 어두운 밤이었고 그들은 부두 대신, 평소대로 3km 정도 아래에 있는 작은 만에 배를 댔다. 그는 낚시 도구를 들고 앞서 걸었고 같이 온 동행자들이 얼마쯤 뒤떨어져 따라왔다. 그가 모래사장을 따라 걸어가고 있는데, 발에 뭔가 걸리면서 바닥에 대자로 넘어졌다. 동행자들이 그를 도와주려고 달려왔고 손전등 불빛에 그가 사람 몸에 걸려 넘어진 것을 알게 되었다. 그 사람은 완전히 죽은 것처럼 보였다. 처음에는 물에 빠져 파도에 휩쓸려 해안가로 밀려온 누군가의 시체라고 추측했었다. 하지만 자세히 살펴보니 옷이 젖지 않았고 심지어 그때까지 몸도 차 갑지 않았다. 그들은 즉시 그 근처에 있는 어느 할머니의 오두 막으로 그 사람을 옮겼고 목숨을 살리려고 애썼지만 소용없었 다. 그는 25살쯤 돼 보이는 잘생긴 청년이었다. 분명 목이 졸린 듯했는데, 그의 목에 난 검은 손자국을 제외하면 아무런 폭행의 흔적이 없었기 때문이다.

나는 이 증언의 앞부분에서는 별 흥미를 느끼지 못했다. 하 지만 손가락 자국이 언급됐을 때 동생의 살인사건이 떠오르면 서 극도로 불안해졌다. 사지가 부들부들 떨렸고 눈앞이 뿌옇게 흐려져 의자에 몸을 기대 지탱하지 않을 수 없었다. 치안판사 는 매서운 눈으로 나를 관찰했고 물론 내 행동에서 불길한 낌 새를 알아챘다.

이어서 아들이 자기 아버지의 설명을 확인해주었다. 하지만 대니얼 뉴전트가 호명되었을 때, 그는 자기 매형이 쓰러지기 직 전 해안가에서 조금 떨어진 곳에 남자 하나가 타고 있던 보트 한 척을 보았고, 얼마 안 되는 별빛으로 판단하건대, 내가 막 부 두에 댄 배와 똑같았다고 단호하게 맹세했다.

한 여자도 증언하기를, 자기는 해변 근처에 살고 있는데 시 체를 발견했다는 소식을 듣기 약 한 시간 전, 낚시하러 간 사람 들이 돌아오기를 기다리며 오두막 문 앞에 서 있었는데, 그때 한 남자가 타고 있는 배 한 척이 나중에 시체가 발견된 그 해안 가에서 멀어져 가는 것을 보았다고 했다.

또 다른 여자도 자기 집에 시체를 가져온 낚시꾼들의 증언을 확인해주었다. 시체는 차갑지 않았고 그들은 시체를 침대에 눕히고 몸을 문질러 주었다. 대니얼이 약제사를 찾아 마을로 갔지만 이미 죽은 목숨이었다.

다른 몇 사람이 나의 상륙과 관련하여 조사를 받았고 그 날 밤 강한 북풍이 불어 십중팔구 내가 여러 시간 헤매다가 내가 떠난 거의 비슷한 곳으로 되돌아올 수밖에 없었을 거라고 한목소리로 말했다. 게다가 그들은 내가 시체를 다른 곳에서 가져온 것 같고 그 해안에 대해 잘 모르는 것으로 보아, 내가 시체를 버린 곳에서부터 그 마을까지의 거리를 모른 채 그 부두로 들어왔을 수 있다고 말했다.

커윈 씨는 이 증언을 듣자마자 주검이 안치된 방으로 나를 데려가자고 요청했는데, 주검을 보고 내가 어떤 반응을 보일지 관찰하고 싶었던 모양이었다. 아마도 살해 방식이 설명될 때 내가 보였던 극도의 불안 때문에 이런 제안을 한 것 같았다. 그래서 나는 치안판사와 다른 몇 사람의 안내로 그 여관으로 향했다. 우여곡절 많은 이 밤에 벌어진 기이한 우연의 일치에 어리둥절하지 않았을 수 없었다. 하지만 주검이 발견된 그 시각, 내가 머물던 그 섬의 몇몇 주민들과 이야기를 나누고 있었다는 생각이 들자 이 사건 결과에 대해 완전히 마음이 놓였다.

나는 주검이 안치된 방으로 들어가 관 쪽으로 다가갔다. 그것을 본 순간의 내 심정을 어떻게 설명할 수 있을까? 지금도 두려움에 입이 바싹 마르는 것 같고 그 끔찍한 순간을 떠올리니 온몸이 후들거리고 비통한 마음뿐이다. 주검을 알아봤던 그 고통스러운 순간이 희미하게 떠오른다. 내 앞에 축 늘어져 있는 앙리 클레르발의 주검을 봤을 때, 재판도 치안판사와 목격자들의 존재도 내 머릿속에서 꿈처럼 사라졌다. 숨을 제대로 쉬지도 못한 채 주검 위로 몸을 던지며 소리쳤다. "사랑하는 앙리, 자네마저 내 잔인한 술책가에게 목숨을 빼앗겼단 말인가? 이미 두 명이나 죽었는데, 다른 희생자들도 자신의 운명을 기다리고 있구나. 하지만 자네, 클레르발, 내 친구, 내 은인이……."

인간의 육신으로는 도저히 버틸 수 없는 극심한 고통을 감당하고 있었던 나는 심한 경련을 일으키며 방 밖으로 실려 나갔다.

뒤이어 열이 올랐다. 나는 두 달간 앓아누운 채 사경을 헤맸다. 나중에 들은 바로는 내가 무시무시한 헛소리를 지껄였는데, 윌리엄과 저스틴, 클레르발의 범인이 나라고 소리쳤다는 것이다. 나는 내게 고통을 안겨준 악마를 파멸시키게 도와 달라고 간병인에게 부탁하기도 했고, 어떤 때는 괴물의 손가락이 이미 내 목을 움켜쥔 듯 고통과 공포에 휩싸여 큰소리로 비명을 지르곤 했다. 다행히 나는 모국어로 말했기 때문에 커윈 씨만이 내 말을 알아들었다. 하지만 내 몸짓과 격렬한 비명만으로도 다른 목격자들을 놀라게 하기에 충분했다.

어째서 나는 죽지 않았을까? 이전에 살았던 그 어떤 인간보다 더 비참하건만, 어째서 나는 망각과 휴식 속으로 침몰하지 않았던 것일까? 죽음은 부모라는 기증자들의 유일한 희망인, 한창 피어나는 많은 자식을 낚아채 갔다. 얼마나 많은 신부와 젊은 연인들이 한때 건강과 희망의 꽃을 활짝 피우다가 무덤 벌레의 먹잇감이 되어 무덤을 썩게 하였던가! 도대체 나는 어떤 물질로 만들어졌기에, 수레바퀴가 돌듯 새로운 고통이 끊임없이 이어지는 그 숱한 충격들을 버텨낼 수 있었단 말인가.

하지만 나는 살아 있을 운명이었다. 두 달 만에 꿈속에서 깨어났고, 감옥의 초라한 침상에 널브러진 채 교도소장과 간수, 빗장, 그 밖의 감방에서 사용하는 끔찍한 기구들에 둘러싸여 있었다. 기억하기에는, 그렇게 의식이 깨어난 건 아침이었다. 내게 일어났던 세세한 일들은 잊어버린 채 그저 갑자기 엄청난 불행이 나를 덮친 것 같은 느낌만 들었다. 하지만 주위를 둘러보다 내가 있는 방의 창살 달린 창문과 불결한 모습을 보니 모든 상황이 퍼뜩 떠올랐고, 나는 고통에 겨워 신음을 내뱉었다.

이 소리에, 내 옆 의자에서 자고 있던 노파가 잠에서 깼다. 노파는 고용된 간병인이자 간수 부인이었는데, 그녀의 표정에는 종종 그 계층 특유의 고약한 특징들이 고스란히 드러나 있었다. 평소 불쌍한 모습을 봐도 아무런 연민의 정을 느끼지 못하는 사람처럼 그녀 얼굴의 주름살은 깊고 황폐했다. 말투에도 전체적으로 무심함이 배어 있었다. 노파는 내게 영어로 말을 걸었고 내가 앓아누워 있을 때 들었던 목소리 같았다.

"이제 좀 괜찮아요? 선생!" 노파가 말했다.

나는 힘없는 목소리로 같은 언어로 대답했다. "그런 것 같네요. 하지만 그게 전부 사실이라면, 정말 내가 꿈을 꾼 게 아니라면, 유감스럽게도 나는 여전히 살아서 이 불행과 공포를 겪어야 하는군요."

"그 일 말인데." 노파가 대답했다. "당신이 살해한 신사에 대한 얘기라면 차라리 당신은 죽는 편이 더 나을 뻔했어요. 그 일 때문에 당신 힘들어질 것 같던데. 하지만 당신이 처형되려면 다음 재판이 열려야 해요. 뭐, 그건 내 알 바 아니지. 난 당신을 돌보고 낫게 하려고 온 거니까. 양심껏 할 일만 확실하게 하면 되지. 다들 그러면 좋을 텐데."

나는 사경을 헤매다가 간신히 살아난 사람에게 그런 무정한 말이나 해대는 여자에게 혐오감을 느끼며 이내 얼굴을 돌려버렸다. 하지만 온몸에 힘이 풀려 지나간 일들을 떠올리기조차 힘들었다. 살면서 겪었던 모든 일이 내게 꿈처럼 느껴졌다. 사실 그 일이 모두 생시인지 의심스러울 때도 있었는데, 그것이 현실이라는 확신이 전혀 들지 않았기 때문이다.

내 앞에 떠돌아다니는 이미지들이 점점 뚜렷해지면서 열이 오르기 시작했다. 내 주변으로 어둠이 몰려왔다. 내 곁에는 애정 어린 상냥한 목소리로 나를 달래줄 사람 하나 없었고 나를 도와주는 따뜻한 손길도 없었다. 의사가 와서 약을 처방해주고 노파가 약들을 준비해주었지만, 의사는 한눈에 봐도 엄청나게 무심해 보였고 노파의 얼굴에는 냉담한 기색이 역력했다. 보수를 받게 될 사형 집행인 말고, 살인자의 운명에 관심을 가질 사람이 누가 있겠는가?

처음에는 위와 같은 생각만 했다. 하지만 곧 커윈 씨가 나를 무척 친절하게 대해줬다는 사실을 알게 되었다. 내게 가장 좋은 감방을 마련해주고(아무리 좋은 방이라고 해도 초라하긴 했지만) 의사와 간병인을 보내준 것도 그였다. 사실 그가 나를 보려고 찾아온 적은 거의 없었다. 그도 모든 인간 피조물의 고통을 간절히 덜어주고 싶지만, 살인자의 고통과 끔찍한 헛소리를 대면하고 싶지는 않았을 테니까. 그래서 나를 소홀히 대하진 않나 보러 오곤 했지만, 방문시간도 짧았고 어쩌다 한 번씩 들리는 식이었다.

내가 점차 회복되고 있던 어느 날, 나는 눈을 반쯤 뜨고 볼은 죽은 사람처럼 흙빛인 채로 의자에 앉아 있었다. 그러다가 암담함과 괴로움에 휩싸여, 고통으로 가득한 세상에서 자유롭지만 참혹하게 억눌려 지내느니 차라리 죽는 게 낫지 않을까 하는 생각을 하곤 했다. 한 번은 불쌍한 저스틴보다 죄가 더 크니 내죄를 밝히고 법의 처벌을 받아야 하지 않을까 고민했었다. 그렇게 생각하고 있는 바로 그때, 감방문이 열리더니 커윈 씨가 들어왔다. 그의 표정에는 동정과 연민의 감정이 묻어 있었다. 그는 내 옆으로 의자를 바짝 끌어당겨 앉더니 불어로 내게 말했다.

"이곳이 당신에게 큰 충격을 줬을까 봐 걱정되는군요. 뭐라도 당신을 좀 더 편안하게 해줄 방법이 있을까요?"

"감사합니다. 하지만 당신이 하는 말은 제겐 전부 아무런 의미가 없습니다. 이 세상에서는 어떤 위안도 느낄 수 없으니까요."

"이해합니다. 지금의 당신처럼 생각지도 못한 불행에 휩싸인 사람에게 낯선 사람의 동정 따위는 아무런 위안도 되지 못하겠죠. 하지만 당신이 이 참담한 곳에서 빨리 떠나기를 바랍니다. 당신이 범죄 혐의에서 벗어날 증거를 쉽게 확보할 거라고 확신하니까요."

"그건 내게 전혀 중요하지 않아요. 이 이상한 사건들이 전개되면서 나는 가장 비참한 인간이 되었죠. 핍박과 괴롭힘을 당해온 제게 죽음 따위가 무슨 큰 불행이겠습니까?"

"사실 최근에 우연히 생긴 이상한 일들만큼 불행하고 괴로운 일은 없겠죠. 당신은 어떤 놀라운 사건에 의해 친절하기로 유명한 이 해안가로 밀려왔지만 바로 붙잡혀 살인 혐의를 받게 되었고요. 게다가 당신이 처음 본 모습이, 어떤 악마 같은 놈이 당신이 가는 길을 가로질러 와서, 이해할 수 없는 방식으로 살해한 당신 친구의 주검이었으니까요."

커윈 씨가 이렇게 말했을 때, 나는 이런 고통스러운 기억에 불안하기도 했지만, 그가 나에 관해 알고 있는 듯한 정보에 놀라움을 금치 못했다. 아마도 내 얼굴에 깜짝 놀란 표정이 언뜻 비쳤을 것이다. 왜냐하면, 커윈 씨가 재빨리 이렇게 말했기 때문이다.

"당신이 앓아누운 지 하루 이틀 뒤에야 당신 옷을 조사해봐야겠다는 생각을 했죠. 그러면 당신의 불운한 사건과 병에 대한 이야기를 당신 가족에게 알려줄 수 있는 어떤 단서라도 발견하지 않을까 싶어서요. 나는 편지 몇 통을 찾아냈고 그것 중 한 통이 당신 아버지에게서 온 거라는 걸 편지 시작 부분을 통해 알게 됐죠. 그 즉시 제네바로 편지를 썼고 편지를 보낸 지도 거의 두 달이 지났네요. 하지만 당신은 아프고 지금도 온몸을 떨고 있군요. 어떤 불안도 감당하지 못할 정도죠."

"이 긴장감은 그 어떤 끔찍한 사건보다 수천 배 더 심합니다. 새로 어떤 살인 사건이 벌어졌는지, 그리고 지금 누구의 죽음을 애도해야 하는지 말해주세요."

"당신 가족은 아주 잘 있습니다." 커윈 씨는 친절하게 말했다. "그리고 당신 친구인 누군가가 당신을 만나러 올 겁니다."

어떤 일련의 생각에 의해 이런 생각이 들었는지는 모르지만, 순간적으로 살인자가 자기의 사악한 욕망에 내가 응하도록 하기 위한 새로운 자극으로, 내 불행을 조롱하고 클레르발의 죽음으로 나를 비웃어주러 왔다는 생각이 뇌리를 스치고 지나갔다. 나는 손으로 눈을 가리고 고통에 겨워 소리를 질렀다.

"오! 그를 데려가요! 그를 볼 수 없어요. 제발 그를 안으로 들이지 마세요!"

커윈 씨는 난처한 표정으로 나를 쳐다보았다. 그는 이 절규를 내 죄에 대한 추정의 근거로 여기지 않을 수 없었다. 그러면서 다소 진지한 말투로 이렇게 말했다.

"젊은이! 아버지를 보게 되면 반가워할 줄 알았는데. 이토록 강한 반감을 드러내다니."

"아버지라고요!" 나는 소리쳤고 고통이 즐거움으로 바뀌면서 얼굴과 모든 근육의 긴장이 풀렸다. "정말 아버지가 오셨어요? 친절도 하셔라. 아주 친절하시군요. 근데 아버지는 어디 계시죠? 왜 빨리 안 오시는 거죠?"

내 태도 변화에 치안 판사는 놀라워하면서도 흐뭇해 했다.

아마도 내가 처음 보였던 절규는 다시 잠깐 헛소리를 한 것으로 생각했는지, 이제 순식간에 이전의 자애로운 모습으로 다시 돌아왔다. 그는 일어나서 간병인과 함께 방을 나갔다. 잠시 후 아버지가 안으로 들어왔다.

그 순간만큼은 아버지가 도착한 것보다 더 기쁜 일은 아무것도 없었다. 나는 아버지에게 손을 뻗으며 울었다.

"무사하셨군요. 엘리자베스는? 에르네스트는요?"

아버지는 그들이 잘 있다고 장담하면서 나를 진정시켰고 내가 관심을 가질 만한 그런 화제들을 이야기하며 낙심한 내 마음에 힘을 북돋아 주려고 애썼다. 하지만 이내 감옥은 쾌활함이 머물 곳이 아니라는 생각이 들었다. "아들아! 네가 이런 곳에 있다니!" 아버지는 창살 달린 창문과 초라한 감방의 모습을 애통해하며 보더니 이렇게 말했다. "행복을 찾으려고 여행을 떠났는데 불행이 네 뒤를 쫓는 것 같구나. 그리고 불쌍한 클레르발……."

운 나쁘게 살해당한 내 친구의 이름에, 마음이 심하게 혼란스러워지면서 허약한 내 상태로는 도저히 버텨낼 수가 없었다. 나는 눈물을 흘렸다.

"아~ 네! 아버지!" 나는 대답했다. "아주 끔찍한 어떤 숙명이 내게 드리워져 있어서, 나는 그것을 완수하기 위해 살아야 해요. 안 그랬다면 분명 앙리의 관 위에서 죽었을 거예요."

우리는 오랫동안 대화를 나눌 수 없었다. 내 건강 상태가 위태롭다 보니, 안정을 보장하는 데 필요한 모든 조치가 취해졌기 때문이다. 커윈 씨가 안으로 들어왔고 너무 무리하다 기력이 쇠해지면 안 된다고 완강하게 말했다. 하지만 아버지의 출현은 내게 착한 천사가 나타난 것과 다를 바 없었고 나는 점차 건강을 회복했다.

병이 낫자, 나는 침울하고 암담한 울적함에 빠졌고 어떻게 해도 없앨 수가 없었다. 살해당하여 끔찍스러운 클레르발의 모습이 눈앞에서 떠나지 않았다. 이런 생각에 나는 여러 번 흥분 상태에 빠졌고 가족들은 내 병이 심하게 재발할까 봐 몹시 걱정했다. 아! 어째서 사람들은 이토록 비참하고 혐오스러운 목숨을 살려주었단 말인가? 이제 가까이 다가오고 있는 내 운명을 따르라는 것이 분명했다. 머지않아, 오, 죽음은 곧 이 고동 소리를 잠재우고 나를 몰락시키는 엄청난 고통의 짐에게서 벗어나게 해줄 것이다. 그리고 법의 심판이 집행될 때 나 또한 먼지가 될 것이다. 물론 이 소원이 계속해서 뇌리에 맴돌지만 죽음의 모습은 멀어져만 갔다. 나는 종종 나와 내 파괴자를 폐허 속에 파묻어버릴 수 있는 어떤 강력한 대변혁을 바라며 미동도 없이 몇 시간 동안 말없이 앉아 있곤 했다.

순회재판 시기가 다가왔다. 나는 이미 석 달 동안 감방 신세를 지고 있었다. 비록 여전히 몸이 쇠약했고 재발 위험에 끊임없이 시달리고 있었지만, 재판이 열리는 주 수도까지 거의 160 km나 되는 거리를 여행해야 했다. 커윈 씨는 목격자를 모으고 내 변호를 주선하는 그 모든 일을 직접 떠맡았다. 이 사건은 삶과 죽음을 결정하는 법정에서 기소한 상태가 아니므로 공개적으로 범죄자로 출두하는 수모는 피할 수 있었다. 내 친구의 주검이 발견된 그 시각, 내가 오크니 섬에 있었음이 입증되면서 대배심은 기소를 기각했고 내 사건이 이관된 지 2주 만에 나는 감옥에서 풀려났다.

아버지는 내가 억울한 범죄 혐의에서 벗어난 것을 알고는 기뻐서 어쩔 줄 몰라 했다. 이제 나는 다시 신선한 공기를 마시며 내 조국으로 돌아갈 수 있을 테니까. 나는 그런 기분에 동참할 수 없었다. 왜냐하면, 내게는 지하 감옥의 벽이든, 궁전의 성벽이든 혐오스럽기는 마찬가지였으니까. 인생의 잔은 영영 독으로 오염되었다. 아무리 태양이 행복하고 즐거운 마음으로 나를 비춘다 해도, 내 주변에는 나를 노려보는 희미한 두 눈빛 외에는 어떤 빛도 통과할 수 없는 무시무시한 짙은 어둠만이 있을 뿐이었다. 때때로 그 눈빛은 맥없이 죽어 가는 앙리의 의미심장한 눈, 눈꺼풀과 거기에 달린 길고 검은 속눈썹으로 거의 덮여 있는 검은 눈이었다가, 내가 잉골슈타트에서 처음 보았던 괴물의 물기 어린 멍한 눈으로 보이기도 했다.

아버지는 내게 사랑의 감정을 불러일으키려고 노력했다. 내가 곧 방문할 제네바에 대해, 엘리자베스와 에르네스트에 대해 이야기했다. 하지만 이런 말에 나는 깊은 신음만 내지를 뿐이었다. 사실 나는 가끔 행복을 바라곤 했고 애달픈 기쁨으로 사랑하는 내 사촌을 생각했다. 혹은 심한 향수병에 걸려 어린 시절 내게 너무도 소중했던 푸른 호수와 물살 빠른 론 강을 다시 보고 싶었다. 하지만 감정이 전반적으로 무기력하고 둔감한 상태였고 그런 상태에서는 아무리 감방이라도 자연에서 가장 신성한 장소만큼이나 환영할만한 거처였다. 근심과 절망의 발작 증세가 있을 때를 빼곤 거의 이런 상태가 지속하였다. 이즈음 나는 혐오하는 내 목숨을 끊으려고 시도하곤 했기에, 내가 폭력적인 끔찍한 행동을 저지르지 못하도록 끊임없는 주의와 감시가 필요했다.

내가 감방에서 나왔을 때, 어떤 사람이 "그는 살인을 저지르지 않았을지도 모르지만 분명 양심의 가책을 느꼈어"라고 말하는 소리를 들었던 기억이 난다. 이 말에 나는 깜짝 놀랐다. 양심의 가책이라고! 그래, 나는 분명 그것을 느꼈다. 윌리엄, 저스틴, 클레르발이 내 극악무도한 술책에 의해 목숨을 잃었다. 나는 소리쳤다. "그렇다면 이 비극이 누구의 죽음으로 끝날 것인가? 아! 아버지, 이 끔찍한 나라에 머물지 마세요. 나 자신, 내 존재 그리고 이 세상 모든 것을 잊어버릴 수 있는 곳으로 나를 데려가 주세요."

아버지는 내 소원에 바로 응했다. 커윈 씨와 헤어진 후 우리는 서둘러 더블린으로 향했다. 정기선이 아일랜드에서 순풍을 타고 항해를 시작했고 내게 무척이나 괴로운 현장이었던 그 나라를 영영 떠나게 되니 마치 무거운 짐을 벗은 느낌이었다.

한밤중이었다. 아버지는 선실에서 잠이 들었고 나는 갑판에 누워 별을 바라보며 세차게 부딪치는 파도 소리를 들었다. 아일랜드를 내 시야에서 사라지게 하는 어둠에 환호했고 이제 곧 제네바를 볼 수 있다는 생각만으로 달뜬 즐거움에 맥박이 고동쳤다. 지난날은 악몽의 불빛을 받아 보이는 듯했다. 그럼에도 내가 타고 있는 배와 지긋지긋한 아일랜드 해안에서 날 불어 보내는 바람, 나를 둘러싼 바다는 내가 어떤 환상에 기만당한 것이 아니며 친구이자 소중한 동료였던 클레르발이 나에게 그리고 내 창조물에 희생당했다는 사실을 너무도 확실하게 보여주었다. 내 모든 생애가 주마등처럼 다시 스치고 지나갔다. 제네바에서 가족들과 함께 지내며 느꼈던 평온한 행복, 어머니의 죽음, 내가 잉골슈타트로 떠났던 일. 나는 잔악무도한 내 원수를 창조하라고 나를 계속 부추겼던 광적인 격정에 몸서리를 쳤던 기억이 떠올랐다. 그리고 놈이 처음 살아난 그 날 밤이 생각났다. 나는 계속해서 이어지는 생각을 따라갈 수 없었다. 수많은 감정이 나를 짓눌렀고 비통한 눈물이 흘러내렸다.

열병에서 회복된 이후부터, 나는 매일 밤 소량의 아편을 먹는 습관이 생겼다. 목숨을 부지하는 데 필요한 휴식을 취할 방법이 이 약뿐이었기 때문이다. 여러 가지 불행한 기억에 시달리던 나는 이제 투약량을 두 배로 늘렸고 이내 깊은 잠에 빠져들었다. 하지만 잠도 내 생각과 고통을 멈추게 하진 못했고 나를 위협하는 수많은 대상이 꿈속에 나타났다. 아침 무렵까지 나는 악몽에 시달렸다. 악마가 내 목을 움켜잡는 듯했고 그것에게서 벗어날 수 없었다. 신음과 비명이 귓전을 울렸다. 나를 보살피던 아버지는 내가 잠 못 이루는 것을 눈치를 채시고는 나를 깨워 당시 우리가 들어가고 있는 홀리헤드 항구를 가리키셨다.

5장

우리는 런던으로 가는 대신 영국을 가로질러 포츠머스[35]로 갔다가 아브르[36] 항으로 출발했다. 나는 이 계획이 대체로 마음에 들었는데, 소중한 클레르발과 잠시 평온한 시간을 누렸던 그 장소를 다시 본다는 것이 내심 두려웠기 때문이다. 우리가 늘 함께 방문했던, 그 사건에 대해 물어볼 수 있는 사람들을 만난다는 것에 두려움을 느꼈다. 그 사건을 생각하면 여관에서 생기없이 축 늘어진 그의 육신을 바라보았을 때 내가 견딘 그 고통이 다시금 느껴졌다.

아버지의 경우, 내가 다시 마음의 평화와 건강을 회복하도록 열정과 노력을 쏟아 부었다. 아버지의 애정과 관심은 끝이 없었다. 내 근심과 우울함은 만만치 않았지만 그래도 아버지는 절망하지 않았다. 아버지는 살인 혐의의 대가를 치러야 했던 것에 대해 내가 상당한 수모를 느꼈다고 생각했기에, 자존심이 얼

---

35 영국 남부의 군항(軍港).

36 프랑스 북부 센 강 어귀에 있는 항구 도시.

마나 부질없는지 입증하려 애를 썼다.

"아! 아버지!" 나는 말했다. "아버지는 절 잘 몰라요. 저처럼 형편없는 놈이 자긍심을 느낀다면, 인간, 그들의 감정과 정념을 비하하는 셈이죠. 저스틴, 가엾고 불쌍한 저스틴은 나만큼 결백했지만, 그녀는 같은 혐의를 받고 그 때문에 목숨을 잃었어요. 그 죽음의 원인은 나예요. 내가 그녀를 죽인 거예요. 윌리엄, 저스틴, 앙리 이들 모두 내 손에 목숨을 잃었다고요."

내가 투옥되었을 때, 아버지는 내가 이렇게 주장하는 걸 자주 들었다. 그래서 내가 자책할 때면, 해명을 바라는 눈치를 보이기도 했지만, 어느 때는 이러는 것이 일시적인 정신착란 때문이라고 생각하는 것 같았다. 내가 아픈 동안 이런 것을 상상하게 되었고 회복기간에도 이 기억을 마음에 담고 있다고 말이다. 나는 해명을 피했고 내가 창조한 괴물에 관해서는 계속해서 입을 다물었다. 미친놈 취급을 받을 거라는 생각에 나는 영영 내혓바닥을 묶어버렸다. 그때라도 온 세상에 그 치명적인 비밀을 털어놨어야 했는데.

이럴 때면 아버지는 무척 놀라워하는 표정으로 말했다. "빅토르! 그게 무슨 소리니? 너 미쳤니? 사랑하는 아들아, 부탁인데, 다시는 그런 소리 마라."

"미치지 않았어요." 나는 격하게 소리쳤다. "내 행동을 본 태양과 하늘은 내 진실의 증인이 돼 줄 거예요. 나는 저 무고한 희생자들의 암살자라고요. 그들은 내 계략에 의해 목숨을 잃었어요. 그들의 생명을 구할 수 있다면 내 피를 한 방울씩 수천 번이고 떨어뜨렸을 거예요. 하지만 아버지 나는 그럴 수 없었어요. 정말로 나는 전 인류를 희생시킬 수는 없었어요."

이 말을 마치자 아버지는 내가 제정신이 아니라고 확신하고 서둘러 대화의 화제를 바꿨고, 내 생각의 방향을 돌리려고 애썼다. 아버지는 아일랜드에서 일어났던 장면들에 대한 기억을 가능한 한 많이 지울 수 있기를 바랐고 그런 일을 절대 내비치지도, 내 불운한 일들에 관해 이야기하도록 내버려 두지도 않았다.

시간이 흐르자 나는 좀 더 차분해졌고, 고통이 마음속에 자리를 잡았지만 나는 내 죄에 대해 더는 그처럼 비논리적인 방식으로 이야기하지 않았다. 그런 것들을 자각하는 것만으로도 내겐 충분했다. 나는 극도의 자기학대로 온 세상에 드러내고 싶어 하는 비열함의 오만한 목소리를 억눌렀다. 그리고 얼음 바다를 여행한 이후 그 어느 때보다 내 행동은 좀 더 차분하고 평온해졌다.

5월 8일, 우리는 아부르 항에 도착했고 그 즉시 파리로 향했는데, 아버지가 볼일을 보느라 그곳에서 몇 주 동안 지체했다. 이 도시에서 나는 엘리자베스로부터 다음과 같은 편지를 받았다.

빅토르 프랑켄슈타인에게

사랑하는 친구여.

파리에서 보낸 삼촌의 편지를 받고 얼마나 기뻤는지 몰라요. 당신이 더는 어마어마하게 멀리 떨어져 있지도 않고요. 2주 이내에 당신을 볼 수 있었으면 좋겠는데. 가엾은 빅토르, 얼마나 많이 고통스러웠을까! 제네바를 떠났을 때보다 훨씬 더 안 좋아 보이겠죠. 올겨울은 불안한 긴장감에 괴로워하며 아주 힘들게 보냈어요. 하지만 당신 표정에 평온함이 보이고 당신 마음속에 안정과 고요함이 완전히 사라진 게 아니길 바라요.

하지만 일 년 전 당신을 그토록 불행하게 했던 똑같은 감정이 지금도 남아 있을까 봐, 어쩌면 시간이 흐르면서 더 심해졌을까 봐 걱정되네요. 나는 숱한 불행들이 당신을 짓누르는 지금 같은 시기에 당신을 혼란스럽게 하지 않을 거예요. 다만 삼촌이 출발하기 전에 나와 나눴던 대화 때문에, 우리가 만나기 전에 얘기를 좀 해야 할 것 같아요.

얘기라고! 당신은 이렇게 말할지도 몰라요. 엘리자베스가 무슨 할 얘기가 있을까? 하고 말이죠. 정말 당신이 이렇게 말한다면, 내 질문에 답한 거고 나는 당신의 사랑스러운 사촌이라고 서명하는 것 이외에 할 일이 없겠죠. 하지만 당신은 네게 멀리 떨어져 있고 이 이야기에 두려울 수도 있지만 기뻐할 거예요. 그럴 거라는 가능성에서, 당신이 없는 동안 당신에게 자주 하고 싶었지만 차마 할 수 없었던 그 얘기를 더는 미루지 않고 편지에 쓰려고 해요.

빅토르, 당신도 잘 알 거예요. 우리가 아기였을 때부터 우리 결혼은 당신 부모님이 가장 바라는 계획이었다는 걸. 어렸을 때부터 우리는 그 얘기를 들어왔고 반드시 치러야 할 일이니 즐거운 마음으로 기다리라고 배웠죠. 우리는 어렸을 때 정다운 동무였고 우리가 커가면서 서로에게 소중하고 가치 있는 친구라고 생각했어요. 하지만 남매들이 좀 더 친밀한 결합을 바라진 않지만, 서로에게 열렬한 애정을 품는 경우가 있듯이, 우리 경우도 그런 건 아닐까요? 사랑하는 빅토르, 말해줘요. 부탁인데, 우리 서로의 행복을 걸고 솔직하게 진실을 대답해줘요. 당신 다른 사람을 사랑하고 있는 것은 아닌가요?

당신은 여행을 다녔어요. 잉골슈타트에서 몇 년을 생활하며 보냈죠. 친구여, 고백하건대 지난가을 당신을 봤을 때, 너무나 불행해 하며 모든 피조물의 사회에서 고독으로 달아나버려서, 아마 당신이 우리의 결합을 후회하고, 부모님의 소원이 당신 뜻에 반하더라도 도의상 들어줘야 할 의무라고 여긴다고 생각하지 않을 수 없었어요. 하지만 그것은 잘못된 논리예요. 사촌, 당신에게 고백하는데, 나는 당신을 사랑해요. 그리고 내 미래의 아득한 꿈결 속에서 당신은 내 영원한 친구이고 동료였어요. 하지만 나는 내 행복만큼이나 당신 행복도 바라고 있어요. 그래서 분명히 말하는데, 우리 결혼이 당신의 자발적인 선택에 의한 요구가 아니라면 나는 영원히 불행해질 거예요. 세상에서 가장 끔찍한 불행에 휩싸여 있는 당신을 유일하게 원래대로 되돌릴 수 있는 것이 사랑과 행복인데, 도의라는 말 때문에 그 모든 희망을 억누를지도 모른다고 생각하니 지금도 눈물이 나요. 당신을 열렬히 사랑하는 내가 당신 소원을 방해해서 당신을 열 배나 더 불행하게 만들지도 몰라요. 아! 빅토르. 당신 사촌이자 동무는 당신에 대한 사랑이 너무나 진실해서 이런 생각 때문에 불행해지지 않는다고 장담해요. 행복해야 해요. 내 친구. 당신이 내 이 한 가지 청을 들어준다면 이 세상 그 어떤 것도 내 평온함을 방해하지 못할 거라고 확신해요.

이 편지 때문에 불편해하지 마요. 괴롭다면 내일이든, 그 다음 날이든, 아니면 당신이 올 때까지 답장하지 않아도 돼요. 삼촌이 당신 건강에 대한 소식을 전해 주실 거예요. 나의 이런저런 노력 덕분에 우리가 만났을 때 당신 입술 위에 단 한 번이라도 미소가 어리는 것을 볼 수 있다면 다른 어떤 행복도 필요치 않아요.

엘리자베스 라벤자

17XX 5월 18일 제네바에서

이 편지를 읽으니, 이미 기억 속에서 사라진 악마의 협박 — '너의 결혼식 날 밤 나는 너와 함께 있을 거다!' — 이 다시금 생각났다. 그것은 내가 받은 판결이었고 그날 밤 악마는 온갖 방법을 동원해서 나를 파멸시키고, 고통을 조금이나마 달래줄 것 같은 잠깐의 행복마저 빼앗아 갈 것이다. 그날 밤 놈은 내 죽음으로 자신의 범죄를 완성할 결심을 했다. 오냐! 그래 좋다. 그러면 끔찍한 싸움이 일어날 것이 분명하다. 그런 상황에서 놈이 이긴다면 나는 평화롭게 잠들 것이고 나를 지배하던 놈의 힘도 끝이 날 것이다. 만약 놈이 패배한다면 나는 자유의 몸이 될 것이다. 아! 어떤 자유? 가족이 제 눈앞에서 학살당하고 오두막이 불타고 땅이 황폐해져 집도 돈도 없이 홀로 떠돌아다니지만, 몸은 자유로운 그런 농부가 누리는 자유겠지. 내 자유는 그런 걸 거다. 내 보물이 엘리자베스 안에 있다는 것을 제외하면. 아! 회한과 죄책감의 공포로 상쇄되어 죽을 때까지 나를 따라다닐 것이다.

아름답고 사랑스러운 엘리자베스! 나는 그녀의 편지를 읽고 또 읽었다. 그리고 어떤 부드러운 감정이 내 맘 속으로 살며시 들어와서는 감히 천국의 꿈같은 사랑과 기쁨을 속삭였다. 하지만 사과는 이미 따먹었고 천사는 소매를 걷어붙이며 내 모든 희망을 몰아냈다. 그러나 나는 죽을 각오로 그녀를 행복하게 해줄 것이다. 만일 괴물이 협박을 실행에 옮긴다면, 죽음은 피할 수 없다. 그런데 결혼이 내 운명을 재촉하는 것은 아닐까 하는 생각이 다시금 들었다. 사실 내 죽음은 몇 달 더 일찍 다가올 수도 있다. 하지만 자기 협박에 흔들려 내가 결혼을 연기했다고 고문자가 의심한다면 그는 다른, 어쩌면 좀 더 끔찍한 복수의 방법을 찾아낼 게 뻔했다. 놈은 내 결혼식 날 밤 나와 함께 있을 거라고 했지만 그렇게 협박했다고 그동안 자기가 잠자코 있을 거라는 의미를 포함하는 건 아니었다. 자기는 아직 피에 만족하지 않았다는 걸 내게 보여주기 위해, 그놈은 협박 직후 클레르발을 살해했으니까. 그러니 내 사촌과 바로 결혼을 해서 그녀나 아버지가 행복해질 수 있다면, 내 목숨을 빼앗으려는 적의 음모가 있어도 결혼을 한시라도 지체해선 안 된다.

나는 이런 마음 상태에서 엘리자베스에게 편지를 썼다. 내 편지는 차분했고 애정이 담뿍 담겨 있었다. 나는 이렇게 썼다. "사랑하는 여인아. 이 세상에서 우리를 위한 행복이 거의 남아 있지 않을까 봐 두렵소. 하지만 언젠가 내가 누릴 행복은 모두 당신 안에 집중되어 있소. 당신의 그 쓸데없는 두려움은 쫓아버려요. 내 인생과 만족을 위한 내 모든 노력을 오로지 당신에게만 바칠 거요. 엘리자베스, 한 가지 비밀이 있는데. 끔찍한 비밀이요. 당신에게 털어놓으면 당신은 두려워 온몸이 오싹해지고 내 불행에 놀라워하기보다는 오히려 내가 그런 일을 겪었음에도 살아있다는 것이 신기하게만 느껴질 거요. 우리가 결혼한 다음 날, 이런 불행하고 무시무시한 이야기를 당신에게 털어놓을 거라오. 사랑하는 엘리자베스, 우리 사이에 완벽한 믿음이 있기 때문이요. 하지만 당신에게 부탁하는데, 그때까지는 그것에 대해 아무런 말도, 아무런 눈치도 주지 마요. 내 아주 간절한 부탁이요. 난 당신이 따라줄 거라는 걸 알고 있소."

엘리자베스의 편지가 도착한 지 약 일주일 후, 우리는 제네바로 돌아갔다. 내 사촌은 애정 어린 따뜻한 마음으로 나를 맞이해 주었지만 내 쇠약해진 몸과 열에 달뜬 뺨을 보더니 눈물을 흘리고 말았다. 나 또한 그녀의 변한 모습을 알아챘다. 더 말라 있었고 이전에 나를 끌어당겼던 천사 같은 쾌활함도 대부분 사라졌다. 하지만 연민의 정이 느껴지는 친절하고 부드러운 모습 덕분에 그녀야말로 나처럼 저주받은 불행한 사람에게는 참으로 잘 어울리는 동반자 같았다.

하지만 그 당시 내가 누렸던 평온함은 그리 오래가지 않았다. 기억은 광기를 동반했다. 지난 일들을 생각할 때면 실제로 정신 착란이 나를 지배했고, 어느 때는 날뛰며 불같이 화를 내다가 어느 때는 기운 없이 의기소침해 하기도 했다. 나는 말도 하지 않고 보지도 않은 채, 그저 나를 덮친 숱한 불행에 혼란스러워하며 미동도 없이 앉아 있었다.

이런 발작으로부터 나를 끌어낼 힘을 가진 사람은 엘리자베스뿐이었다. 그녀의 다정한 목소리는 내가 격정에 사로잡혀 있을 때 마음을 다독여주었고 무기력하게 가라앉아 있을 때면 내게 인간적인 감정을 불어넣어 주었다. 그녀는 나와 함께, 그리고 나를 위해 눈물을 흘렸다. 제정신으로 돌아왔을 때, 그녀는 충고를 해주었고 내게 체념의 마음을 갖게 하려고 애썼다. 아! 불운한 사람들에게 체념이라는 것은 도움이 되겠지만 죄지은 사람에게 평화란 없다. 그렇지 않다면 과도한 슬픔에 빠져 있다가도 간혹 호사를 누릴 수도 있겠지만, 회한의 고통은 그런 호사마저 망쳐버린다.내가 도착한 직후, 아버지는 엘리자베스와 즉시 결혼하라고 말씀하셨다. 나는 잠자코 있었다.

"그럼, 사랑하는 다른 사람이 있는 거냐?"

"전혀 없어요. 저는 엘리자베스를 사랑하고 우리의 결혼을 즐거운 마음으로 기다리고 있어요. 그러니 날짜를 정해주세요. 정해지면 제가 살든 죽든 사촌의 행복을 위해 나 자신을 바치겠습니다."

"사랑하는 빅토르. 그렇게 말하지 마라. 가혹한 불행이 우리에게 닥치긴 했지만, 남아 있는 것에 더 꼭 매달려 우리가 잃은 사람을 위한 우리의 사랑을 아직 살아 있는 사람들에게 베풀자꾸나. 우리 가족이 많진 않지만, 함께 겪은 불행과 애정의 끈으로 단단히 묶여 있을 것이다. 시간이 너의 절망감을 사그라지게 할 때, 새롭고 소중한 관심의 대상들이 그토록 잔인하게 우리에게서 빼앗아 버린 사람들을 대신할 거란다."

이것이 아버지의 가르침이었다. 하지만 내게 그 협박의 기억이 되살아났다. 악마는 끔찍한 행동으로 아직 무슨 짓이든 저지를 수 있기 때문에 내가 놈을 거의 천하무적이라고 여긴다 해도 놀랄 일이 아니다. 그리고 놈이 "당신 결혼식 날 밤 나와 함께 있을 거다"라는 말을 했을 때 협박받은 운명을 피할 수 없을 거로 생각해도 전혀 이상한 일이 아니다. 하지만 그것으로 엘리자베스의 죽음을 막을 수만 있다면, 내게 죽음은 불행이 아니었다. 그래서 나는 흐뭇해하며 심지어 쾌활한 표정을 지으며, 사촌만 동의한다면 열흘 후에 결혼식을 치르자는 아버지의 말에 동의했고, 이렇게, 내가 상상한 대로, 내 운명을 봉인한 것이다.

하나님 맙소사! 내가 잠깐이라도 악마 같은 원수의 무시무시한 의도가 무엇인지 간파했더라면 이 불행한 결혼에 동의하느니 차라리 내 조국을 영영 떠나 친구도 없는 부랑자 신세로 이 세상을 떠돌아다녔을 거다. 하지만 괴물은 마치 마법의 힘을 가진 것처럼 내 눈을 가려 자신의 진짜 의도를 알아채지 못하게 했다. 나는 단지 내 자신의 죽음을 준비한다고 생각했지만 실은 훨씬 더 소중한 희생자의 죽음을 재촉하고 있었던 셈이다.

결혼식을 하기로 결정된 날이 점점 다가올수록, 비겁해서인지 예감 때문인지, 마음이 가라앉는 기분이었다. 하지만 나는 즐거운 표정으로 그런 내 기분을 감췄고 덕분에 아버지의 표정에는 미소와 즐거움이 가득했다. 그러나 나를 항상 지켜보는 엘리자베스의 예리한 눈은 도저히 속일 수가 없었다. 그녀는 차분하고 만족스러운 마음으로 우리의 결혼을 기다렸지만 약간의 두려움이 섞여 있었다. 과거의 불행 때문에, 지금은 손에 잡을 듯 확실한 행복처럼 보이는 것이 이내 공허한 꿈처럼 흩어져 버리고 영원히 지속될 깊은 회한 이외의 어떤 흔적도 남기지 않을지도 모른다는 생각이 각인되었기 때문이다.

결혼식 준비를 마치고 축하객들을 맞이했다. 사람들의 표정에 하나같이 미소가 번졌다. 나는 내 마음을 괴롭히는 걱정 근심을 될 수 있는 대로 맘속에 가두고 아버지의 계획에 열심히 참여하는 척했다. 물론 이런 계획들은 내 비극의 장식품에 불과했지만. 콜로니 근처에 우리 신혼집을 마련해서 그곳에서 시골의 즐거움을 누리려 했다. 다만 아버지를 매일 찾아뵐 수 있을 정도로 제네바에서 아주 가까운 곳이었다. 아버지는 에르네스트가 학교에서 공부를 따라갈 수 있도록 그를 위해 성안에서 계속 지내기로 했다.

그러는 동안 나는 악마가 공개적으로 나를 공격할 것에 대비해서 나 자신을 보호하기 위한 만반의 조처를 취했다. 항상 권총과 칼을 몸에 지니고 다녔고, 음모를 피하고자 항상 경계를 늦추지 않았으며, 이렇게 해서 나는 점점 더 평온을 찾아갔다. 실제 결혼식 날짜가 다가왔을 때는 그 협박이 망상처럼 보였고, 내 평화를 방해할만한 가치가 없다고 여길 정도였다. 그러는 동안 엄숙한 결혼식 날이 점점 다가올수록 결혼을 통해 내가 기대하는 행복이 점점 확실하게 모습을 드러냈고, 우리의 결혼은 어떤 사고가 일어나도 막을 수 없는 일이라는 이야기가 계속해서 들렸다.

엘리자베스는 행복해 보였고 나의 차분한 행동에 그녀 마음은 아주 편안했다. 하지만 내 소원과 운명이 완수될 바로 그 날,

그녀는 우울해 했고 불길한 예감에 사로잡혔다. 어쩌면 내가 다음 날 그녀에게 밝히기로 약속한 어떤 끔찍한 비밀에 대해 생각했는지도 모른다. 그 사이 아버지는 기뻐서 어쩔 줄 몰라 하셨고, 결혼식 준비가 분주하게 진행되는 동안 조카딸의 우울한 표정은 신부의 수줍음쯤으로 여겼다.

결혼식을 치른 후, 아버지 집에서 성대한 파티가 열렸다. 하지만 엘리자베스와 나는 에비앙에서 그날 오후와 밤을 보내고 다음 날 아침 콜로니로 돌아가기로 합의했다. 날씨가 화창했고 순풍이 불어 우리는 뱃길로 가기로 했다.

그 시간이 내가 행복을 누렸던 생애 마지막 순간이었다. 우리는 빠르게 나아갔다. 태양은 뜨거웠지만, 덮개로 햇빛을 피하면서 이따금 호수 한쪽 가장자리의 아름다운 절경을 즐겼다. 그곳에서 우리는 몽살레브와 몽탈레그르의 멋진 강둑, 그리고 저 멀리 그 모든 것 위쪽으로 우뚝 솟아 있는 아름다운 몽블랑과 그것을 흉내 내려 공연히 애쓰는 옹기종기 모인 눈 덮인 산들을 보았다. 건너편 강둑을 따라 나아가다 보니, 조국을 떠나는 야심가에 대해 어두운 경사면으로 맞서고, 그곳을 노예로 만들고 싶어 하는 침략자들에 대해 거의 넘을 수 없는 장벽으로 맞서는 웅장한 쥐라 산맥[37]이 보였다.

나는 엘리자베스의 손을 잡았다. "내 사랑. 슬퍼하는군요. 아! 내가 겪은 것을, 그리고 아직 겪고 있는 것을 당신이 안다

---

37 프랑스와 스위스 사이에 있음.

면, 최소한 오늘 하루만큼은 내게 허락된 휴식과 절망으로부터의 자유를 누리도록 애썼을 텐데."

"행복하세요. 사랑하는 빅토르." 엘리자베스가 대답했다. "그어떤 것도 당신을 괴롭히지 않았으면 좋겠어요. 그리고 내 얼굴에 활기찬 즐거움이 그려지지 않았다 해도 내심 만족스러워한다는 건 확실해요. 우리 앞에 펼쳐질 가능성에 대해 너무 많은 기대는 하지 말라고 뭔가가 내게 속삭이네요. 하지만 그런 불길한 목소리는 듣지 않을래요. 우리가 얼마나 빠르게 앞으로 나아가는지, 몽블랑 지붕을 가리기도 했다가 그 위를 떠다니기도 하는 구름이 이 아름다운 풍경을 얼마나 더 흥미진진하게 만드는지 봐요. 게다가 바닥에 놓여 있는 온갖 조약돌들을 구별할 수 있을 정도로 투명한 저 물속에서 헤엄치고 있는 수많은 물고기도 봐요. 얼마나 성스러운 날인가요! 모든 자연이 얼마나 행복하고 평화로워 보이는지 몰라요!"

그렇게 엘리자베스는 자기 생각과 내 생각에서 우울한 주제와 관련한 모든 생각을 다른 쪽으로 돌리려고 애를 썼다. 하지만 그녀의 기분은 오르락내리락했다. 잠시 즐거워하며 눈빛이 반짝이다가도 자꾸 주의가 산만해지면서 멍하니 몽상에 빠지곤 했다.

해가 하늘 아래쪽으로 내려앉았고, 우리는 드랑스 강을 지나갔다. 높은 언덕의 골짜기와 낮은 언덕의 협곡 사이로 흐르는 강물을 바라보았다. 이쯤 되니 알프스 산맥이 호수 가까이 다가왔고, 우리는 산의 동쪽 경계를 이루는 산들의 분지에 다다랐다. 저 아래 첨탑을 둘러싼 숲에서 에비앙의 첨탑이 빛났고, 산 너머 산줄기 사이로 첨탑이 우뚝 솟아 있었다.

　해 질 녘이 되자, 여태까지 엄청나게 빠른 속도로 우리를 실어 날라준 바람이 약한 미풍으로 잦아들었다. 그저 부드러운 공기에 잔물결이 일렁거렸고 호숫가에 이르자 나무들 사이에서 상쾌한 움직임이 일면서 아주 기분 좋은 꽃과 건초 향기가 퍼져 나왔다. 우리가 상륙할 때쯤 해는 뉘엿뉘엿 수평선 아래로 졌다. 해안가에 내리자 걱정과 두려움이 되살아나는 느낌이었고, 그것은 곧 나를 움켜쥐고 영영 놓아주지 않을 기세였다.

6장

우리가 뭍에 내린 시간은 8시 정각이었다. 우리는 잠시 석양을 즐기며 호숫가를 거닐다가 여관으로 들어갔고 어둠 속에 희미하긴 하지만 여전히 또렷한 윤곽을 그리는 바다와 숲, 산의 아름다운 풍경을 바라보았다.

남풍이 잦아들고 이제 서풍이 격렬하게 거세졌다. 하늘 정상에 도달했던 달이 이제 서서히 내려오고 있었다. 구름은 독수리의 질주보다 더 빠르게 달을 휩쓸고 지나가며 달빛을 흐려지게 하는 한편, 호수에는 이 분주한 하늘의 장면이 고스란히 비쳤고, 이제 일기 시작하는 쉼 없는 물결에 한결 더 분주해졌다. 갑작스레 세찬 비바람이 몰아쳤다.

낮 동안 내 마음은 차분했지만, 밤이 되어 물체의 모습들이 희미해지자마자 오만가지 두려움이 마음속에서 되살아났다. 나는 안절부절못하고 경계하면서 가슴팍에 숨겨둔 권총을 오른손으로 움켜쥐었다. 소리가 날 때마다 공포에 떨었다. 하지만 내 목숨을 대단히 비싸게 팔기로, 그리고 나든 원수 놈이든 어느 한쪽의 목숨이 끊어질 때까지 곧 닥칠 싸움을 늦추지 않기로 했다.

엘리자베스는 한동안 이런 나의 동요를 소심하게 두려워하며 잠자코 지켜보았다. 그러다가 결국 입을 열었다. "빅토르, 뭣 때문에 불안해하는 거예요? 뭘 두려워하는 거냐고요?"

"오! 조용히, 조용히 좀 해줘요. 내 사랑!" 나는 대답했다. "오늘 밤, 모든 게 안전할 거요. 하지만 이 밤이 두렵구려. 너무 두려워!"

나는 이런 마음 상태에서 한 시간을 보냈다. 갑자기 당장에라도 발생할 그 싸움이 아내에게 얼마나 끔찍할까 하는 생각이 들자, 나는 그녀에게 들어가 자라고 간곡히 부탁했고, 적의 상황에 대해 조금이라도 알 때까지 그녀와 함께 있지 않겠노라 결심했다.

엘리자베스는 내 곁을 떠났고, 나는 한동안 적의 은신처가 될 만한 곳을 구석구석 살피면서 집 안 복도를 계속해서 서성거렸다. 하지만 놈의 흔적을 전혀 발견하지 못했고, 어떤 다행스러운 우연이 개입하여 그의 협박을 실행하지 못하도록 한 것은 아닐까 추측했다. 바로 그때 갑자기 날카롭고 무시무시한 비명이 들렸다. 엘리자베스가 자러 들어간 방에서 흘러나왔다. 그 소리를 듣자, 진실의 전모가 내 마음속으로 밀려들면서 팔이 축 처지고 모든 근육과 섬유 조직의 움직임이 멈췄다. 피가 혈관 속에서 서서히 흐르는 것 같았고 사지 맨 끝 부분이 욱신거렸다. 잠시 이런 상태가 지속하다가, 비명이 계속 들리자 나는 황급히 방으로 들어갔다.

맙소사! 어째서 그때 죽지 않았단 말인가! 어째서 나는 여태까지 살아서 최고의 희망이며, 이 세상에서 가장 순수한 피조물의 죽음을 말하고 있단 말인가! 그녀는 생기 없이 죽은 듯 침대에 팽개쳐져 있었다. 머리는 아래쪽으로 축 늘어져 있었고 뒤틀리고 창백한 얼굴은 머리카락으로 반쯤 가려져 있었다. 어디로 고개를 돌려도 같은 모습 — 살인마에 의해 신부의 들것 위에 내팽개쳐진 핏기 없는 팔과 축 늘어진 육신 — 이 보였다. 이런 모습을 보고도 내가 살아 있을 수 있다니! 아! 목숨은 집요하고도 질겨서 가장 증오하는 곳에 찰싹 달라붙는다. 한순간 나는 기억을 잃고 기절했다.

정신을 차렸을 때, 나는 여관 사람들에게 둘러싸여 있었다. 그들의 표정에는 숨 막힐 듯한 두려움이 어려 있었다. 하지만 다른 사람들의 공포는 나를 덮친 그 감정의 그림자처럼, 흉내 낸 것에 불과해 보였다. 나는 그들을 피해 사랑하는 아내 엘리자베스의 주검이 놓인 방으로 갔다. 조금 전까지 살아 있었고 너무나 소중하고 가치 있는 사람이었는데. 그녀는 내가 처음에 봤던 그 모습이 아니라 이제는 머리에 팔을 대고 얼굴에서 목까지 손수건이 덮여 있는 상태로 누워있었다. 그녀가 잠들어 있다는 생각이 들 정도였다. 나는 그녀에게 달려가 꼭 껴안았다. 하지만 축 처져 있는 차가운 팔다리가, 지금 내 품에 안겨 있는 건 내가 사랑했고 소중히 여겼던 엘리자베스가 더는 아니라는 것을 말해주었다. 그녀의 목덜미 위에는 악마의 잔인한 손자국이 나 있었고 그녀의 입술에서 나오던 숨소리도 멎어 있었다.

나는 여전히 절망의 고통 속에 그녀에게 매달려 있다가 우연히 고개를 들었다. 아까는 방 창문이 닫혀 있어 방이 어두웠는데, 방을 비추는 옅은 노란 달빛을 보면서 나는 일종의 공포를 느꼈다. 덧문들이 뒤쪽으로 젖혀져 있었다. 말로 표현할 수 없는 공포에 휩싸인 나는 열린 창문에서 아주 끔찍하고 혐오스러운 형상을 발견했다. 이빨을 드러내며 웃는 괴물의 얼굴이 보였다. 그 불쾌한 손가락으로 아내의 주검을 가리키는 것이 마치 조롱하는 것처럼 보였다. 나는 창문을 향해 돌진했고 가슴팍에 있던 권총을 꺼내 쐈다. 하지만 놈은 나를 피해 그 자리에서 높게 뛰어올라 번개처럼 잽싸게 도망치더니 호수로 뛰어들었다.

총소리에 사람들이 그 방으로 우르르 몰려왔다. 나는 놈이 사라졌던 그 지점을 가리켰고 우리는 배를 타고 놈의 흔적을 쫓아 그물을 던졌지만 헛수고였다. 몇 시간이 흐른 후 우리는 희망 없이 되돌아왔고 나와 함께 간 대다수 사람은 놈이 내 상상속 인물일 거로 생각했다. 육지에 오른 일행은 계속해서 마을을 수색하다가 숲과 포도밭을 지나 다른 방향으로 향했다.

나는 그들과 함께 가지 않았다. 나는 지쳐있었다. 엷은 막이 낀 듯 눈앞이 흐렸고 열 때문에 피부가 바싹 말라 있었다. 나는 이런 상태로 침대에 누웠고 무슨 일이 일어났는지 거의 의식하지 못한 채, 잃어버린 뭔가를 찾기라도 하듯 방 안을 두리번거렸다.

결국, 나는 아버지가 엘리자베스와 내가 돌아오기만을 간절히 기다리고 있을 것이며 나만 혼자 돌아가야 한다는 생각이 났다. 이런 생각이 들자 눈물이 흘러내렸고 오랜 시간 멈추지 않았다. 하지만 내 불행과 그 원인에 대해 곰곰이 생각하면서 여러 가지 문제들이 머릿속에 두서없이 떠올랐다. 나는 불안과 공포의 그림자에 어쩔 줄 몰라 했다. 윌리엄의 죽음, 저스틴의 사형, 클레르발의 살인, 마지막으로 아내의 살인. 그 순간에도 나는 유일하게 남아 있는 내 가족들이 악마의 원한으로부터 안전한지 알지 못했다. 지금 아버지는 놈의 손아귀에서 온몸을 비틀고 있을지도 모르며 에르네스트는 놈의 발 앞에 쓰러져 죽어있을지도 모를 일이었다. 이런 생각에 온몸이 부들부들 떨렸고 조치를 취해야겠다는 생각이 들었다. 나는 벌떡 일어나 최대한 빨리 제네바로 돌아가기로 했다.구할 수 있는 말이 하나도 없어서, 나는 호수로 돌아와야 했다. 하지만 바람도 도움이 되지 않는 데다 폭우까지 쏟아졌다. 그러나 아직 아침이 되지 않았으니 당연히 밤에는 도착하리라 기대했다. 나는 노 저을 사람들을 고용했고 나도 노를 저었다. 몸을 움직이면 정신적 고통에서 헤어 나올 수 있다는 걸 늘 경험했기 때문이다. 하지만 그 당시 느꼈던, 넘쳐흐르는 불행과 내가 겪었던 과도한 불안감에 어떤 노력도 할 수 없었다. 나는 노를 던진 후 머리를 손으로 감싼 채 떠오르는 모든 우울한 생각에 무너져 내렸다. 고개를 들기만 하면, 행복한 시절에 늘 봐왔던 장면들과 이제는 그저 그림자이고 추억인 그녀와 함께 전날 내가 바라봤던 장면들이 눈에 비쳤다. 눈물이 흘러내렸다. 잠시 빗줄기가 그치자 몇 시간 전 그대로 물고기들이 바다에서 노는 것이 보였다. 그 당시 엘리자베스가 보았던 그 물고기들이었다. 엄청나고 급작스런 변화만큼 인간의 마음에 고통을 주는 것은 없을 것이다. 태양은 빛나고 구름은 낮게 드리워졌을지 모르지만 내게는 그 어느 것도 전날 모습처럼 보이지 않았다. 악마는 장차 행복해지려는 내 모든 희망을 앗아가 버렸다. 나만큼 불행한 피조물은 어디에도 없었다. 이토록 무시무시한 사건은 인간 역사상 단 한 번뿐일 테니까.

하지만 이 엄청난 마지막 사건 이후 일어난 일들에 대해 내가 왜 장황하게 늘어놓아야 할까? 내 사연은 무시무시하다. 나는 사건의 정점에 도달했고 이제부터 내가 이야기해야 하는 것은 당신에게 지루할 수밖에 없다. 내 가족들이 한 명씩 목숨을 잃었다는 것을 알고 있어라. 나는 홀로 남겨졌다. 힘이 다 빠졌으니 내 끔찍한 이야기의 남은 부분에 대해서는 간단하게 말하겠다.

나는 제네바에 도착했다. 아버지와 에르네스트는 아직 살아 있었다. 하지만 아버지는 내가 전한 소식에 쓰러지셨다. 지금도 아버지가 눈에 선하다. 훌륭하고 존경스러운 어른이셨는데! 그의 눈은 공허하게 두리번거렸다. 그들의 낙이며 즐거움 ─ 딸보다 더 딸 같았던 조카딸 ─ 을 잃어버렸기 때문이다. 인생의 내리막길에 들어서면 애정이 얼마 남아있지 않아 남은 사람들에게 좀 더 열렬히 애착하기 마련인데, 그런 사람이 느낄 수 있는 그 모든 애정을 쏟으며 애지중지 키웠던 조카딸이었다. 희끗희끗한 백발의 머리에 불행을 얹어놓고 아버지를 참담한 죽음으로 몰아간 악마가 저주스러울 뿐이다! 아버지는 당신 주변에 쌓인 공포 속에서 도저히 살아갈 수 없었고 뇌졸중의 발작이 일어나면서 며칠 후 내 품에서 숨을 거두셨다.

그런 다음 나는 어떻게 되었을까? 모른다. 나는 감정을 잃었고 쇠사슬과 어둠만이 나를 짓누르는 유일한 대상이었다. 정말로 가끔 어린 시절 가족들과 함께 꽃이 활짝 핀 초원과 멋진 계곡을 돌아다니는 꿈을 꾸곤 했다. 하지만 잠에서 깨면 지하 감방에 있었다. 뒤이어 우울증 증세가 나타났지만, 차츰 내 불행과 처지에 대해 분명히 이해하게 되었고 그 후 내 감방에서 풀려났다. 사람들은 내가 미쳤다고들 했다. 알고 보니 수개월 동안 독방이 내 거처였다.

하지만 내가 제정신이 들었을 때, 동시에 복수를 일깨우지 않았다면 내게 자유는 쓸모없는 선물이었을 것이다. 불행했던 지난 기억이 나를 짓누르면서 나는 그 원인에 대해 생각하기 시작했다. 내가 창조한 괴물, 나를 파멸시키기 위해 내가 이 세상에 보낸 끔찍한 악마 같은 놈. 놈을 생각할 때면 미칠 듯한 분노에 휩싸였고 놈을 손아귀에 움켜잡아 그 저주스런 머리에 지독한 복수를 할 수 있기를 간절히 기도했다.

나의 증오가 오랫동안 헛된 소망에만 국한된 건 아니었다. 나는 놈을 잡는 제일 좋은 방법들을 생각하기 시작했다. 독방에서 풀려난 지 한 달쯤 뒤 이런 목적으로 마을에 있는 형사 사건 판사를 찾아가 고소할 것이 있다고 하면서 내 가족의 살인자를 알고 있으니 전권을 총동원해서 살인자를 체포해 달라고 부탁했다.

치안판사는 내 이야기를 주의 깊고 친절하게 경청하더니 이렇게 말했다. "안심하세요. 악당을 잡는 데 그 어떤 수고나 노력도 아끼지 않겠습니다."

"감사합니다." 나는 대답했다. "그러니 제가 하는 증언을 잘 들어주십시오. 사실 너무 기괴한 이야기라서, 아무리 대단한 일이라 해도 확실히 믿게 하는 진실한 뭔가가 없다면, 당신이 믿지 않을까 봐 걱정입니다. 이 이야기는 꿈이라 오해할 수 없을 정도로 일관성이 있으며 게다가 난 거짓말을 할 이유가 없습니다." 내가 이런 식으로 그에게 말할 때 내 태도는 당당하면서도 차분했다. 내 파괴자를 죽일 때까지 추적하기로 맘속으로 결심을 굳힌 상태였다. 이 목적은 내 고통을 잠재우고 일시적으로나마 삶을 받아들이게 했다. 당시 나는 내 사연을 짤막하게 언급했지만 확실하고 신중하게 정확한 날짜를 말했으며 절대 정도에서 벗어나는 독설이나 절규 따위를 늘어놓지도 않았다.

치안판사는 처음에 전혀 믿지 못하는 눈치였지만 내가 계속해서 이야기하자 점차 귀를 기울이고 관심을 보이기 시작했다. 나는 가끔 그가 두려움에 몸을 떠는 모습을 보았고, 어떤 때는 불신이 섞이지 않은, 경악하는 모습이 그의 표정에 선명하게 드러나기도 했다.

나는 이야기를 마치면서 이렇게 말했다. "이것이 내가 고소할 놈입니다. 이놈의 체포와 처벌을 위해 당신의 전권을 행사해 주시기를 요청하는 바입니다. 그것은 치안판사 당신의 의무입니다. 한 인간인 당신의 감정도 이 사건에 대해 그러한 직무 수행을 마다치 않을 거라 기대하고 확신합니다."

이 말을 들은 치안 판사의 표정에 상당한 변화가 일었다. 그는 혼령과 초자연적인 사건의 이야기를 반쯤 믿으면서 내 이야기를 들었다. 그러나 급기야 공식적으로 행동해 달라는 요청을 받자 그에게 있던 불신의 기류가 모조리 되살아났다. 그럼에도 그는 부드럽게 말했다. "선생님이 추적하는데, 제 도움이 필요하시면 기꺼이 도와드리겠습니다. 하지만 선생님이 말하는 피조물은 내 모든 노력에 완강히 저항할 위력을 가지고 있는 것 같습니다. 얼음 바다를 횡단할 수 있고, 그 어떤 인간도 들어갈 엄두를 못 내는 동굴과 굴에서 살 수 있는 동물을 누가 뒤쫓을 수 있겠습니까? 게다가 죄를 저지른 지 여러 달이 흘렀고 놈이 어디를 돌아다니는지 현재 어디에 살고 있는지 짐작하는 사람은 아무도 없습니다."

"놈은 분명 내가 사는 곳 근처를 맴돌고 있을 겁니다. 설령 놈이 알프스 산에 숨어있다 해도 샤모아[38]처럼 사냥해서 맹수처럼 죽여 버리면 됩니다. 하지만 판사님의 생각을 알 것 같습니다. 판사님은 제 이야기를 믿지 않으시죠? 그리고 놈이 당연히 받아야 할 처벌과 더불어 내 원수를 쫓을 생각도 없으시고요."

내가 이렇게 말할 때 내 눈에서 분노가 번득였다. 치안판사는 겁을 먹었다. "선생님이 오해하신 겁니다." 그가 말했다. "나는 최선을 다할 겁니다. 그리고 내 능력 안에서 괴물을 잡을 수 있다면 장담하는데, 놈은 자신이 저지른 죄에 합당한 처벌을 받게 될 겁니다. 하지만 당신이 놈의 특징이라고 설명했던 것 때문에 이것은 불가능한 일이 될 것이며, 적절한 조치들이 총동원

38 유럽·아시아 산간 지방의 영양류.

돼도 실망할 수 있다는 마음의 준비를 하셔야 할 것 같습니다."

"그럴 리가 없어요. 하지만 제가 무슨 말을 하든, 거의 소용 없겠군요. 판사님께 내 복수는 중요한 일이 아니니까요. 저도 그 것이 나쁜 짓이라는 걸 인정하지만, 사실 그것은 내 영혼을 사로잡는 유일한 열정이 돼버렸습니다. 내가 이 인간 사회에 풀어 놓은 그 살인자가 여전히 살아 있다는 생각만으로도 이루 말할 수 없는 분노가 치밀어 오릅니다. 판사님은 제 정당한 요구를 거절하셨습니다. 그렇다면 딱 한 가지 방법밖에는 없겠군요. 그리고 저는 살든 죽든, 놈을 죽이기 위해 나 자신을 바칠 겁니다."

나는 이 말을 하면서 극도의 불안감에 온몸을 부들부들 떨었다. 내 태도에는 광기가 있었다. 그리고 의심의 여지 없이, 옛날 순교자들이 지녔다고들 하는 오만하면서도 맹렬한 뭔가가 있었다. 그러나 제네바 출신 치안판사, 헌신과 영웅주의와는 전혀 다른 생각에 휩싸여 있는 그에게, 이런 의기양양한 모습은 미친 모습으로 비쳤다. 그는 보모가 아이한테 하듯 나를 달래려고 애썼고 내 이야기를 돌이켜보며 정신착란의 영향이라 생각했다.

"이봐요!" 나는 소리쳤다. "현명하다고 자부하는 사람이 정말 무지하네요! 관둬요! 당신은 자기가 무슨 말을 하는지도 모르는군요."

나는 분하고 혼란스러운 상태에서 그곳을 나와, 다른 행동 방법을 계획하기 위해 돌아갔다.

7장

당시에는 자발적인 모든 생각이 다 쓸려가 없어진 상태였다. 분노로 마음만 조급했고, 복수심만이 기운을 북돋우며 평정심을 안겨 주었다. 복수심이 내 감정의 틀을 만들어주었고 덕분에 나는 신중하고 차분해졌다. 그때 그러지 않았다면 정신착란이나 죽음이 내 운명이었을 것이다.

내 첫 번째 해결책은 영원히 제네바를 떠나는 것이었다. 내가 행복하고 사랑받았을 때 내 조국은 내게 소중한 존재였지만 불운을 겪는 지금은 지긋지긋했다. 나는 어머니 소유의 보석 몇 가지와 함께 돈을 마련한 뒤 떠났다.

그리고 이제 방랑 생활이 시작되었고 생명이 다하면 이 생활도 끝날 것이다. 나는 지구 위의 수많은 곳을 횡단했고 사막이나 미개한 나라에서 여행자들이 예사로 겪는 모든 역경을 참아냈다. 나는 내가 어떻게 살았는지 잘 모른다. 모래 평원에서 쇠약해가는 사지를 쫙 뻗고 누워, 죽여 달라고 빌었던 적이 한두 번이 아니었다. 하지만 복수심이 나를 살렸다. 적을 살려 둔 채 감히 죽을 수 없었다.

내가 제네바를 떠나면서 처음으로 한 일은 악마 같은 내 원수의 자취를 찾을 수 있는 단서를 찾는 것이었다. 하지만 계획이 흔들렸다. 어떤 길로 가야 할지 확신도 없이 마을 주변을 여러 시간 헤매고 다녔다. 밤이 다가오자 나는 윌리엄과 엘리자베스, 아버지가 잠들어 있는 묘지 입구에 서 있었다. 나는 그곳에 들어갔고 그들 무덤이라고 표시된 묘비에 다가갔다. 나뭇잎들이 바람에 조용히 흔들릴 뿐 만물이 고요했다. 거의 짙은 어둠이 깔린 밤이었다. 그곳에 있으면, 아무 상관 없는 구경꾼들도 침통하고 애처로운 느낌이 절로 들었을 것이다. 떠난 이의 혼령들이 주변을 돌아다니며, 문상객들의 머리 주변에 보이지는 않지만 느낄 수 있는 그림자를 드리운 듯했다.

처음 이곳에 왔을 때 일었던 깊은 슬픔은 이내 분노와 절망감으로 바뀌었다. 그들은 죽었고 나는 살아 있다. 살인자 또한 살아 있으니 놈을 죽이기 위해서는 지칠 대로 지친 내 목숨을 질질 끌고 가야 한다. 나는 풀밭에 무릎을 꿇고 땅에 입 맞추며 떨리는 입술로 소리쳤다. "내가 무릎을 꿇고 있는 이 신성한 땅과 내 주변을 방황하는 혼령들, 그리고 내가 느끼는 깊고 영원한 슬픔에 나는 맹세하노라. 오! 밤, 그대에게, 그리고 당신을 지배하는 혼령들에게 맹세하노라. 그놈이든 나든, 한쪽이 이 필사적인 싸움에서 죽을 때까지 이 고통을 일으킨 그 악마 같은 놈을 추적할 것이다. 이 목적을 위해 나는 목숨을 유지할 것이다. 이 절절한 복수를 실행하기 위해, 안 그랬으면 내 눈앞에서 영영 사라졌을 태양을 다시 바라보고 대지의 푸른 목초들을 밟을 것이다. 그리고 죽은 자들의 혼령들인 그대들에게 요청하노라. 방랑하는 복수의 대행자들인 그대들에게 내 일을 도와주고 이끌어 달라고 요청하노라. 저주스럽고 악랄한 괴물이 고통을 깊이 들이마시게 하라. 지금 나를 괴롭히는 절망감을 놈도 느끼게 하라."

나는 엄숙한 마음으로 간청하기 시작했고, 죽은 가족의 유령들이 내 기도를 듣고 동의한다는, 거의 확신을 주는 경외감을 느꼈다. 그러나 기도를 끝마쳤을 무렵에는 분노에 사로잡혔고 억울한 마음에 말문이 막혀버렸다.

밤의 적막을 뚫고 악마 같은 커다란 웃음소리가 응답을 해왔다. 그것은 귓가에 오래도록 크게 울려 퍼졌다. 그 소리가 산에 메아리치면서 마치 모든 악령이 나를 조롱하고 비웃으며 둘러싸는 느낌이었다. 분명 그 순간 나는 광기에 휩싸여 내 비참한 목숨을 파멸시켜야 했다. 하지만 누군가 내 맹세를 들었고 복수를 위해 난 남겨졌다. 웃음소리가 사라졌고 그 순간 익히 잘 알고 있는 혐오스러운 목소리가 내 귓가에 알아들을 수 있는 소리로 속삭였다. "난 만족해. 불쌍하고 가엾은 사람. 살아있겠다고 결심하다니 기쁘군."

나는 소리가 들리는 쪽으로 달려갔지만, 악마는 내 손아귀에서 벗어났다. 갑자기 커다란 원판 모양의 달이 떠올랐고 놈이 인간의 속도 그 이상으로 도망칠 때, 그 괴기스럽고 뒤틀린 형체를 환히 비춰주었다.

나는 그를 추격했다. 여러 달 동안 그것이 내 임무였다. 보잘

것없는 단서에 이끌려 굽이치는 론 강을 따라갔지만 허사였다. 푸른 지중해가 모습을 드러냈고 기이한 우연으로 나는 악마가 어둠으로 들어가 흑해 행 선박에 몸을 숨긴 것을 보았다. 나는 같은 배를 타고 항해했지만, 놈은 도망가 버렸고 나는 어찌 된 영문인지 알지 못했다.

놈은 타타르[39]와 러시아 일대의 황야 한복판에서 여전히 나를 피해 다녔지만 나는 계속해서 그의 자취를 따라다녔다. 때때로 이 무시무시한 요괴 때문에 깜짝 놀란 농부들이 내게 그가 지나간 길을 알려주기도 했고, 때때로 내가 모든 자취를 잃고 절망하다 죽을까 봐 두려웠는지 괴물은 자진해서 나를 안내해 줄 표시들을 남겨놓곤 했다. 내 머리 위로 눈이 내렸고 하얀 평원에서 놈의 거대한 발자국을 발견했다. 이제 막 삶을 시작하고 걱정도 처음이고 고통도 알지 못하는 당신이 과연 내가 느꼈고 여전히 느끼고 있는 것을 이해할 수 있을까? 추위와 결핍, 피로는 내가 견뎌야 할 고통 중 가장 하찮은 것이었다. 나는 어떤 악마의 저주를 받았고 가는 곳마다 영원불멸의 지옥을 품고 다녔다. 그럼에도 착한 정령이 나를 따라다니며 내 발걸음을 인도해주었고, 내가 많이 투덜거리면 극복하기 힘들 것 같은 역경으로부터 느닷없이 나를 구해주었다. 본성이 허기에 맥을 못 추고 탈진 상태에 빠질 때면, 사막에 나를 위한 식사가 마련되었고 그것은 내 원기를 회복시켜주고 기운을 북돋아 주곤 했다. 사실

---

39 동부 유럽에서 서부 아시아 일대.

음식은 그 나라 농부들이 먹는 것처럼 형편없었지만 내가 도와달라고 빌었던 혼령들이 그곳에 식사를 차렸다는 걸 의심하지 않았다. 종종 모든 것이 건조하고 하늘에는 구름 한 점 없는 데다 갈증으로 입이 바싹 마를 때면, 얼마 안 되는 구름이 나타나 하늘을 흐리게 만들더니 내게 활기를 되찾아 줄만큼만 빗방울을 조금 흩뿌리다가 사라지곤 했다.

나는 될 수 있는 대로 강줄기들을 따라갔는데 악마는 대개 이런 곳들을 피해 다녔다. 사람들이 주로 모이는 곳이 이런 곳이었기 때문이다. 그 밖의 다른 곳에서는 인간이 거의 보이지 않았기 때문에 나는 내가 가는 길을 지나가는 야생 동물들을 먹고 살았다. 나한테는 돈이 있어서, 그것을 나눠주거나 내가 잡은 음식들을 가져다주면서 마을 사람들과 사이좋게 지냈다. 나는 잡은 짐승을 조금만 먹은 후, 요리에 필요한 불과 도구를 제공해준 사람들에게 남은 것을 주었다.

이런 식으로 시간을 보내다 보니, 정말 삶이 지긋지긋해졌고 내가 즐거움을 음미할 수 있는 시간은 오로지 잠잘 때뿐이었다. 오! 축복의 잠이여! 아주 괴로울 때면 나는 종종 잠에 빠져들었는데, 나를 달래주는 꿈 덕분에 기분까지 황홀해졌다. 나를 인도했던 혼령들은 이런 순간들을 제공했고, 아니 정확히 말하면 내 순례를 완수하기 위한 체력을 유지할 수 있는 행복한 시간을 마련해주었다. 이런 휴식시간마저 없었다면, 나는 역경 속에 침몰하고 말았을 것이다. 나는 밤이 올 거라는 희망으로 낮을 버티며 힘을 냈다. 잠을 잘 때 내 가족과 아내, 사랑하는 조국을 볼 수 있었기 때문이다. 아버지의 인자한 표정을 다시 보았고 엘리자베스의 맑은 음성을 들었고 건강과 젊음을 누리는 클레르발을 볼 수 있었다. 종종 고된 행군으로 지쳐있을 때면, 밤이 올 때까지 꿈을 꾸고 있는 거라고, 그러다가 내 소중한 가족의 품에 안겨 현실을 즐길 거라고 자신을 설득했다. 내가 그들에게 얼마나 고통스러운 사랑을 느끼는지 모른다! 간혹 깨어있을 때 그들이 계속 떠오르면 나는 그들의 사랑스럽고 소중한 모습에 매달리며 그들이 여전히 살아있다고 얼마나 자신을 설득했던가. 그런 순간에는, 내 안에 활활 타오르던 복수심은 어느덧 마음속에서 사라졌다. 나는 내 영혼의 간절한 욕망보다는 내가 의식하지 못하는 어떤 힘의 무의식적인 충동처럼, 마치 하늘이 명한 임무처럼 악마의 파멸을 향해 나아갔다.

내가 뒤쫓는 그놈의 심정은 어땠을지 나는 알 수가 없다. 때때로, 정말로 놈은 나무껍질에 글자를 써놓거나 돌을 잘라 표시를 남겨 나를 안내하면서 분노를 부추겼다. "내 지배는 아직 끝나지 않았다." (새겨진 글 중 읽을 수 있는 글귀들이었다.) "살아라. 그래야 내 힘이 완벽해진다. 나를 따라와라. 나는 북쪽의 영원불멸 얼음을 찾아갈 텐데, 너는 그곳에서 내게는 무감각한 추위와 서리의 고통을 느끼게 될 것이다. 네가 너무 늦지 않게 따라온다면 그 근처에서 죽은 토끼를 발견하게 될 것이다. 그것을 먹고 기운을 내라. 자, 내 원수야! 우리는 아직 목숨을 걸고 싸우지 않았다. 하지만 그 날이 올 때까지 힘겹고 비참한 그 숱한 시간을 견뎌내야 한다."

악마가 조롱하는구나! 나는 또다시 복수를 맹세한다. 또다시 비열한 악마인 너에게 고문과 죽음을 바치노라. 그나, 내가 사라지기 전까지, 나는 추적을 게을리하지 않을 것이다. 그런 다음 환희에 차서 엘리자베스를 비롯하여 지금도 나를 위해 이 짓지긋한 고역과 끔찍한 순례에 대한 보상을 준비하고 있는 사람들을 만날 것이다.

내가 여전히 북쪽으로 여행하고 있을 때, 눈발이 굵어졌고 거의 버틸 수 없을 정도로 혹독하게 추워졌다. 농부들은 오두막집에 처박혀 있었고 아주 강인한 몇 사람만이 위험을 무릅쓰고 밖으로 나와, 먹이를 찾으러 어쩔 수 없이 은신처에서 나온 굶주린 동물들을 포획했다. 강은 얼음으로 덮여 있어서 물고기도 잡히지 않았다. 그래서 내 중요한 생계 거리가 끊기고 말았다.

내 일이 힘들수록 내 원수의 승리감은 커졌다. 그가 새겨 놓은 글귀에는 이런 말이 있었다. "준비하라! 너의 고생은 이제 시작일 뿐이다. 모피로 몸을 감싸고 식량을 준비해라. 우리는 이제 곧 여행을 시작할 테니, 그 여행에서 네 고통이 나의 영원한 증오를 만족하게 하리라."

이런 조롱 섞인 말에 내 용기와 인내심은 힘을 얻었다. 나는 내 목적을 반드시 이루리라 결심했고, 나를 도와달라고 하늘에 간청하면서 조금도 수그러들지 않는 열정으로 광활한 사막을 계속해서 횡단했다. 드디어 저 멀리 바다가 보였고 수평선의 맨 끝 경계선을 이루고 있었다. 오! 남쪽의 푸른 바다와 너무나 다르구나! 얼음으로 뒤덮인 북쪽 바다가 육지와 구분될 수 있는 것은 단지 훨씬 더 황폐하고 거친 모습이라는 것뿐이었다. 그리스인들은 아시아의 구릉 지대에서 지중해를 보며 환희의 눈물을 쏟았고 넋이 빠진 채 자신들의 고생이 끝났다고 환호했다. 나는 눈물을 흘리지 않았다. 대신 무릎을 꿇고 벅찬 마음으로 내 원수의 조롱에도 불구하고 놈과 만나 결투를 벌이고 싶은 그곳으로 안전하게 나를 인도해준 내 길잡이 혼령들에 고마움을 전했다.

그 몇 주 전, 나는 썰매와 개들을 구했고 그래서 상상할 수도 없는 속도로 설원을 횡단했다. 악마도 같은 혜택을 누렸는지는 모른다. 하지만 전에는 추적하는 데 있어 날마다 뒤처졌지만, 지금은 놈에게 점점 가까워지고 있었다. 게다가 아주 가까워져서 내가 처음 바다를 보았을 때, 놈은 단지 하루 거리 정도 앞서 있었을 뿐이었다. 나는 그가 해변에 도착하기 전에 붙잡고 싶었다. 그래서 다시 용기를 내어 밀어붙였고 이틀 후 해안가 어느 허름한 작은 마을에 도착했다. 나는 주민들에게 악마에 관해 물었고 정확한 정보를 얻어냈다. 그들은 말하길, 장총 하나와 권총 여러 자루로 무장한 거대한 괴물이 지난밤에 도착했고, 끔찍한 그의 외모 때문에 어느 외딴 오두막 식구들이 겁에 질려 도망갔다고 했다. 놈은 저장해놓은 겨울 식량을 가져가 썰매에 실었고, 썰매를 끌 훈련된 수많은 개무리를 붙잡아 마구를 채운 다음, 같은 날 밤 공포에 질린 마을 사람들에게는 다행스럽게도, 육지가 없는 방향으로 바다를 가로지르며 계속 여행을 했다. 사람들은 놈이 얼음이 깨져 바로 죽었거나 끝없이 내리는 서리에 얼어 죽었을 거로 추측했다.

이 정보를 듣자마자 나는 일시적으로 큰 절망감에 빠졌다. 놈은 나를 피했고 나는 주민들도 오랫동안 견뎌내기 힘든 추위 속에서 광활한 얼음 바다를 통과하는, 거의 끝을 알 수 없는 비극적인 여행을 시작해야 했다. 온화하고 화창한 기후에서 태어난 나는 이런 곳에서 살아남기를 바랄 수 없었다. 그럼에도 악마가 살아 있고 승리할 것이라는 생각에 내 분노와 복수심이 다시금 생겨나서 거대한 파도처럼 다른 모든 감정을 뒤덮었다. 잠시 휴식을 취하는 동안 죽은 자의 혼령들이 내 주위를 떠돌아다니면서 내 고역과 복수심을 불러일으켰고 나는 여행 준비를 시작했다.

나는 육지용 썰매 대신, 표면이 울퉁불퉁한 얼음 바다용 썰매로 교체했고, 식량을 충분히 마련한 후 육지를 떠났다.

그 이후 얼마나 많은 날이 지났는지 짐작할 수 없었다. 하지만 나는 고통을 참아냈고 내 마음속에 끊임없이 활활 타오르던 정당한 응징의 감정만이 나를 버티게 해줬다. 거대한 바위투성이의 얼음산들은 종종 내가 가는 길을 방해했고 내 파멸을 위협하는 거친 파도의 천둥소리도 자주 들었다. 하지만 다시 서리가 내렸고 바닷길은 안전해졌다.

내가 먹었던 식량의 양으로 보건대, 아마도 이 여행을 시작한 지 3주가 흐른 듯했다. 희망이 계속해서 지체되고 있다는 생각이 되살아나면서, 절망과 근심의 쓰디쓴 눈물이 눈에서 자주 흘러내렸다. 사실 절망감은 먹잇감을 거의 확보했고 나는 그 불행 속으로 바로 침몰했어야 했다. 한동안 나를 싣고 왔던 불쌍한 동물들이 상상도 못 할 고생 끝에 가파른 얼음산 정상에 올랐지만, 그중 한 마리가 피로에 지쳐 죽게 되었다. 나는 괴로워하며 내 앞에 펼쳐진 광경을 바라보았고, 그러다가 갑자기 어스름한 평원에 짙은 얼룩 하나를 보게 되었다. 나는 그것이 무엇인지 알아내려고 눈을 부릅떴고, 썰매 한 대와 그 안에 타고 있는 너무도 잘 알고 있는 뒤틀린 모습을 알아보고는 격한 기쁨의 괴성을 질러댔다. 오! 내 마음속에 희망이 얼마나 활활 타오르며 솟구쳐 올랐던가! 뜨거운 눈물이 두 눈 가득 고였고 악마 모습이 보이지 않을까 봐 서둘러 눈물을 닦았다. 하지만 뜨거운 눈물 때문에 여전히 시야가 흐렸고 결국 나를 짓눌렀던 감정에 못 이긴 나머지 큰 소리로 울고 말았다.

하지만 지금은 시간을 지체할 때가 아니었다. 나는 개들을 죽은 동료로부터 풀어준 후 녀석들에게 충분한 먹이를 주었다. 한 시간 정도 휴식을 취했는데, 이것은 절대적으로 필요한 일이었지만 상당히 짜증스러웠다. 그 후 나는 계속 내 길을 갔다. 여전히 썰매가 보였고 잠시 얼음 바위가 중간에 끼어들어 썰매를 가리는 순간을 제외하면 한 번도 그 썰매를 놓치지 않았다. 실제로도 상당히 가까워졌고 이틀 후 겨우 1.6km 거리에서 원수 놈을 봤을 때, 가슴이 마구 뛰었다.

하지만 적이 거의 손에 잡힐 듯한 바로 그때, 돌연 희망이 사라져버렸다. 이전 그 어느 때보다도 놈의 자취를 완전히 놓치고 만 것이다. 거친 파도 소리가 들렸고 바닷물이 내 밑에서 굽이치고 솟아오르면서 내는 천둥소리는 매 순간 점점 더 불길하고 끔찍해졌다. 서둘러 나아가려 했지만 허사였다. 바람도 거세졌고 바다가 포효했다. 지진의 강력한 충격과 함께 얼음 바다가 갈라졌고 엄청나게 큰 굉음을 내며 깨졌다. 이 현상은 금방 끝났다. 몇 분 후 나와 내 원수 사이에 거친 파도가 굽이치며 몰려왔고 나는 잘게 부서진 얼음 조각을 타고 표류하게 되었는데 얼음 조각은 계속해서 줄어들었고 결국 그렇게 끔찍한 죽음을 맞이하고 있었다.

이런 상태로 간담을 서늘케 하는 시간이 많이 흘렀다. 개 몇 마리가 죽었다. 나 자신도 고통이 점점 심해지면서 쓰러지기 일보 직전인 바로 그때, 정박해 있는 당신 배를 보았고 내게 도움과 생존의 희망을 내밀었다. 나는 최북단까지 배가 올 거라는 생각을 해 본 적이 없어서 그 모습에 깜짝 놀랐다. 나는 썰매 일부분을 재빨리 부서뜨려 노를 만들었고 무척 피곤했지만 이런 방법으로 당신 배가 있는 방향으로 얼음 뗏목을 움직일 수 있었다. 당신이 남쪽으로 가는 중이라면, 내 목적을 포기하기보다는 나 자신을 바다의 처분에 맡기리라 결심했다. 당신을 설득해서 원수 놈을 계속해서 추적할 수 있는 보트를 달라 하고 싶었다. 하지만 당신이 가는 방향은 북쪽이었다. 당신이 나를 배에 태웠을 때 나는 기력이 너무 쇠한 상태였고, 가중된 고통을 감당하지 못하여 조만간 죽음에 이를 것이다. 나는 내 임무를 완수하지 못했기 때문에 여전히 죽을까 봐 두렵다.

오! 내 길잡이 혼령이 언제 나를 악마에게 이끌어가서, 내가 그토록 원했던 휴식을 내게 허락할까? 혹은 나는 죽고 놈은 여전히 살까? 월턴! 내가 죽는다면 놈이 도망 못 가게 할 거라고 맹세해줘요. 당신이 놈을 찾아 죽여 내 복수를 이뤄줄 거라고 맹세해줘요. 하지만 내가 어찌 감히 당신에게 내 순례를 떠맡기고 내가 겪었던 역경을 견뎌내라고 부탁할 수 있단 말이오? 아니요. 나는 그렇게 이기적이지 않습니다. 하지만 내가 죽었을 때 놈이 나타난다면, 복수의 집행자들이 놈을 당신에게 인도한다면, 놈을 절대 살려두지 않겠다고 맹세해줘요. 응어리진 내 원한을 그놈이 극복하지 못하도록, 그리고 다른 사람을 나처럼 불쌍한 사람으로 만들지 않겠다고 맹세해줘요. 놈은 언변도 뛰어나고 설득력이 있어요. 한 번은 놈의 말에 내 마음이 흔들렸죠. 하지만 놈을 믿지 마요. 그의 영혼은 그 모습만큼이나 소름 끼칩니다. 기만과 악마 같은 악의로 똘똘 뭉쳐있으니까요. 그의 말을 듣지 마요. 윌리엄, 저스틴, 클레르발, 엘리자베스, 내 아버지의 영혼, 그리고 가엾은 빅토르의 영혼에 부탁해요. 그리고 당신의 칼을 놈의 가슴에 쑤셔 넣어요. 나는 근처를 맴돌면서 칼이 제대로 박히도록 인도할 겁니다.

월턴의 편지 이야기가 계속 이어진다.

17XX 8월 26일

마거릿! 누이는 이 이상하고 끔찍한 사연을 읽었겠죠. 너무 무서워 피가 엉겨 붙는 듯한 느낌이 들지 않나요? 나는 지금도 피가 얼어붙는 듯한 공포가 느껴져요. 그는 간혹 불현듯 고통에 휩싸여 이야기를 잇지 못할 때도 있었고, 어떤 때는 고뇌에 가득 찬 말들을 날카로운 목소리로 띄엄띄엄 힘겹게 내뱉곤 했죠. 그의 섬세하고 사랑스러운 눈은 분노로 번뜩이다가도 어느새 우울한 슬픔에 누그러지고 한없는 비참함에 그 빛은 사라져버려요. 때때로 그는 표정과 목소리를 조절하고, 차분한 목소리로 분한 마음을 꾹꾹 억누르고 나서, 아주 끔찍한 사건들을 들려주었죠. 자신의 박해자에 대한 저주를 퍼부을 때면 갑자기 폭발하는 화산처럼 아주 미친 듯 화난 표정으로 싹 바뀌죠.

그의 이야기는 일관성이 있었고 듣다 보면 진짜 사실 같았죠. 하지만 고백하건대 그의 주장도 진지하고 일관성이 있었지만, 그보다는 그가 내게 보여준 펠릭스와 사피의 편지, 우리 배에서 본 괴물 모습 때문에 그의 이야기가 사실임을 점차 확신하게 됐어요. 그 괴물은 실제로 존재했어요. 의심의 여지가 없습니다. 하지만 나는 놀라움과 경탄에 사로잡혔죠. 간혹 프랑켄슈타인에게 피조물의 형성에 대한 구체적인 사항들을 알아내려고 애를 썼지만, 그 점에 대해서는 완강하더군요.

"당신 미쳤소? 친구!" 그가 말했죠. "아니 그 무분별한 호기심이 당신을 어디로 이끌겠습니까? 당신도 당신 자신과 이 세상을 위해 악마 같은 원수를 창조하려고요? 그게 아니라면 무슨 의도로 그런 질문을 하는 겁니까? 제발, 아무 말 말아요! 내 불행에서 배워요. 당신을 점점 불행하게 만들려고 하지 마요."

프랑켄슈타인은 자기 사연을 내가 기록하고 있다는 걸 눈치를 채고 그걸 보여 달라더니 직접 많은 부분을 고치고 이야기를 덧붙였는데, 주로 자기 원수와 나눴던 대화에 생명력과 활기를 불어넣곤 했죠. 그는 이렇게 말했어요. "당신이 내 이야기를 기록한 이상, 잘못된 이야기가 후대에 전해지는 건 바라지 않습니다."

그렇게 일주일이 지났고 그동안 나는 상상력이 만들어낸 가장 기괴한 이야기를 들었죠. 내 생각과 영혼이 느끼는 모든 감정이 내 손님에게 흠뻑 빠져버렸는데, 이 이야기와 그의 세련되고 다정한 태도 덕분에 호기심이 발동한 거죠. 그를 달래주고 싶었지만, 이토록 끝도 없는 불행에 빠진, 위안이 될 만한 희망이라고는 전혀 없는 사람에게 살라고 조언할 수 있을까요? 오! 아뇨! 지금 그 사람이 알고 있는 유일한 즐거움이라고 하다면 산산이 부서진 감정들을 평온과 죽음으로 가다듬을 때뿐일 거예요. 하지만 그는 고독과 정신착란의 결과로, 하나의 위안을 누리고 있죠. 그는 꿈속에서 가족들과 대화를 나누고 의사소통을 하면서 고통을 위로받고 복수심을 일깨운다고 생각해요. 그리고 그들은 그의 환상이 만들어낸 것이 아니라 머나먼 세상의 어떤 지역에서 자기를 찾아온 실존 인물들이라고 믿고 있죠. 이런 믿음이 그의 몽상에 진중함을 부여하면서, 나도 그몽상들이 거의 진실처럼 강력하고 흥미롭게 느껴지더라고요.

그렇다고 우리의 대화가 늘 그의 사연이나 불행에 국한된 것은 아니에요. 문학 전반의 모든 점에 대해, 그는 광대한 지식과 날카롭고 통찰력 있는 견해를 보여주었죠. 그의 유창한 언변은 설득력이 있고 감동적이었어요. 그가 애절한 사연을 들려줄 때, 연민이나 사랑의 감정을 일으키려고 할 때면 눈물 없이는 그 이야기를 들을 수 없었죠. 그가 한창 성공 가도를 달릴 때 얼마나 영광스런 피조물이었을까요! 폐인이 된 지금도 이토록 고귀하고 성스러운데 말이죠. 그는 자신의 가치를 그리고 자기 몰락의 위대성을 느끼는 것 같았어요.

그는 말했죠. "젊었을 때, 나는 내가 어떤 위대한 업적을 이룰 운명을 타고났다고 생각했죠. 심오한 감성에, 빛나는 업적을 세울 만한 냉철한 판단력을 갖고 있었으니까요. 내 본성의 가치에 대한 이 정서 때문에, 다른 사람이라면 압박감을 느낄 상황에서 나는 버텨낼 수 있었죠. 헛된 슬픔에 빠져 동족들에게 도움이 될 수 있는 그런 재능들을 허비한다는 건 범죄라고 생각했어요. 내가 완수했던 그 일을 생각할 때, 그것은 다름 아닌 섬세하고 이성적인 동물의 창조였으니, 여느 평범한 기획자 무리와 동급으로 취급될 순 없어요. 하지만 내 경력을 시작할 때 나를 버티게 해준 이런 감정이 이제 나를 저 아래 먼지 속으로 밀어 넣고 있네요. 내 모든 성찰과 희망들은 무용지물이 되었어요. 전능을 열망했던 대천사처럼 나도 영원한 지옥에 묶여 버렸어요. 내 상상력은 생생했고 분석력과 적용능력도 뛰어났죠. 이런 능력들이 어우러져 그 아이디어가 생각났고 인간 창조를 실행에 옮겼습니다. 그 일이 미완으로 끝나긴 했지만, 지금도 나는 내 몽상들을 회상할 때마다 열정에 휩싸입니다. 지금도 내 능력에 의기양양해 있고, 그 능력의 결과에 대한 아이디어에 흥분해서 상상 속 천국을 걸어 다니죠. 나는 아주 어렸을 때부터 고매한 희망과 고귀한 야망에 흠뻑 젖어 있었어요. 그런데 어쩌다가 침몰해버렸는지! 오! 친구여! 당신이 예전 내 모습을 알았다면 이 지경으로 만신창이가 된 나를 알아보지 못했을 거요. 절망감이 내 마음에 찾아온 적은 거의 없었으니까요. 숭고한 운명이 나를 지탱해주는 것 같았죠. 영영 일어서지 못할 정도로 무너졌을 때까지 말이죠."

그렇다면 나는 이 존경할만한 존재를 포기해야 할까요? 나는 친구를 갈망했죠. 내게 공감해주고 사랑을 주는 사람을 찾았죠. 보세요. 이 황량한 바다에서 그런 사람을 찾은 거예요. 하지만 그를 얻었는데, 결국 그의 가치를 알고도 그를 잃을까 봐 두렵네요. 그에게 삶을 받아들이라고 했지만, 그는 그 생각을 거부하더군요.

그는 말했죠. "월턴! 이토록 불쌍한 사람을 친절하게 대해주셔서 감사합니다. 당신은 새로운 유대관계와 새로운 애정을 말하는데, 그것이 죽은 사람들을 대신할 수 있을 거로 생각하나요? 어떤 사람이 내게 클레르발 같은 사람이 될 수 있을까요? 어떤 여자가 또 하나의 엘리자베스가 되어 줄까요? 어린 시절 친구의 경우, 어떤 훌륭한 장점이 있어서 우정에 큰 영향을 주기보다는 우리 마음을 지배하는 어떤 힘이 있기 마련인데, 그후 만난 친구들한테는 그런 게 거의 없어요. 그들은 어린 시절 우리의 성향을 알고 있죠. 나중에 변할 수 있을지는 몰라도 아예 없어지진 않죠. 그리고 그들은 동기의 진실성과 관련하여 좀 더 확실한 결론을 준비하고서 우리의 행동을 판단해요. 실제로 어렸을 때 사기나 기만의 조짐을 보이지 않는 한, 형제나 자매지간에는 그런 짓을 저질렀다고 절대 의심하는 법이 없죠. 친구일 경우에는 아무리 절친하더라고 저도 모르게 의심에 휩싸이게 되고요. 하지만 나는 취미와 모임을 통해서뿐만 아니라 그들의 장점을 통해 친구들을 소중히 받아들였죠. 내가 어디에 있든지 엘리자베스의 다독이는 목소리와 클레르발의 대화가 계속 내 귀에 속삭일 거예요. 그들은 죽었죠. 하지만 그러한 고독 속에서 느끼는 단 하나의 감정이 목숨을 부지하라고 나를 설득하네요. 만약 내 지인들에게 널리 도움을 줄 수 있는 어떤 고귀한 일이나 계획에 관여하게 된다면, 나는 그것을 완수하기 위해 살아가겠죠. 하지만 그건 내 운명이 아니에요. 내가 존재를 부여한 그 생명체를 뒤쫓아 파멸시켜야 해요. 그러면 이 세상에서의 내 운명이 완수될 것이고 나는 죽을 수 있겠죠."

9월 2일

사랑하는 누이에게

나는 위험에 휩쓸려, 사랑하는 영국과 그곳에 사는 소중한 가족들을 다시 볼 수 있을지도 모른 채 누이에게 편지를 씁니다. 도저히 피할 수 없는 얼음산에 둘러싸여 있는데, 시시각각으로 내 배를 부서뜨리려 위협하고 있어요. 내 동료가 되어 달라고 설득했던 용감한 선원들은 내게 도움을 요청하고 있고요. 하지만 해줄 수 있는 게 없어요. 우리가 지독히 끔찍한 상황에 부닥쳐 있긴 하지만, 내 용기와 희망은 나를 저버리지 않죠. 우리는 살 수 있을지도 몰라요. 우리가 죽게 된다면, 나는 세네카의 가르침을 반복할 것이고 기분 좋게 죽을 겁니다.

하지만 마거릿, 누이 심정은 어떨까요? 누이는 내가 죽었다는 소식을 들으려 하지 않을 거고 내가 돌아오기를 간절히 바라겠죠. 시간이 흐르면서, 누이에게 절망감이 찾아들 것이고 희망 섞인 고문이 이어지겠죠. 오! 사랑하는 누이! 누이의 간절한 기대가 속절없이 무너져 내릴 때 그것은 아마도 나 자신이 죽는 것보다 더 끔찍할 것 같아요. 하지만 누이는 남편도 있고 사랑스러운 자식들도 있으니 행복할 거예요. 누이에게 축복을 내려주시고 행복하게 해주세요!

내 불행한 손님은 더없이 다정한 연민의 정으로 나를 대합니다. 그는 내게 희망을 가득 북돋아 주려고 애쓰고, 삶은 그가 소중히 여기는 소유물인 것처럼 말해요. 그리고 똑같은 사건들이 이 바다에 도전한 다른 항해사들에게 얼마나 자주 일어나는지 내게 일깨워주는데, 그 사람 덕분에 저도 모르게 즐거운 예감으로 충만해지죠. 심지어 선원들도 그 사람의 훌륭한 언변의 힘을 느낀답니다. 그가 말을 하면, 선원들은 더는 절망하지 않아요. 그는 그들에게 활기를 북돋아 줘요. 그의 목소리를 듣는 동안에는 이 거대한 얼음산이 두더지가 파놓은 두둑이라서 인간의 불굴 의지 앞에 없어질 거로 생각합니다. 이런 감정들은 일시적이고 하루하루의 기대가 지체되면서 그들은 공포에 휩싸이죠. 이런 절망감에 반란이 일어나지나 않을까 불안할 지경입니다.

9월 5일

방금 신기하고 흥미로운 장면이 지나갔는데, 비록 이 편지들이 누이에게 영영 도착하지 않을 가능성이 높지만, 이 얘기를 쓰지 않을 수가 없군요.

우리는 여전히 얼음산에 갇혀 있고, 당장에라도 그것들과 충돌하여 부서질 수 있는 위험천만한 상황에 놓여 있어요. 엄청나게 추운 데다 불쌍한 동료들 대다수가 이미 황량한 이곳에 무덤을 마련했죠. 날이 갈수록 프랑켄슈타인의 건강은 쇠약해져요. 그의 눈에서는 여전히 열에 들뜬 빛이 희미하게 빛났죠. 하지만 그는 지쳐있었고 갑자기 기운을 차리고 힘을 내다가도 순식간에 누가 봐도 죽은 것 마냥 쓰러져 버리죠.

내가 지난 편지에서 반란에 대해 두려운 생각이 든다고 언급했었죠. 오늘 아침, 나는 앉아서 내 친구의 창백한 얼굴, 반쯤 감겨 있는 눈과 맥없이 축 늘어져 있는 팔다리를 보고 있는데, 선원 여섯 명이 선실 안으로 들어오겠다고 요청하는 통에 정신이 번쩍 들었죠. 그들이 들어왔고 그들의 리더가 내게 말하더군요. 자기와 자기 동료들은 다른 선원들의 대표로 뽑혀 나를 만나, 내가 거절할 수 없는 정당한 요구를 하러 왔다고 말이죠. 우리는 얼음 속에 갇혀 있었고 아마 도망가지도 못할 거예요. 하지만 만에 하나 얼음이 흩어지면서 자유롭게 갈 길이 뚫린다면, 무모하게도 나는 항해를 계속할 테고 그러면서 자기들을 새로운 위험으로 끌어들일까 봐 두렵다는 거예요. 운 좋으면, 이 위험을 잘 헤쳐나갈 수도 있겠지만. 그래서 선원들은 배가 자유로워지면 즉시 항로를 남쪽으로 돌리겠다고 엄숙히 맹세할 것을 요청했죠.

이 말에 나는 난감했습니다. 나는 절망하지 않았고 배가 자유로워지더라도 돌아갈 생각이 아직 없었으니까요. 하지만 이치로나, 심지어 가능성으로나 내가 이 요구를 거절할 수 있을까요? 나는 대답하기 전에 망설였어요. 그때, 이전까지 잠자코 있었고 사실 끼지도 못할 정도로 기력이 없어 보였던 프랑켄슈타인이 이제 혼자 일어나더니 눈을 반짝이며 일시적이나마 활기를 띠며 두 뺨이 불그스름해지더군요. 그는 선원들을 향해 돌아서며 이렇게 말했죠. "무슨 말이죠? 선장에게 뭘 요구하는 거예요? 그렇다면 당신들 계획을 그리 쉽게 그만두겠다는 건가요? 당신들은 이것을 영광스런 탐험이라고 말하지 않았던가요? 어째서 이 탐험이 영광스러웠던 거죠? 그 탐험 길이 남쪽 바다처럼 잔잔하고 고요하지 않고 위험과 공포로 가득 차 있기 때문이잖아요. 새로운 사건이 일어날 때마다 불굴의 의지를 불러일으켜야 하고 용기를 보여주어야 하기 때문이죠. 위험과 죽음이 에워싸고 있기에 이러한 위험들을 용감히 대면하고 버텨 내야 하기 때문이죠. 그래서 이 탐험이 영광스러운 거잖아요. 그래서 존 경받을만한 일이었던 겁니다. 앞으로 당신들은 인류의 은인으로 환영받을 것이고 인류의 명예와 이득을 위해 죽음과 맞서 싸운 용감한 사람들에 포함되어, 당신들 이름은 숭배를 받게 되겠죠. 그런데 자, 보세요. 상상했던 첫 번째 위험 상황, 그러니까 당신들 용기를 시험하는 강력하고 끔찍한 첫 시험대에서 당신들은 움츠러든 채, '추위와 위험을 견뎌낼 만한 체력도 가지지 못한 이 불쌍한 영혼들이 추위를 타다가 따뜻한 난롯가를 찾아 돌아갔다'고 후대에 전해지는 데 만족한다는 거군요. 글쎄요. 그럴 거라면 이런 준비는 필요 없었죠. 그저 자신이 겁쟁이임을 입증하려고 이런 먼 곳까지 와서 선장을 패배의 치욕으로 끌어들일 필요가 없단 말입니다. 오! 사나이답게 행동하세요. 아니, 사나이 이상의 모습을 보여 줘요. 당신들 목적을 꾸준히, 바위처럼 확고하게 밀고 나가세요. 이 얼음은 당신들 마음 같은 그런 재료로 만들어지지 않았어요. 당신들은 아니라고 말할지 몰라도 그것은 잘 변하고 당신들을 이겨낼 수 없습니다. 당신들 이마에 치욕의 오명을 새기고 가족들에게 돌아가선 안 돼요. 싸워서 정복한 영웅으로 돌아가세요, 적에게 등을 돌린다는 게 뭔지 알지 못하는 영웅으로 말이죠."

이렇게 말할 때, 그의 목소리는 평소 말할 때의 느낌과는 다르게 변해 있었고 눈에는 고매한 의도와 영웅주의로 충만해 있었죠. 누이는 이 사람들이 감동했을까 궁금하겠죠. 선원들은 서로를 바라볼 뿐 아무 대답도 할 수 없었어요. 나는 말했죠. 그들에게 돌아가서 들었던 말에 대해 생각해보라고. 그들이 강력하게 반대한다면 나는 그들을 데리고 더는 북쪽으로 향하지 않겠지만 심사숙고해서 그들이 다시 용기를 되찾기를 바란다고 말이죠.

그들은 물러갔고 나는 내 친구를 돌아보았죠. 하지만 그는 기진맥진하여 거의 죽을 지경이었어요.

이 모든 상황이 어떻게 끝나게 될지 저도 모릅니다. 하지만 내 목적을 완수하지 못한 채 수치스럽게 되돌아가느니 차라리 죽는 게 나아요. 그게 내 운명일까 봐 두렵군요. 영광과 명예라는 개념이 떠받쳐주지 않는다면, 선원들은 당면한 역경을 자진해서 계속 버텨낼 수 없을 거예요.

9월 7일

주사위는 던져졌어요. 우리가 죽지 않는다면 돌아가는 데 동의했습니다. 비겁함과 우유부단함 때문에 내 희망은 이렇게 좌절되는군요. 나는 알아낸 것 하나 없이 실망한 채 돌아갑니다. 이런 부당함을 인내심으로 버텨내려면 내가 아는 것 그 이상의 철학이 필요합니다.

9월 12일

다 끝났어요. 영국으로 돌아가는 중이에요. 공리성과 영광에 대한 내 희망도 사라졌죠. 나는 친구를 잃었습니다. 하지만 사랑하는 누이에게 이 마음 아픈 상황에 대해 자세히 알려주려고 애써보겠습니다. 내가 영국을 향해, 누이를 향해 흘러가는 동안 나는 절대 낙심하지 않을 겁니다.

9월 9일, 얼음이 움직이기 시작했고 얼음 섬이 사방으로 갈라지고 벌어지면서 저 멀리 천둥소리 같은 괴성이 들렸죠. 우리는 아주 긴급한 위험에 처했어요. 하지만 그저 가만히 있을 수밖에 없었기에 나는 주로 불쌍한 내 손님에게 온 관심을 쏟고 있었죠. 그는 침대에서 한 발자국도 나오지 못할 정도로 병세가 악화하였죠. 우리 뒤쪽 얼음이 깨지면서 우리를 북쪽으로 강하게 밀어붙였죠. 산들바람이 서쪽에서 불어왔고 11일에는 남쪽으로 향하는 항로가 완전히 열렸어요. 선원들은 이것을 보고 분명 고향으로 돌아갈 수 있다는 확신에 열렬한 환희의 함성을 내질렀고 우렁찬 그 소리는 오랫동안 계속 이어졌죠. 졸다가 깬 프랑켄슈타인은 그 소동의 연유를 물었죠. 나는 대답했어요. "이제 곧 영국으로 돌아가게 되어 함성을 지르는 겁니다."

"그럼 당신은 정말 돌아갈 건가요?"

"아! 네. 저들 요구를 거부할 수 없어요. 억지로 저들을 위험 속으로 이끌 수는 없죠. 그래서 돌아가야 합니다."

"당신 생각이 정 그렇다면 그렇게 하세요. 하지만 나는 가지 않을 겁니다. 당신은 당신 목표를 포기해도 좋아요. 하지만 내 목표는 하늘이 부여한 거라서 감히 그럴 수 없습니다. 나는 나약해요. 하지만 내 복수를 도와줄 혼령들은 분명 내게 충분한 힘을 부여할 겁니다." 그는 이렇게 말하고는 침대에서 일어나려고 애썼지만, 그 노력은 그에게 너무 무리였고 그는 다시 쓰러져 기절하고 말았죠.

그는 한참 후에야 다시 정신을 차렸는데, 목숨이 완전히 끊어진 줄 알았던 적이 한두 번이 아니었어요. 결국, 그는 눈을 떴지만 힘겹게 숨을 쉬었고 말도 전혀 하지 못했죠. 의사는 그에게 진정제를 주었고 우리에게 그를 방해하지 말라고 지시했어요. 그러는 사이 의사는 내게 친구가 살날이 얼마 남지 않았다고 말했죠.

그에게 선고가 내려진 거예요. 나는 슬퍼하고 참는 것밖에 할 수 있는 일이 없었죠. 그의 침대 옆에 앉아 그를 살펴보았죠. 그의 눈이 감겨 있어서 자는 거로 생각했죠. 하지만 바로 힘없는 목소리로 나를 부르더니 가까이 오라고 하면서 이렇게 말했죠. "아! 내가 의지했던 힘이 사라지네요. 곧 죽을 것 같아요. 내 원수이자 박해자인 그놈은 여전히 살아있겠지만요. 월턴! 내 생전 마지막 순간에, 내가 일전에 말했던 불타는 듯한 증오심과 격렬한 복수심을 느끼고 있다고 생각하지 마요. 하지만 내 원수의 죽음을 바라는 것이 정당하다고 생각합니다. 이 마지막 나날 동안 나는 내 과거의 행동을 열심히 생각해봤어요. 나는 그것이 비난받을 정도라고 생각하지 않아요. 나는 격렬한 광기에 휩싸여 이성적인 피조물을 창조했고 내 힘닿는 데까지 그의 행복과 복지를 보장해줬어야 했어요. 그것이 내 의무였고요. 하지만 여전히 그것보다 중요한 다른 것이 있었어요. 인류에 대한 나의 의무에 더 많은 관심을 가졌던 거죠. 그것은 더 많은 행복이나 불행과 관련이 있으니까요. 이런 관점에 의해 설득당한 나는 처음 만든 피조물에 동반자를 만들어주는 것을 거절했고 거절한 것은 잘한 일이었어요. 놈은 유례없는 악의와 사악한 이기심을 드러냈죠. 내 가족들을 죽였고 훌륭한 감성과 행복, 지혜를 지닌 존재들을 죽이는 데 혈안이 되었죠. 이런 복수에 대한 갈망이 어디에서 끝날지는 나도 몰라요. 다른 어떤 누구도 불행하게 만들지 못할 정도로 비참해지면 그는 죽어야겠죠. 그를 죽이는 임무가 내 일이었지만 나는 실패했어요. 이기적이고 사악한 동기에 지배당한 나는 완수하지 못한 내 임무를 당신에게 맡아 달라고 부탁했죠. 그리고 이번에는 이성적이고 고결한 동기로 거듭 그것을 요청합니다.

"하지만 이 과제를 완수하기 위해 당신 나라와 가족을 포기하라는 부탁은 못 합니다. 그리고 이제 당신은 영국으로 돌아갈 테니 놈을 만날 기회는 거의 없을 거예요. 하지만 이런 점들을 고려하고 당신 의무를 균형 있게 판단하는 문제는 당신에게 맡기겠습니다. 죽음이 임박해오면서 나는 이미 제대로 판단하고 생각할 수 없는 상태입니다. 내가 옳다고 생각하는 것을 감히 당신에게 하라고 요청할 수가 없어요. 왜냐하면, 내가 정념에 의해 잘못 이끌릴 수도 있으니까요.

"놈이 악행의 도구가 되어 살아갈 거라는 사실에 불안합니다. 다른 관점에서 보면, 내가 해방을 기대하는 이 짧은 시간은 유일하게 몇 년 만에 누려보는 행복한 시간입니다. 죽은 가족들의 모습이 내 앞으로 지나가니 서둘러 그들 품에 안기렵니다. 안녕, 월턴! 평온함 속에서 행복을 찾고 야망을 피하시오. 설령 그것이 과학과 발견에 공을 세우는, 분명 유일하게 악의없는 것이라 할지라도 말이요. 하지만 내가 왜 이런 말을 하는 거죠? 나 자신은 이런 희망을 망쳐버렸지만 다른 사람은 성공할지도 모르는데."

그는 말하면서 목소리가 점점 작아졌어요. 그렇게 애를 쓰다가 지쳐 침묵 속으로 빠져들었죠. 그 후 30분쯤 뒤에 다시 말하려고 시도했지만 할 수 없었죠. 그는 힘없이 내 손을 잡더니 영영 눈을 감고 말았어요. 빛나는 그 다정한 미소도 그의 입술에서 사라져버렸죠.

마거릿, 이 영광스런 영혼의 때 이른 죽음에 내가 어떤 말을 할 수 있 겠어요. 누이에게 내 이 깊은 슬픔을 이해할 수 있게 하려면 무슨 말을 하 면 좋을까요? 무슨 말을 해도 성에 안 차고 부족할 겁니다. 눈물이 흐르네 요. 실망의 그림자가 내 마음에 그늘을 드리우네요. 하지만 영국을 향해 가고 있으니 그곳에서 위안을 찾을지도 모르죠.

잠시 멈출게요. 이 소리는 무슨 전조일까요? 지금은 한밤중인데. 바 람이 솔솔 불고 갑판 위의 보초도 거의 움직이지 않네요. 다소 거칠긴 하지만 인간 목소리 같은 것이 다시 들려요. 프랑켄슈타인의 주검이 아 직 놓여있는 그 선실에서 들리는군요. 일어나서 살펴봐야겠어요. 잘 자 요. 누이.

맙소사! 엄청난 일이 지금 막 벌어졌어요! 그걸 생각만 해도 여전히 현기증이 나네요. 이 일에 대해 자세히 쓸 힘이 있을지 모르겠어요. 하지 만 이 마지막 경이로운 대사건이 없다면, 내가 기록한 이 이야기는 미완 일 거예요.

나는 불행했던 소중한 친구의 주검이 놓여 있는 선실로 들어갔어요. 그런데 그 친구 위쪽에 어떤 형체가 매달려 있었는데, 도저히 뭐라 표현 할 말이 없네요. 어마어마한 키에, 보기에도 흉할 정도로 뒤틀려 있었어 요. 그는 관을 내려다보고 있었는데, 얼굴은 덥수룩한 긴 머리카락에 가 려져 있었고 무지막지하게 큰 손 하나를 뻗더군요. 색깔과 겉으로 보이 는 질감이 마치 미라의 손 같았어요. 그는 내가 다가가는 기척을 듣고는 비통함과 공포의 절규를 내뱉다 말고 창문 쪽으로 뛰어갔죠. 놈의 얼굴만 큼 그렇게 소름 끼치는 모습은 한 번도 본 적이 없어요. 너무나 혐오스럽 고 경악할 정도로 흉물스러웠죠. 나도 모르게 눈이 감기더군요. 나는 이 파괴자와 관련하여 내 임무가 무엇인지 떠올리려고 애를 썼죠. 나는 그에게 멈추라고 외쳤어요.

그는 가던 길을 멈추고는 의아한 듯 나를 바라보았죠. 그러다가 다시 자기 창조자의 죽은 모습을 바라보더니 내 존재는 잊은 듯했고, 표정이나 몸짓 하나하나가 주체할 수 없을 정도로 격정적이고 미친 듯한 분노 때문에 일어나는 것 같았어요.

"저것도 내 희생자다!" 그는 소리쳤죠. "그의 죽음으로 나의 범죄는 완성되었다. 나의 잇따른 불행도 돌아 돌아 끝에 도달했다. 오! 프랑켄슈타인! 자애롭고 헌신적인 사람아! 인제 와서 당신에게 나를 용서하라고 한다 해서 무슨 소용이 있겠는가? 나를, 당신이 가장 사랑하는 사람들을 모조리 죽여, 당신을 돌이킬 수 없을 정도로 파멸시킨 나를. 아! 차갑구나. 내게 대답할 수도 없겠구나."

그의 목소리는 목이 멘 듯했어요. 내 친구가 죽어가면서 부탁한 청을 들어줘야겠다는 처음의 충동적인 마음은 이젠 호기심과 연민이 뒤섞여 잠시 뒤로 미뤘죠. 나는 이 거대한 존재에게 다가갔어요. 감히 고개를 들어 다시 그의 얼굴을 쳐다볼 엄두가 나지 않았죠. 그의 흉측한 몰골 속에는 이 세상 것 같지 않은 위협적인 뭔가가 있었어요. 나는 이야기를 해보려고 했지만, 입에서 말이 잦아들었죠. 괴물은 입에서 나오는 대로 일관성 없는 자책의 말을 계속해서 늘어놨어요. 드디어 그의 폭풍 같은 격정이 잦아들자 그에게 말을 걸기로 했죠. "이제 후회해봐야 소용없소." 나는 말했죠. "극악무도한 복수심이 이렇게까지 극단적으로 치닫기 전에 양심의 목소리에 귀를 기울이고 쓰라린 후회를 유념했다면 프랑켄슈타인은 아직 살아있었을지도 모릅니다."

"당신 꿈꾸고 있소?" 악마가 말했다. "그렇다면 내가 고통과 후회에 무감각하다고 생각하는 거요? 저 사람은······." 괴물은 주검을 가리키며 계속 말했다. "범행이 이뤄졌을 때 저 사람은 나만큼 괴롭지 않았어. 아! 범행을 하나하나 질질 끌며 실행하는 동안 저 사람은 내가 겪은 고통의 만분의 일도 겪지 않았다고. 내 마음에 죄책감의 독이 퍼지는 동안, 끔찍한 이기심이 나를 서두르게 했소. 클레르발의 신음이 내 귀에 음악처럼 들릴 거로 생각하시오? 내 마음은 사랑과 연민에 민감하게 만들어졌소. 그리고 악의와 증오의 괴로움에 비통한 마음이 들 때, 상상할 수 없는 고통 없이는 그 지독한 변화를 견뎌낼 수 없었소.

"클레르발을 살해한 후, 나는 실의에 빠져 갈피를 잡지 못한 채 스위스로 돌아왔소. 나는 프랑켄슈타인을 동정했고 그 동정심은 공포가 되었지. 나는 나 자신을 혐오했소. 하지만 내 존재의 창조자이면서 동시에 말할 수 없는 고통의 창조자인 그가, 감히 행복을 기대하고 있다는 사실을 알았을 때, 그리고 나에 대해 불쾌감과 절망감을 쌓아가는 한편 내게는 영원히 금지된 사면으로부터 얻은 감동과 열정을 누리고자 한다는 걸 알았을 때, 어쩔 수 없는 시기심과 격렬한 분노가 일면서 내 마음에 채울 수 없는 복수의 갈망이 들끓었소. 나는 내 협박을 떠올렸고 그것을 끝내고야 말겠다고 결심했지. 스스로 치명적인 고문을 준비하고 있긴 했지만 나는 충동의 주인이 아니라 노예였어. 나는 주인을 싫어했지만 복종하지 않을 수 없었소. 그럼에도 그녀가 죽었을 때! 아니, 그때 나는 비참하지 않았어. 감정이란 감정을 모조리 벗어 던지고, 지나치게 절망에 빠져들도록 비통함을 최대한 억눌렀지. 그때부터 사악함은 나의 선이 되었지. 이렇게까지 내몰린 나는 자진해서 선택한 요소에 내 본성을 적용하지 않을 수 없었소. 내 극악무도한 계획을 완수하는 데 지칠 줄 모르는 열정을 쏟아 부었지. 그리고 이제 끝이 났소. 저기 내 마지막 희생자가 있군!"

처음에는 그의 절망스런 표현에 마음이 흔들렸죠. 하지만 그의 뛰어난 언변과 설득력에 대한 프랑켄슈타인의 말을 떠올리고 다시 내 친구의 주검에 시선을 던지자, 내 안에서 분노가 다시 불붙기 시작했어요. "악마 같은 놈!" 나는 말했죠. "여기 와서 네가 초래한 슬픔에 대해 푸념을 늘어놓는 건 좋다. 마치 여러 건물에 횃불을 던져놓고 그것들이 다 타버리자 폐허 속에 앉아 파멸을 한탄하는 격이구나. 위선적인 악마! 네놈이 애도하고 있는 그가 여전히 살아있다면 그는 여전히 목표가 될 테고 또다시 네놈의 끔찍한 복수의 먹잇감이 되겠지. 네놈이 느끼는 것은 동정이 아니다. 네가 애통해 하는 건 그저 네 원한의 희생자가 네 영향력에서 빠져나갔기 때문이다."

"오! 그렇지 않아, 그렇지 않다고." 괴물이 말을 잘랐다. "내 행동의 의도로 보이는 것 때문에 당신이 그렇게 느꼈을 거야. 그렇다고 내 불행에 대해 동정을 구하진 않겠다. 영영 동정을 받지 못할 수도 있으니. 내가 처음 동정을 구했을 때 그것은 미덕에 대한 사랑이었고 내 온몸에 흘러넘치는 행복과 애정의 느낌이었기에 함께 하고 싶었던 거야. 하지만 지금 그 미덕은 내게 어두운 그림자가 되었고 행복과 애정은 지독하고 혐오스러운 절망감으로 바뀌었는데, 내가 뭐 때문에 동정을 구하겠는가? 나는 이 고통이 지속하는 동안 기꺼이 혼자 견뎌낼 거다. 내가 죽을 때, 분명 혐오감과 치욕이 내 기억을 짓눌러도 만족한다. 한때는 미덕, 명성, 기쁨에 대한 꿈이 내 욕망을 달래주었다. 내게 있는 훌륭한 자질들 덕분에 나를 사랑하고, 내 외적 모습을 받아들이는 사람과 만나고 싶다는 헛된 꿈도 꾸었지. 나는 명예와 헌신 같은 고귀한 생각들을 양분 삼아 자랐어. 하지만 지금은 악이 나를 가장 미천한 동물로 전락시켜버렸지. 그 어떤 죄도, 악행도, 원한도, 불행도 내 것과 비교할 수 없어. 끔찍한 내 범행 목록들을 모아보면, 내가 한때 아름다움과 위풍당당한 선에 대한 숭고하고 탁월한 비전들로 생각을 가득 채웠던 바로 그 사람이었다는 사실이 믿기지 않겠지. 하지만 그건 정말로 그래. 타락한 천사가 사악한 악마가 되었지. 하지만 심지어 신과 인간의 원수도 고독함 속에서 어울릴 친구와 동료가 있는데, 나는 완전히 혼자야.

"프랑켄슈타인을 친구라고 부르는 당신은 내 죄와 그의 불행에 대해 알고 있는 것 같군. 하지만 그가 당신에게 해준 이야기에는 어쩔 수 없는 격정 속에 피폐해져 가며 견뎌냈던 내 고통스러운 나날들에 대한 언급은 없었을 거야. 그의 희망을 파괴해도 내 욕구는 충족되지 않았어. 그것들은 영원히 열렬하게 갈망하는 욕구였지. 나는 끊임없이 사랑과 우정을 갈구했지만 계속해서 퇴짜를 맞았어. 이것에는 어떤 부당함이 없단 말인가? 모든 인간이 내게 죄를 짓는데도 나만 죄인 취급을 받아야 하는가? 어째서 모욕을 주며 친구를 문밖으로 몰아낸 펠릭스는 미워하지 않는가? 어째서 당신은 자기 아이를 구해준 사람을 죽이려는 그 시골 사람을 맹렬히 비난하지 않는가? 아니, 이들은 착하고 순진한 사람들이겠지! 미천하고 버림받은 이 몸이야말로 거절당하고 발로 걸어차이며 짓밟혀야 할 실패작이고. 심지어 지금도 이런 부당함을 떠올리기만 하면 피가 부글부글 끓어오른다고.

"하지만 내가 추악한 놈이라는 건 사실이지. 사랑스러운 사람과 무력한 사람들을 죽였으니까. 죄 없는 사람들이 자는 동안 목을 졸랐고, 나나 다른 어떤 생명체에게도 해를 입히지 않은 그의 목을 죽도록 움켜쥐었지. 사랑과 존경을 받을만한 가치가 있는 그 모든 인간 중 선택받은 자인 내 창조자를 나는 불행에 빠뜨렸어. 그리고 돌이킬 수 없는 파멸 속으로 그를 몰고 갔지. 저기 그가 창백하고 차가운 주검이 되어 누워있군. 당신은 나를 미워하겠지. 하지만 당신의 혐오감은 내가 나에게 느끼는 것에 비할 수는 없을 거야. 범행을 저지른 손을 들여다보며 그런 욕망을 품은 마음에 대해 생각하지. 그리고 그 손이 내 눈길과 마주쳤을 때, 더 이상 그 범행이 생각나지 않게 될 그 순간을 애타게 고대하지.

"내가 미래에 악행의 수단이 될까 봐 두려워하지 마라. 내 일은 거의 끝났으니. 일련의 내 존재를 완성하고, 해야 할 일을 완수하는데 당신이나 그 어떤 사람의 목숨도 필요치 않아. 대신 내 목숨이 필요하지. 내가 이런 희생을 치르는 데 미적거릴 거로 생각하지 마라. 나는 당신 배를 떠나 여기까지 날 데려온 얼음 뗏목을 타고 지구의 최북단으로 찾아갈 거다. 그런 다음 내 장례식에 사용할 장작더미를 모으고 이 가련한 육신을 태워 잿더미로 만들겠다. 그 남은 잔해는 나 같은 괴물을 창조하려는 호기심 많고 죄 많은 비열한 인간들에게 어떤 불씨도 제공하지 않을 거야. 나는 죽을 거다. 나를 삼켜버린 고뇌를 더는 느끼지 않고, 채울 수도 그렇다고 가셔지지도 않는 감정의 먹이가 되지 않는 거다. 나를 있게 한 그 사람도 죽었으니, 나도 죽게 되면 우리 두 사람에 대한 기억은 빠르게 사라지겠지. 나는 더는 하나 별을 볼 수 없게 되고 내 뺨을 희롱하는 바람도 느끼지 못할 거다. 빛, 느낌, 감각은 사라질 것이니 나는 이런 조건에서 행복을 찾아야만 하겠지. 수년 전 이 세상의 모습이 내게 처음 펼쳐졌을 때, 여름의 기분 좋은 온기를 느끼고 잎들이 바스락거리는 소리며 새들이 지저귀는 소리를 들었을 때, 그리고 이런 것들이 내게 전부였을 때라면, 죽음을 슬퍼했겠지만 이제 죽음은 내 유일한 위안이다. 죄악으로 오염되고 쓰라린 죄책감에 갈가리 찢긴 내가 죽는 것 이외에 어디에서 쉴 곳을 찾겠나?

"잘 있으시오. 난 떠나겠소. 당신은 내 눈이 보게 될 마지막 인간이 되겠지. 잘 있으시오. 프랑켄슈타인! 당신이 아직 살아있다면, 그리고 나에 대한 복수심을 여전히 품고 있다면, 내가 죽는 것보다 살아있는 것에 훨씬 더 만족했겠지. 하지만 상황은 그렇지 않았어. 당신은 내가 더 끔찍한 짓을 저지르지 못하도록 나를 죽이려고 했지. 만약 내가 모르는 어떤 상태에서 당신이 아직 생각하고 느낄 수 있다 해도, 내 불행을 위해 내 목숨을 원하지 마라. 당신이 무너져 버렸을지라도, 내 고통은 여전히 당신의 고통보다 훨씬 크다. 죽음이 내 상처를 영원히 아물게 할 때까지, 죄책감에 의한 쓰라린 고통은 그 상처를 끊임없이 아프게 할 테니까.

"하지만 곧," 그는 침울하면서도 엄숙한 열정에 휩싸여 소리쳤다. "나는 죽을 거다. 지금 느끼는 것을 더는 느끼지 못할 거다. 조만간 이 극심한 불행들은 사라지게 될 거다. 나는 장례용 장작더미에 의기양양하게 올라 고통스러운 불길의 괴로움 속에서 기뻐 날뛸 거다. 장작불은 사그라질 것이고 내 재는 바람결에 바다로 쓸려가겠지. 내 영혼은 편안하게 잠들 것이다. 만약 영혼이 생각한다면 분명 그렇게 생각하진 않겠지만. 잘 있어라."

그는 이렇게 말하면서 선실 창문에서 뛰어내려 배 옆에 바짝 붙여 둔 얼음 뗏목에 올랐죠. 그는 이내 파도를 타고 멀어져 가더니 저 멀리 어둠 속으로 사라졌습니다.

끝

프랑켄슈타인

초판 1쇄 인쇄 2015년 1월 12일
초판 1쇄 발행 2015년 1월 16일

지은이 메리 셸리
옮긴이 현혜진
발행인 신현부
발행처 부북스

주소 100-835 서울시 중구 동호로17길 256-15 (신당동)
전화 02-2235-6041
팩스 02-2253-6042
이메일 boobooks@naver.com

ISBN 978-89-93785-71-5 04840
ISBN 978-89-93785-07-4 (세트)

이 도서의 국립중앙도서관 출판예정도서목록(CIP)은 서지정보유통지원시스템 홈페이지
(http://seoji.nl.go.kr)와 국가자료공동목록시스템(http://www.nl.go.kr/kolisnet)에서 이
용하실 수 있습니다.(CIP제어번호: CIP2015000086)